하늘에게

늘리혜 장편소설

하늘에게

차 례

☁ 프롤로그 · 7

☁ 1장. 하늘, 주홍빛에 물든 · 11

☁ 2장. 하늘, 노란 은행잎 사이로 보이는 · 45

☁ 3장. 하늘, 투명하거나 찬란하거나 · 77

☁ 4장. 하늘, 잊을 수 없는 그날의 · 115

☁ 5장. 하늘, 검은 구름 뒤덮인 · 153

- 6장. 하늘, 작달비 내리는 · 191

- 7장. 하늘, 일곱 색깔 무지개빛 · 231

- 8장. 하늘, 어둠 속 별 하나 반짝이는 · 275

- 9장. 하늘, 하얀 눈물 범벅 된 · 315

- 에필로그. 하늘, 에게 · 351

- 후기 · 380

일러두기
이 이야기는 늘리혜의 /일곱 색깔 나라와 꿈/ 판타지 세계관을 공유하며 /일곱 색깔 나라와 꿈/ 세계관의 두번째 이야기임을 밝힙니다. 세계관을 알지 못해도 내용 이해에는 무관하오니 재미있게 읽어주시기 바랍니다:)

프롤로그

어떤 생명의 소리조차 들리지 않는
검은 새벽에 누군가 기도를 드려
끝없는 고독과도 같은 어둠 속으로
슬픔을 힘들게 토해 별로 흘려보내

어느새 머리 위로 수많은 별들이
누군가의 눈물처럼 차갑게 내려
미소를 잃은 내 마음을 위로해

누군가가 너이기를
내가 아닌 너이기를

보는 이 하나 없는 꿈에서조차
한 방울의 눈물도 흘리지 않아
영원히 끝나지 않을 새벽 속에서
마지막 너와의 장면을 가슴에 새겨

어느새 소리내어 우는 법을 잊은
누군가를 축복하는 법마저 잊은
감정을 잊은 누군가를 위로해

누군가가 나이기를
네가 아닌 나이기를

유독 검은 이 새벽에 아침은 없어
미련과 원망이 흘려낸 별들만이
이 어둔 밤하늘을 서글프게 밝혀
꿈에서조차 새벽은 끝나지 않아

끝내 이 어둠이 끝날 때까지
누군가의 기도가 그치지 않길

1장. 하늘, 주홍빛에 물든

날아오르는 줄 알았다.

그만큼 간절하게 하늘을 올려보고 있었고 두 팔을 벌리고 있었다. 몸도 가벼워 보여 바람만 제대로 잘 불면 정말 날아오를 것 같았다.

처음 본 건 방과 후 하굣길이었다.

여느 때처럼 학교가 끝나자마자 집으로 향했다. 많은 아이들 속에 파묻혀 평범하고 대수롭지 않게 걸었다.

놀이터 그네에 앉아 있는 그를 본 건 우연이었다.

무엇에라도 홀린 듯 다가갔다. 돌이켜보면 특별한 분위기를 풍기는 그를 나도 모르게 소재로 여겼던 건지도.

그가 그네 위로 올라섰다. 그네에서 삐그덕 귀에 거슬리는 쇳소리가 났다. 그네가 불규칙적으로 흔들렸고 그의 몸도 흔들렸다. 그럼에도 시선은 하늘에 고정되어 있었다. 그 시선은 무척 안정적이었다.

"저 하늘 어딘가에 나의 진정한 모습이 있을 거야. 그래서 보고 있었어, 하늘."

 나의 존재는 깨닫지 못할 것이라 생각했다. 뒤도 돌아보지 않고 하는 말에 움찔했다. 내 마음을 꿰뚫어 보는 듯한 말투에 한 번 더 놀랐다.

 바람이 불었다. 긴 머리가 뒤로 흩날렸다. 바람이 간지러운지 나지막이 미소를 지었다. 그 미소 너머로 노을이 지고 있는 하늘이 보였다.

 그제야 그가 누군지 깨달았다.

 "하늘은 수많은 색을 지녔어. 어떤 색이 하늘의 진짜 색일까? 어떤 색이 나의 진짜 모습일까?"

 그네 줄을 잡고 있던 손을 풀어 팔을 뻗었다. 하늘을 온 몸으로 품으려는 듯. 불어오는 바람에 온 몸을 맡기려는 듯. 그네가 출렁이더니 몸이 기울었다.

 "아!"

 반사적으로 몸이 움직였다. 정신을 차렸을 땐 모래 바닥에 뒹군 다음이었다. 내 위에서 그가 재밌다는 듯 조용히 웃었다. 그럼에도 슬픈 듯이 느껴지는 건 왜일까.

 한참 웃던 그가 벌떡 일어서더니 치마와 다리에 묻은 모래를 털어냈다.

 "Ni renkontigos."

 나를 바라보며 나직이 말을 내뱉고선 홀연히 가버렸다. 소문보다 더 터무니없는 아이일지도. 점차 작아지는 등을 보며 생각했다.

하늘을 올려보았다. 하늘은 조금 전보다 더 짙은 노을빛으로 물들어가고 있었다.

나는 알고 있었다. 정확히 이름을 어디선가 들은 적이 있는 정도였지만 분명 알고 있었다.

그의 이름은 하늘이었다.

10월도 훌쩍 지난 시기의 고3 교무실은 빠른 속도로 바래고 있었다. 아침인데도 형광등 불빛이 침침했고 목소리가 한껏 올라간 선생님들과 달리 떠도는 먼지는 냉소적이었다. 가만히 나를 향해 미간을 찌푸리는 담임선생님을 먼지처럼 바라보았다.

"제운아, 아직도 그 생각이니?"

고개를 끄덕였다. 난처한 듯 선생님께서 잠깐 허공을 응시했다. 그 때 옆에서 다른 아이의 상담을 끝낸 영어선생님이 불쑥 고개를 들이밀었다.

"제운이 어디어디 썼다고 했죠?"

"아, SKY 하나씩이랑 법대요."

"합격발표는요?"

"일단 최저 없는 건 모두 합격이요. 뭐, 제운이라면 다 합격할 거예요. 아시잖아요."

담임선생님의 말에 주변 다른 선생님들이 고개를 끄덕였다. 역시.

그럴 줄 알았다니까. 그런데 왜 고민해? 아, 최저등급. 그래도 제운이라면 당연히, 같은 잡음을 남기며. 담임선생님이 우쭐해 하며 내게 바투 다가왔다.

"그래, 아직 우리 시간 있으니까 조금 더 생각해 보자. 알았지?"

드디어 면담이 끝났다는 사실을 느끼고 자리에서 일어섰다. 서둘러 교무실을 나서려는데 뒤에서 무심코 들린 말에 몸이 굳었다.

"그러고 보니 하늘은요? 어떻게 됐어요?"

이윽고 교무실 구석진 곳에서 시큰둥한 목소리가 날아왔다.

"무슨 생각인지. 하나도 안 썼어요."

"정시파였어요?"

"수능을 보기는 보는데. 글쎄요, 무슨 생각인지 도통 모르겠어서."

그 뒤로도 두 사람의 대화는 이어졌다. 다만 문 바로 앞에 계시는 지구과학선생님과 눈이 마주쳤다. 선생님의 의아스러운 표정에 그대로 교무실을 나왔다.

아이들의 갖은 잡담소리가 튕겨 울리는 복도를 걸으며 어제 있었던 일을 떠올렸다. 정말 날아오르는 줄 알았다. 하늘을 향해 쭉 뻗은 가느다란 팔은 그만큼 간절해 보였다. 그런 비현실적인 생각이 들 정도로 표정이…….

순간 잘못 본 줄 알았다.

6반 교실 문 앞에 누군가 서 있었다. 아, 저 반은. 생각이 끝까지 미치기도 전에 눈앞에 선 아이의 모습에 다시 한 번 시선을 빼앗겼다. 헐렁한 교복을 입은 체구가 작은 아이. 허리까지 내려오는 길고 검푸른 빛깔이 도는 머리칼. 그가 고개를 돌렸다. 눈이 마주쳤다. 무표정한 눈빛이 차가웠다.

그가 나를 잠깐 노려보다 교실로 들어섰다. 6반에서 튕겨 나오던 갖은 잡음이 아주 잠깐 멈추었다. 그 뿐이었다. 곧 무슨 일이 있었냐는 듯 평소의 모습으로 돌아갔다.

대수롭지 않게 생각하고 우리 반 교실로 들어섰다. 아이들이 바지런히 유난을 떨며 인사를 건넸다. 어, 평소처럼 최소한의 성의로 인사를 받아준 뒤 창가 맨 뒷자리로 향했다. 언제나처럼 다른 아이들 사이에서 웃고 있는 우도진이 나를 반겼다.

"오늘은 평소보다 일찍 왔네?"

학교에 온 것은 훨씬 일찍이었다, 고 말해주려다 그만 두었다.

"눈이 일찍 떠졌어."

"근데도 이 시간이냐?"

도진이 낄낄대며 웃었다. 자리에 앉으며 칠판을 흘깃 훔쳤다. 칠판 한 귀퉁이에 커다랗게 'D-30'이란 글자가 보였다. 잠깐 바라보다 시선을 거두었다. 시선 끝에 창틀로 나뉜 투명한 하늘이 걸렸다. 구름 한 점 없는 맑은 가을 아침의 그것이었지만 답답해 보였다.

"야, 어제 포스트시즌 시작했는데 봤냐?"

도진의 얼굴처럼 불쑥 튀어나온 질문에 굳이 대답하지 않았다. 그럼에도 처음부터 내 대답은 바라지 않았다는 듯 도진이 어젯밤 있었던 야구 이야기를 신나게 떠들었다. 그의 말을 bgm 삼아 책상에 엎드렸다.

"잘 거냐? 이제 막 도착해 놓고? 넌 밤에 뭐하기에……. 이 자식! 좋은 거 있음 공유하자니까?"

도진을 무시하고 눈을 감았다. 도진이 한동안 귀 옆에서 시끄럽게 떠들더니 이내 자리를 떴다.

주변이 조용해진 것을 느끼고 고개를 살짝 돌렸다. 다시 투명한 하늘이 보였다. 구름 사이로 빛나는 태양 때문에 눈이 부셨다. 그만 눈을 찌푸렸다.

하늘.

그는 각 학교마다 으레 있는 그런 존재였다. 사고가 다른 아이들과 조금 다르다는 이유로 외면 받는 아이. 독특하다는 이유로 눈에 거슬린다는 이유로 경계의 대상이 되는 아이.

어제 하굣길에서 본 아이가 그 '하늘'이라는 것을 알고 조금 당황했다. 어쨌든 이상한 소문이 무성한 아이였으므로. 이를 테면 외계인과 통신을 주고받는다느니. 귀신을 볼 수 있다느니. 남에게 저주를 걸 수 있는 능력이 있다느니.

장난삼아 만들어낸 소문일 테지만 그 소문은 확실히 그에게 다가가기 꺼려지게 만들었다. 나도 어제 일이 아니라면 어떠한 관심조차 없는 완벽한 타인에 그쳤을 것이었다.

그건 그렇고 조금 전 느꼈던 위화감은 뭐였던 거지.

하지만 쏟아지는 졸음에 곧 잊고 평소의 일상에 몸을 맡겼다.

하굣길은 만감이 교차하는 시간이었다. 오늘도 학교가 무사히 끝났다는 안도감과 우연이라도 그를 볼 수 없다는 아쉬움. 어제 미처 다 보지 못한 인강에 대한 소소한 걱정과 오늘도 하늘은 참으로 화창하다는 태평함.

무엇보다 오늘도 완성하지 못한, 영원히 완성하지 못할, 그것에 대한 미련.

이런저런 생각을 하는 사이 놀이터 근처에 다다랐다. 눈앞에 두 갈래 길이 놓였다. 놀이터를 통하는 길과 통하지 않는 길. 어느 쪽으로 가든 집까지의 거리는 비슷했다.

아주 잠깐 고민하다 놀이터를 통한 길로 발걸음을 옮겼다. 그 길이 평소 하굣길이었으므로. 하지만 평소와 달리 발걸음이 둔탁했다.

놀이터를 조심히 확인했다. 아직 푸른 기운이 감도는 놀이터에는 아무도 없었다. 순간 밀려드는 실망감과 민망함. 애써 아무렇지 않은 듯 발길을 돌렸다.

"안녕!"

서둘러 뒤쪽을 돌아보았다. 하늘이 나를 올려보며 해맑게 웃고 있었다. 이 미소는 어제 보았던 그 미소도, 오늘 아침 학교에서 보았던 것과도 달랐다.

"기다리고 있었어. 올 줄 알았거든."

어떤 대꾸도 하지 못했다. 그런 날 잠깐 바라보더니 그가 입술을 가로로 길게 뻗으며 자기소개를 시작했다.

"아직 내 소개도 안 했네. 안녕, 만나서 반가워. 난 하늘이야. 성이 하, 이름이 늘."

"……. 알고 있어."

"아, 그래? 나도 너 알아! 민재훈! 맞지?"

"……. 민제운. ㅓ에 ㅣ인 제에 훈이 아니라 운."

"아, 그래? 만나서 반가워, 민제운!"

하늘이 활짝 웃었다. 대화를 이을 말이 떠오르지 않아 그를 바라만 보았다. 그도 그런지 연신 해맑게 웃기만 했다.

둥글게 부푼 뺨과 동그란 눈동자가 제 나이보다 어리게 보였다. 손바닥까지 내려온 재킷 소매 아래로 살포시 삐져나온 손가락이 유독 희고 작았다. 길이를 줄이지 않은 치마는 무릎 아래까지 한껏 내려와 있었다.

마치 작은 아이가 부모의 옷을 빌려 입은 것처럼.

그 순간 하늘과 눈이 마주쳤다. 크고 투명한 눈동자 속에 내 모습이 맺혔다. 동그란 눈동자가 천진하게 휘었다.

"너 지금 내가 아이 같다고 생각했지?"

정말 이 녀석에게는 신비한 능력이 있는 것이 아닐까. 이를테면 사람의 생각을 읽는 능력 같은 것. 이 생각마저 읽은 듯 그가 말을 이었다.

"당연해. 아직 파란 하늘일 때 난 천진하고 티 없이 맑아야 하니까!"

하늘이 놀이터 쪽으로 나폴나폴 걸었다. 홀린 듯 뒤를 따랐다. 그가 그네 근처에 왔을 때 휙 하고 나를 향해 돌았다. 긴 머리칼과 치마가 슬로우모션을 건 것처럼 천천히 펄럭였다.

"노을이 지기 시작해."

곧바로 하늘을 올려다보았다. 하늘이 끝에서부터 조금씩 주홍빛으로 물들고 있었다. 다시 그를 내려다보았다. 어느새 눈빛이 달라져 있었다.

그래, 이 눈빛이었다. 내가 어제 본 눈빛은.

노을이 짙어지면서 하늘의 눈동자가 주홍빛으로 천천히 물들며 잔잔하게 가라앉았다.

어릴 때 여자아이들이 보는 애니메이션을 잠깐 본 적이 있었다. 눈이 커다란 여자아이가 발랄한 노래에 맞춰 변신하는 장면이었다. 변신을 한 여자아이는 옷이 달라진 것뿐만 아니라 힘도 무척 강해졌다. 다른 사람이 된 것처럼.

아직 어린 나이임에도 불가능한 일이라고 생각했다. 사람이 어떻게 한 순간 저렇게 변해. 어린 난 곧 흥미를 잃고 고개를 돌렸다.

제운은 전혀 웃지를 않네요.

시키면 또 잘하기는 하는데, 도통 무슨 생각인지…….

제운아, 넌 무엇을 할 때가 제일 좋아? 응?

한 순간 바뀔 수 있다면 '변신'이란 것을 하고 싶은 사람은 바로 나였다. 나는 변신을 해서라도 엄마가 원하는 대로 잘 웃는 밝은 아이가 되고 싶었다. 그래서 엄마가 웃는 모습을 보고 싶었다. 환하게 웃으며 나를 안아주기를 원했다.

 하지만 변신이 불가능하듯 나도 변하지 못했다. 나는 항상 무표정에 어디에도 흥미를 잘 갖지 못하는 그런 아이였다. 그 아이는 그 성향 그대로 성장했다.

 내 눈 앞에 서 있는 작은 소녀를 바라보았다. 해맑던 미소가 완벽히 사라지고 아이 같던 눈동자는 진중하게 가라앉아 있었다. 이건 분명 어른의 눈동자였다.

 "분명 다시 올 거라고 생각했어."

 "……어째서?"

 한결 차분해진 그에게서 조금도 시선을 떼지 못하고 물었다. 그의 입술 끝이 희미하게 벌어졌다. 노을빛처럼 잔잔하게 마음을 물들이는 미소였다.

 "내가 다시 만나자고 말했으니까."

 나를 가만히 올려보는 눈동자는 부드러웠지만 어딘가 쓸쓸했다.

 "그건 핑계. 너는 날 봐버렸으니까."

 입술 끝이 부드럽게 휘었다. 분명 밝은 미소임에도 어딘가 마음이 욱신거렸다.

 근처 단풍나무에서 나뭇잎 하나가 나폴 떨어졌다. 금빛 노을빛에 물들어 더욱 붉은 그것 때문이었을까. 날 바라보는 하늘의 눈동자가 붉은 금빛으로 보였다.

 "그것도 핑계. 넌 나와 같으니까."

 이해할 수 없었다. 그럼에도 되묻지 않았다. 주홍빛 노을이 짙어질수록 깊어지는 하늘의 눈동자에 잠식될 것만 같았다.

 자정이 넘은 시각. 고요한 냄새와 함께 뒷목 언저리로 공기가 밀집되는 감각이 은밀하게 느껴지는 시각.
 스탠드만 켜놓은 책상 앞에 물끄러미 앉아 연필을 이리저리 돌렸다. 책상 위는 지우개 가루로 가득했고 여기저기 색연필들이 어지러이 널려 있었다. 한참 고민 끝에 4B연필을 바로 잡아 연습장에 글자들을 써내려갔다. 방 안이 사각거리는 소리로 가득 찼다.

> 긴 머리를 흩날리는 한 소녀의 눈동자가 주홍빛으로 물들었다.
> 그 눈동자는 슬픔을 머금은 듯 반짝였고
> 입가에 번진 미소는 상냥함과 체념으로 조금씩 번져갔다.
> 그럼에도 그가 반짝 빛이 나는 것은
> 마음속에 간직한 푸른 하늘의 순수함과 눈부심 때문이었다.

 연필을 던지듯 놓았다. 글씨 옆에 낙서처럼 그린 그림을 흘깃 보았다. 헐렁한 교복을 입고 있는 작은 소녀가 물끄러미 나를 바라보았다. 답답함에 머리를 쓸어 넘겼다.
 동화. 아이들이 읽는 이야기. 또는 동심을 간직한 이야기. 나는 왜 이런 걸 쓰고자 하는 걸까. 쓰고 싶은 이야기도 소재도 없으면서.
 처음 흥미를 가지게 된 것은 그 동화 때문이었다. 흔한 신문보도 하나 내지 못하고 자연스럽게 세상에서 사라진, 누가 쓴 것인지도 알지 못하는 동화. 하지만 그 동화는 아무에게도 말하지 못할 나만의 비밀이었다.

스스로도 잘 알고 있었다. 동화는 나와 어울리지 않았다. 자괴감에 옅은 실소가 지어졌다. 그러면서도 매일 새벽 연필을 놓지 못했다. 끝까지 완성해 낼 자신도 없으면서.

다시 연필을 쥐었다. 막상 쓸 것도 그릴 것도 없으면서 한동안 정신없이 손이 가는대로 그리고 썼다.

문득 정신을 차리자 나는 7살 어린 아이가 되어 있었다. 7살의 나는 무표정한 눈동자로 커져 있는 주변을 둘러보았다. 그러다 교실 한 쪽에 놓인 어린이용 책꽂이에서 동화책을 발견했다.

어머, 제운아 그게 보고 싶니? 그게 재밌을 것 같아?

유치원 선생님이 잔뜩 상기된 목소리로 내게 다가왔다. 돌아본 선생님의 얼굴은 이목구비를 구분할 수 없을 정도로 흐릿했다.

7살의 내가 고개를 끄덕였다. 그리고 천천히 동화책을 넘겼다.

등굣길에 하늘을 올려보았다. 오랜만에 바라본 아침의 하늘은 투명했고 눈부셨다. 눈살이 절로 찌푸려졌다. 손바닥으로 햇살을 가렸다. 그래도 찌푸려진 눈살은 펴지지 않았다.

"안녕, 제운."

누군가 내 등을 가볍게 두드렸다. 등굣길에 우연히 만나 지나치는 여자아이들 중 하나이겠거니 생각했다. 무심히 뒤를 돌아보다 놀랐다.

등 뒤에서 작은 하늘이 나를 올려보고 있었다. 그는 완벽히 무표정했고 눈빛이 조금 차가웠다. 그럼에도 순간 눈이 부시다고 느껴진 건 왜일까.

"같이 가도 될까?"

"……어."

하늘이 먼저 걷기 시작했다. 그를 따라 옆에서 걸었다.

그 뒤로 우리는 정말 나란히 걷기만 했다. 하늘의 걸음은 느리지만 가벼웠다. 자연스럽게 내 발걸음도 느려졌다. 많은 아이들이 지나치며 힐끗 돌아보기를 반복했다.

"잘 가, 제운."

하늘이 6반 교실 앞에서 인사를 건네고는 시크하게 교실로 들어갔다. 도대체 뭐였던 거지. 그가 시선에서 사라지자 그제야 정신이 드는 것 같았다. 평소처럼 곧 흥미를 잃고 발길을 돌렸다.

"시연아, 이 문제 좀 봐 줘. 아무리 봐도 잘 모르겠어."

그러다 뒤에서 들린 익숙한 이름에 걸음을 멈추었다. 뒤를 돌아보았다. 교탁 바로 앞자리에서 누군가와 문제집을 들여다보고 있는 단발머리 여자아이가 보였다. 그가 문제집을 뚫어져라 보더니 옆에 앉은 아이에게 열심히 설명했다. 옆에 아이가 미소를 짓자 어깨가 들썩거렸다.

얼굴을 보지 않아도 어떤 표정으로 미소를 짓고 있는지 상상되었다. 그의 미소는 언제나 활기찼고 찬란했으며 다정했다. 꼭 오후의 눈부신 햇살처럼.

교실로 돌아가는 발걸음이 가벼웠다. 입술 끝도 제법 가벼웠다. 그건 오래된 습관이었다.

오늘은 시작이 좋다고 생각했다. 뒷모습일 뿐이지만 그도 보았다. 내 생각이 틀렸다는 것을 교실에 들어서자마자 깨달았다.

아이들이 득달같이 몰려들었다. 그제야 등굣길에 있었던 일이 떠올랐다. 하나같이 그 아이와 무슨 사이냐고 물었다. 피곤과 성가심이 몰려들었다.

대꾸를 하지 않으면 금방 관심이 사그라질 것이라고 생각했다. 다시 한 번 내 생각이 틀렸다는 것을 깨달았다. 점심시간 아이들이 오지 않는 구석진 복도로 도망치고 나서야 겨우 숨을 돌렸다.

"아…… 피곤해."

"상대가 워낙 유명한 애잖아? 다른 의미지만 너도 그렇고."

허공에 방망이질을 해대는 도진이 대수롭지 않다는 듯 말했다.

"너답지 않게 여자애랑 같이 등교하니까 그렇지. 네가 잘못했어."

그는 내 쪽은 보지도 않고 허공에 방망이질을 해댔다. 이따금 2루타라도 쳤는지 포물선을 그리며 손바닥을 눈 위에 갖다 대었다.

홀로 상상 속에서 야구를 즐기던 도진이 불현듯 나를 돌아보았다. 홈런일 것이라 생각한 볼이 담장 아래서 외야수에게 잡혀버렸을 때와 같은 표정을 지으며.

"평소처럼 딱 잘라버려. 동정하는 게 더 나빠."

하늘과 처음 만난 날을 떠올렸다. 주홍빛으로 노을이 지고 있는, 단풍잎이 흩날리는 놀이터에서 하늘을 응시하던 얼굴이 내 시선을 사로잡았다. 이후 이유를 알 수 없지만 나는 분명…….

"그런 애일수록 작은 호감에도 혹~해 버린다니까?"

"……신경 쓰여."

도진이 믿기지 않는다는 듯 내 어깨를 세게 흔들었다.

"야, 민제운 진심이냐?"

응원하던 팀이 만루홈런이라도 맞은 것 같은 표정으로 도진이 나를 보았다. 그가 성에 차지 않았다는 듯 다시 힘껏 어깨를 흔들었다.

"야, 민제운! 이건 아니다? 그 애는 진짜 아니라고? 아니, 그 많고 많은 여자애들 중에서 왜 하필 걔냐고?"

도진의 손을 치웠다. 그저 처음 본 미소가 잊히지 않을 뿐이었다.

"종 치겠다, 가자."

도진이 내 뒤를 좇아 걸었다. 그러면서 연신 '안 된다'를 반복하며 고개를 절래절래 흔들었다. 도대체 무슨 생각을 하는 건지. 복도 창문을 통해 하늘을 보았다. 창틀에 막혀 살짝 보인 그것은 아침에 본 것보다 푸르고 높았다.

확실히 이상한 녀석이었다. 처음에는 중2병이라도 걸린 건가 싶었다. 그런데 다시 돌이켜보니 그가 중2병이라면 나도 중2병이었다. 그의 말을 진지하게 듣고 있었으므로. 생각해보니 신기했다. 다른 곳에 그다지 관심을 두지 못하는 나였다.

그 녀석을 생각하다보니 이제는 환영까지 보였다. 내 앞에 그가 빵을 잔뜩 품에 품고선 뛰는 듯 걷는 듯 서둘러 가고 있었다. 발걸음이 꽤 경쾌했다.

눈을 깜빡였다. 여전히 눈앞에 또렷한 형체의 하늘이 걸어가고 있었다. 환영이 아니었다.

"먼저 가라."

"야, 민제운! 그냥 지나쳐. 저거 아무리 봐도 빵셔틀이잖아."

도진이 적극적으로 내 어깨를 잡고 막아섰다. 표정이 퍽 난감해 보였다.

"그냥 지나치는 게 좋아. 그게 오히려 저 애를 위한 거라니까?"

그를 가만히 바라보았다. 도진도 내 눈을 피하지 않았다. 먼저 고개를 돌린 건 나였다. 하늘을 돌아보기 위해서였다. 그러다 놀랐다. 눈이 마주쳐서. 한 번 더 놀랐다. 너무도 해맑게 웃어보여서.

저 만치에서 하늘이 나를 향해 손을 세차게 흔들며 천진하게 웃었다. 품에서 빵들이 툭 툭 떨어졌다. 하늘이 한참 뒤에야 빵이 떨어진 것을 눈치 채고 허겁지겁 품에 주워 담았다. 하지만 그 작은 품에 그 많은 빵이 벅찬지 계속 흘러 넘쳤다.

가슴이 간질거리고 답답하고 울렁거림에도 싫지 않았다. 다시 한 번 도진의 팔을 치웠다.

"그래도 신경 쓰여."

곧바로 하늘이 있는 곳으로 향했다. 그리고는 그가 떨어뜨린 빵을 주웠다. 하늘도 내 행동에 아랑곳하지 않고 자신이 떨어뜨린 빵을 주웠다. 동시에 품속에 품고 있는 빵이 떨어졌다.

"주울 거면 떨어뜨리질 말든지."

"그런가?"

하늘이 나를 돌아보며 환하게 웃었다. 그 미소가 너무 푸르고 순수하고 해맑아서 자꾸만 쳐다보게 되었다.

"유나는 슈크림빵이나 크림빵을, 혜영이는 무조건 초코빵! 연지는 페스츄리 종류를 좋아해. 취향이 어쩜 그렇게 다 다른지. 덕분에 빵 살 때마다 다 다른 걸 고른다고 고생이야, 정말."

옆에서 나란히 걷고 있는 작은 하늘이 잘도 종알종알 거리며 웃었다. 문득 확인하고 싶었다.

"네 거는?"

하염없이 종알대던 그가 입을 다물었다. 날 올려보는 눈동자가 유독 반짝였다. 마치 별빛을 한 데 모아 크게 부풀린 듯. 그러다 다시 천진하게 미소를 지었다.

"나는 밥파야. 빵보단 밥! 친구들이 빵 먹고 싶다 그래서 산 거야."

"네 스스로?"

"응. 나 이래봬도 돈 많거든. 매일 아침 아빠가 용돈을 주니까!"

하늘이 활기차게 웃었다. 참으로 티 없이 순수한 미소였다. 그런데 아픔이 느껴지는 건 왜일까. 그 순간 어떤 영상이 머릿속을 빠르게 스치고 지나갔다.

흔들리는 영상 속에서 누군가 내 쪽을 바라보았다. 잔뜩 일그러진 얼굴이 안개에라도 묻힌 듯 잘 보이지 않았다.

"얼른 가야겠다. 늦으면 애들이 화내거든. 내 친구들이 성질이 좀 급해서. 헤헤-"

하늘이 잰걸음을 걸었다. 찰나 스친 영상 때문일까. 가슴이 답답했다. 몸 속 깊은 곳에서 무언가가 꿈틀거리는 것 같았다. 낯선 감정에 당황이라도 한 걸까. 평소와 달리 오지랖을 부렸다.

"그런 애들 것 사줄 필요 없……."

하늘이 다급히 두 손으로 내 입을 막았다. 품에 들려 있던 빵들이 후두둑 다시 바닥으로 떨어졌다.

"내가 좋아서 하는 거야! 내 친구들 나쁘게 말하지 마……."

그가 날 쏘아보았다. 그럼에도 눈동자가 연신 흔들렸다. 말끝도 흐렸다. 그 태도에 몸 속 깊은 곳에서 꿈틀거리던 무언가가 울컥 심장을 쥐었다. 입을 막은 손을 거칠게 떼었다.

항상 주변에 무관심한 나였다. 냉소적인 눈으로 뒤에서 지켜보기만 하던 나였다. 하지만 그 순간 목구멍까지 울컥 올라온 뜨거운 그것을 조금도 삼켜내지 못했다.

"친구들이 이런 걸 시키냐? 악질적으로 괴롭히는 거잖아!"

하늘이 고개를 푹 숙였다. 작은 등이 작게 떨렸다.

"상관없어."

끝은 여전히 흔들렸지만 단호한 말투였다.

"상관없다고! 오히려 날 피하는 애들보단 훨씬 나아. 훨씬 착해!"

그러더니 다급히 땅에 떨어진 빵을 줍기 시작했다. 등은 여전히 작게 떨면서. 하늘은 그 채로 제 하고픈 말을 계속 내뱉었다.

"아무도 나에게 말을 걸어주지 않아. 아무리 인사를 건네도 받아주지 않는다고. 하지만 그 애들은 나한테 말을 먼저 걸어 준단 말야, 내 이름을 불러준다고! '하늘아'라고 내 이름을 제대로 불러줘. 그것만으로도 얼마나 기쁜데. 알지도 못하면서 내 친구들 나쁘게 말하지 마."

빵을 다 주웠지만 하늘은 일어서지 않았다. 제 품에 빵을 품은 채 계속 웅크리고 있을 뿐이었다.

하고픈 말이 목구멍까지 차올랐지만 작고 둥근 등에 힘없이 사그라졌다. 한동안 아무 말도 할 수 없었다. 내 안에서 열이 한 차례 식자 이번엔 조금 전과 다른 말이 올라왔다. 그 말은 기다려도 사그라지지 않았다. 잠시 망설이다 나직이 내뱉었다.

"니가 그랬잖아. 너와 내가 같다고."

하늘이 고개만 들어 날 올려보았다. 그가 평소보다 더욱 작게 느껴졌다.

"뭐가 같은지 잘 모르겠지만. 또 너에게 갈게."

오랜만이었다. 내 마음을 절실하게 전하고자 하는 것이. 때문에 말이 서툴렀고 매끄럽지 못했다. 그럼에도 하늘은 잠시도 내게서 눈을 떼지 않고 내 말에 귀를 귀울였다.

"먼저 말을 걸 자신은 없어. 네가 먼저 말을 걸어 줘. 이제껏 그랬듯. 피하지는 않을 테니까. 적어도."

그가 갑자기 환하게 웃었다. 무방비 상태에서 세상 해맑은 미소를 보자 갑자기 부끄러움이 치솟았다. 재빨리 고개를 돌렸다.

"제운!"

하지만 그의 부름에 나도 모르게 돌아보았다.

"난 '야'나 '너'가 아니야. 성이 하, 이름이 늘. 하늘이야."

그가 배시시 개구 진 어린 아이처럼 웃었다.

이름 정도는 이전부터 알고 있었다. 하지만 전혀 알고 있지 않았다. 그다지 알고 싶어 한 적도 없었으므로.

하늘은 소문과 달리 무척 밝고 강한 아이였다.

수업이 모두 끝났을 땐 이미 하늘이 어둑해진 뒤였다. 곧 노을이 질 터였다. 마지막 수업 때 책상 위로 던져진 쪽지를 떠올렸다.

방과 후에 좀 보자

수신인의 이름 따위 없었지만 글씨체로 충분히 누가 보냈는지 알 수 있었다. 그대로 두 칸 앞에 앉아 있는 도진에게로 향했다. 도진이 따라오라는 듯 고갯짓을 했다. 우리는 학교 근처 작은 공원으로 자리를 옮겼다.

가지런히 곧은 선을 따라 꽃과 나무들이 심겨 있는 그곳은 계절과 어울리는 짙은 가을빛으로 가득했다. 그래서 그럴까. 활기가 넘치는 교실과 달리 시간의 흐름이 더디 흐르는 것 같았다. 그래서 그럴까. 초조했다. 그런 기분이 드는 것이 스스로 낯설어 이질감이 느껴졌다.

"무슨 일인데?"

정작 부른 사람은 아랑곳 않고 혼자 허공에 공을 던지며 놀았다. 도진이 던진 공이 하늘 높이 올라갔다 글러브 안으로 빨려 들어가기를 반복했다. 시간만 하릴없이 흘렀다. 평소라면 조금도 상관없을 터였다. 짙어지는 노을을 수시로 확인했다.

결국 도진이 던진 공을 허공에서 가로챘다. 그제야 도진이 나를 돌아보았다.

"너가 보자며?"

"야, 민제운."

내 이름을 부르는 도진의 목소리가 다소 묵직했다.

"야, 나름 엄청 생각해 봤는데."

내 눈을 바라보는 눈동자가 올곧았고 깊었다. 도진도 이런 눈을 할 수 있구나. 그 순간 도진이 다가와 내 옷깃을 잡고 늘어졌다.

"어떻게 해야 할지를 모르겠다. 니가 좀 도와주라!"

그러더니 역시냐 싶을 정도로 도진이 친숙한 표정을 지었다. 이목구비가 한없이 흘러내렸다.

"사실 어제 이런 걸 받았어. 너한테 이걸 상담하고 싶었는데 니가 오늘 아침에 그 애랑 등교하는 바람에……. 아까도 계속 타이밍 잡고 있었는데 갑자기 그 애한테 가버리고!"

도진이 다짜고짜 DM을 보여주었다. 꽤 문장이 길었다. 정성껏 보라는 성화에 최대한 꼼꼼하게 읽었다.

> 안녕? 난 성현고의 윤민이야. 학원에서 같은 반인데 알려나? 헤헷. 그냥 단도직입적으로 말할게. 나 너한테 관심 있어. 수능 끝나면 더는 못 만날 것 같아서 이렇게 다급히 디엠을 보내. 네 계정도 아는 인맥을 총동원해서 겨우 찾았어! 정말 힘들었다고! 혹시 너도 나한테 관심 있으면 내 번호로 연락 줘. 꼭 연락 줘야 해, 알았지? 연락이 없다면 무척 서운할 거야. 내 번호는…….

다 읽고 든 감상은 '당차다'였다. 도진을 돌아보았다. 그가 안절부절 못하며 혼자 끙끙거렸다. 그에게 휴대폰을 밀치며 돌려주었다. 도진이 다시 한 번 자신이 받은 디엠을 보더니 얼굴을 붉혔다.

"이, 이런 거 처음 받아본단 말이야……. 그래서 이런 일 많이 겪은 너한테 상담 좀 하려고. 야, 이럴 땐 어떡해야 하는 거냐?"

맥이 탁 풀려버렸다. 한숨을 가볍게 내쉬었다.

"나도 받은 적 없어."

"고백 받은 적 많잖아! 더구나 니가 sns를 안 해서 그렇지, 하면 이런 거 엄청 받을 걸? 야, 그래서 나 어떡해야 하는 거냐고?"

그는 원하는 답변을 받아낼 때까지 날 붙잡아 둘 생각이었다. 깊은 한숨을 길게 내쉬었다.

"걔가 좋아?"

"누군지도 몰라."

"그럼 연락 안하면 되겠네. 관심 있으면 연락 달래잖아."

"하지만 관심은 있는 걸지도……."

"누군지도 모른다며?"

도진이 나를 돌아보았다. 눈동자가 빠른 속도로 무겁게 가라앉았다.

"그럼 넌 하늘이란 애를 잘 알고서 관심 갖는 거냐?"

당황했다. 조금도 예상하지 못한 질문이었으므로.

"단순히 소문만 무성한 게 아냐. 실제로 이상한 말을 막 하고 다닌대. 뭐, 이 세상은 일곱 개의 세상으로 되어있다나? 판타지 소설인지 뭔지는 모르겠지만 분명 어딘가에서 본 이야기와 현실을 구분하지 못하는 거야. 어쩌면 어릴 때 레인보우랜드에 가서는 그곳이 진짜 현실이라고 믿어버린 건지도 모르지. 어쨌든 그런 건 위험한 거잖아. 안 그래?"

잠깐, 일곱 개의 세상?

도진이 흥분해서 말을 내뱉었지만 더 이상 들리지 않았다. 속이 울렁거릴 정도로 귀가 먹먹했다.

"머리가 좀 이상한 애라고. 내가 괜히 안 된다고 너를 말리겠냐? 다 내 베스트프렌드, 너를 위해서 이러는 거 아니냐?"

오늘 꾸었던 꿈이 떠올랐다. 하늘과 함께 있을 때 보았던 영상이 겹쳐지며 조금씩 선명해졌다.

"야, 우도진."

"이제 정신이 좀 드냐? 걔 멀리 해야겠단 생각이 드냐고?"

여전히 다른 건 귀에 들어오지 않았다. 너무 갑작스러운 일이라 머리가 혼란스러웠다.

"그…… 일곱 개의 세상 이야기 좀 더 해 봐. 걔가 뭐라고 했다고?"

"어? 뭐? 야, 민제운……. 너 왜 더 관심 갖는 건데?"

도진의 눈동자가 심하게 흔들렸다. 어쩌면 내 눈동자가 흔들려서 그런 건지도 몰랐다.

일곱 색깔 나라. 그건 나만이 알고 있는 이야기라고 생각했다. 당연했다. 그건 어릴 적 꿈속에서 들은 이야기였으므로. 어린 내가 상상으로 지어낸 세상이라고만 생각했다. 이제껏 그는 내가 꿈속에서 만든, 상상 속의, 공상 속의, 허구의 인물이라 여겨 왔으므로.

자리를 박차고 달렸다.

심장이 강하게 두근거렸다. 어느 순간 나조차 잊고 있었다. 아니, 잊기를 원했다.

슬픈 듯 일렁이는 눈빛으로 나를 하염없이 바라보던 노란 눈동자. 작은 아이면서도 그런 깊은 눈동자를 하고 있음에 놀라웠다. 차가우면서도 뜨거운 그 눈동자가 아름다웠다. 해바라기빛 풍성한 머리칼과 같은 색의 눈동자가 잘 어울린다고 생각했다.

그를 만난 건 동화책을 읽은 날 밤이었다. 유치원 책꽂이에 꽂혀 있던 동화책의 제목은 《일곱 색깔 나라와 꿈》이었다.

> 빨주노초파남보 무지개 나라가 있었습니다. 알록달록 아름다운 나무와 꽃들이 가득한 나라였지요. 무지개 나라에 어울리는 무척이나 아름다운 공주가 있었습니다.

그렇게 시작하는 동화책은 이웃나라 검은 나라의 마녀로부터 위험에 빠지게 되고 이웃나라인 하얀 나라의 왕자로부터 구해지게 되었다. 그리고 마지막에 둘이 결혼하여 행복하게 잘 살았다는 그런 뻔한 이야기.

하지만 그 대단하지도 않은 동화책이 나만의 비밀이 된 건 그날 밤 그와의 만남 때문이었다.

> *희망을 버리면 안 되는데. 어떻게 해야 희망을 버리지 않을 수 있는지 모르겠어.*

드넓은 해바라기 밭에 홀로 몸을 둥글게 말고 있던 작은 소녀. 누구도 설명해주지 않았으나 그가 노랑나라의 사람이라는 것을 알았다. 샛노란 머리칼에 샛노란 눈동자를 지닌 그는 이승의 존재가 아닌 듯 느껴졌다.

> *미안. 이런 이야기를 해서. 웃어야지. 응, 웃어야지.*

그의 환한 미소는 마음을 아리게 만들었다. 그건 눈썹이 일그러져서 그랬던 걸까.

응, 있어. 일곱 색깔 나라는.

주변에 흐드러지게 핀 커다랗고 노란 해바라기가 연신 흔들렸다. 바람에 흔들린 것이 아니었다. 그곳은 바람이 없는 곳이었으므로.

다만 빨주노파보흰검이지만.

환하게 웃던 그는 주변 해바라기보다 더 눈부셨다. 그의 길고 풍성한 머리가 고갯짓에 따라 부드럽게 흩날렸다.

내 꿈은 태양님을 만나는 것! 난 태양님이 정말 좋아!

그는 그토록 만나고 싶어 한 태양님을 만났을까. 지금도 울고 있을까. 지금도 그 때와 같은 미소로 웃고 있을까. 환상에 젖어 말하던 얼굴이 또렷하게 그려졌다.

너와 대화를 나누고 있는 이 순간이 너무 즐거워. 하지만 꿈이니까 곧 사라져버려.

단 한 번의 만남이었다. 그것도 꿈속에서의 만남. 그럼에도 살짝 일그러진 시야며 어디가 위이고 아래인지 앞이고 뒤인지 미묘하게 알 수 없는 왜곡된 감각이며 그의 부드러운 행동과 말투까지 모든 것이 다 생생했다.

사라지지 않을 사랑이면 좋을 텐데.

그는 마지막까지 웃었다. 아니, 울었다. 아이 같으면서도 어른스러운 그 미소를, 그 눈동자를, 나는 평생 잊지 못할 것이었다.

그를, 그 미소를 언제까지나 기억하고 싶었다. 해바라기 같던 아이. 사라지지 않을 사랑을 꿈꾸던 꿈속의 작은 여자아이. 내가 상상으로 만들어냈을 그. 그럼에도 너무도 생생한 그를 아침에 일어나자마자 그렸다. 더 지워지기 전에, 모습이 잊히기 전에 그려야 했다.

주변 사람들에게 내가 겪은 멋진 경험을 들려주었다. 하지만 어느 누구도 그 일을 사실로 받아들이지 않았다. 내가 그린 소녀의 그림과 이야기를 동화로만 여겼다.

시간이 흘러 나는 나만의 동화를 쓰기 시작했다. 그의 이야기가 아닌 전혀 다른 이야기를. 그래서 잊고 있었다. 아니, 잊기를 원했다. 그가 허구의 인물이라는 사실을 자각하고 싶지 않았으므로.

그랬는데, 그랬는데. 발걸음을 재촉했다.

"헉, 헉……."

놀이터는 이미 주홍빛으로 짙게 물들어 있었다. 주변을 둘러보았다. 상가와 주택단지 사이에 위치한 작은 놀이터는 지극히 조용했다. 내 마음과 달리 빈 놀이터를 물들이는 노을이 너무 아름다워 퍽 서글펐다.

"헉, 헉……."

허무했다. 손으로 심장을 쥐었다. 심장은 미친 듯 빠르게 뛰고 있었다. 미간이 하염없이 일그러졌다.

입시가 얼마 남지 않아 마음이 뒤숭숭해진 것이 틀림없었다. 체념을 하고 관심을 거두는 건 내 특기였다. 다시 생각해보니 하늘이 말했다던 '일곱 개의 세상 이야기'는 정말로 어느 판타지 이야기에 나오는 것일지도 몰랐다. 몸을 돌렸다.

"안녕, 제운?"

누군가가 태연히 인사를 건넸다. 환영일까 싶어 눈을 깜빡였다. 하지만 눈앞에서 생생하게 미소를 짓는 환영은 사라지지 않았다. 주홍빛으로 물든, 작은 체구에 어울리지 않는 깊은 눈동자가 슬픈 듯 일렁였다.

"……없는 줄 알았어."

그가 한 번 더 미세하게 미소를 지었다. 외로운 미소였다. 전에도 본 적이 있는, 그 때의 그 미소였다. 그가 날 올려보았다. 커다란 눈동자에 내 얼굴이 맺혔다.

"난 언제든 어디든 있어. '하늘'이고 '늘'이니까."

놀이터 그네에 나란히 앉았다. 묻고 싶은 것이 많았다. 일곱 개의 세상 이야기는 무엇인지. 그와 내가 닮았다고 한 말의 의미가 무엇인지. 어떻게 이런 상황에서도 웃을 수 있는지.

하지만 어느 물음도 입 밖으로 쉬이 나오지 않았다. 하늘도 아무런 말을 하지 않았다. 하늘이 살포시 그네를 타기 시작했다. 그에 맞춰 옅은 쇳소리가 났다. 그 행동이 문득 노을 진 하늘과는 어울리지 않는다는 생각이 들었다.

"약속은 지키는 사람이구나, 제운은?"

허공 어딘가를 지그시 바라보던 옆얼굴이 나를 향했다. 여전히 외로운 미소. 그럼에도 올곧은 시선은 나를 조금도 피하지 않았다. 나도 그 시선을 피하지 않았다. 아니, 피할 수 없었다. 그 눈동자에는 그런 힘이 있었다.

"더구나 먼저 찾아와 줬어."

그가 미소를 지었다. 그럼에도 슬프게 느껴지는 이 표정을 나는 본 적이 있었다.

"그럼…… 용기내서 부탁해 볼까?"

노을 때문인지 살짝 붉게 물든 뺨이 둥글게 부풀었다. 지금 그의 눈동자와 어울리지 않는다고 생각하는 찰나 하늘의 작은 입술이 천천히 벌어졌.

"제운, 내 이름 불러 줄래?"

진정되었던 심장이 다시 뛰었다. 그가 나를 지그시 바라보며 부드럽게 미소를 지었다. 여전히 쓸쓸하고 외로운 미소였다. 왜인지 이번에는 그를 바라볼 수 없었다. 시선을 돌리자 놀이터 바닥을 가득 뒤덮은 붉은 단풍잎들이 보였다.

고개를 천천히 들었다. 주홍빛으로 물들어가는 놀이터가, 시야에 가득 맺힌 밝은 듯 어두운 하늘이 아름다웠다.

"하, 늘……."

작게 되뇌었다. 그가 부드러운 시선으로 날 바라보는 것이 느껴졌다. 제법 기분이 좋은 바람이 얼굴을 스치고 지나갔다. 절로 가벼운 한숨이 내쉬어졌다. 마음이 편안해졌다.

12년 전 그 때는 물어보지 못했다. 공상의 인물이라 여겼다. 주먹을 쥐었다.

"너는,"

하늘이 나를 돌아보았다. 나를 올곧게 바라보는 그 부드러운 시선이 조금도 싫지 않았다.

"너는 왜 그렇게 웃어? 너는 왜 노을이 질 때, 오후에 햇살이 찬란할 때, 투명한 아침에 왜 그렇게 웃는 거야?"

그리고 나와 네가 같다는 건 무슨 의미야.

팔을 뻗으면 충분히 닿을 거리에 있는 그와 나 사이에 흐르는 짧은 침묵이 다소 무거웠다. 나도 모르게 마른침을 삼켰다. 그 때 하늘이 옅은 미소를 지었다.

"하늘이니까."

상냥하면서도 체념이 뒤섞인 미소. 가슴이 저려왔다. 그만큼 애달픈 미소였다. 그가 하늘을 지그시 응시하며 독백 같은 이야기를 시작했다.

"예전에 꿈속에서 한 소녀를 만난 적이 있어."

이 아이는 처음부터 말하지 않아도 내 생각을 알고 있었다. 하늘을 올려보는 그의 얼굴 위로 익을 대로 익은 노을이 쏟아졌다. 그건 나도 마찬가지일 것이란 생각이 들었다.

"해바라기 같은 소녀였어. 그가 그랬어. 이 세상에는 일곱 색깔의 나라가 있다고. 빨주노파보흰검의 나라 중 소녀의 나라는 희망의 노랑나라. 그러니 소녀는 희망을 버릴 수 없대. 그래서 웃어야만 한대."

하늘이 만났다는 꿈속의 소녀를 나는 알고 있었다.

"그리고 나는 자연의 파랑나라 사람. 그러니 당연히 자연을 품을 수밖에 없잖아. 그래서 나도 웃는 거야. 내 이름과 같은 하늘이란 자연이 저렇게 웃고 있으니까. 내 이름을 사랑하고 싶으니까."

하늘의 말에는 논리성도 현실성도 없었다. 그럼에도 조금도 부정할 수 없었다. 그가 꿈이라도 꾸는 듯 가만히 눈을 감았다.

"꿈속에서 만난 소녀의 이름은……."

"플로로."

하늘이 깜짝 놀라며 날 돌아보았다. 미소가 걷혀 있었다. 입술 끝이 미세하게 가벼웠다. 조금씩 휘다 살짝 흔들렸다. 혼란스러운 듯 하늘의 눈동자가 흔들리고 있었다.

"바라기꽃이란 뜻의 플로로."

확신을 주기 위해 한 번 더 말했다. 그와 동시에 하늘의 눈이 커지더니 두 손을 살짝 벌어진 입으로 가져갔다.

"내 말을 아무도 믿지 않았어. 모두 나보고 이상하댔어. 그냥 꿈 꾼 것 가지고 무섭게 그러지 말라고 피하기까지 했어."

목소리가 떨렸다. 손끝도 바들바들 떨렸다. 많이 놀란 모양이었다. 하긴 나조차 나의 꿈인 줄로만 알았다. 이제껏 내가 꿈속에서 만들어낸 허구의 존재라고 여겨왔다.

하늘 끄트머리에서 태양이 허무하게 사라져 갔다. 놀이터에 어둠이 내려앉기 시작했다. 조금 전에도 켜져 있던 가로등 불이 더욱 밝게 느껴졌다.

"제운. 넌 내 말을 믿어 주는 거야?"

눈물 한 방울이 흘렀다. 하늘은 굳이 닦지도 숨기지도 않았다. 눈물이 뺨을 타고 흘러 옷을 적시는 것이 고스란히 보였다.

믿지 않을 이유가 나에겐 없었다. 고개를 끄덕였다. 그가 내게 와락 안겼다. 당혹스러웠으나 굳이 그를 떼어내지 않았다. 잠깐 고민하다 등을 토닥였다. 등과 어깨가 여리게 흔들렸고 내 품이 조금씩 젖어가는 것이 느껴졌다.

태양이 사라신 하늘은 무척 외롭고 슬펐으며 여렸다.

확실히 깨달았다. 동화에 관심을 가지게 된 계기. 그건 단순히 동화책 때문만이 아니었다. 알아버렸다. 처음 놀이터에서 하늘에게 끌렸던 이유. 그건 단순히 그를 소재로 여겼기 때문이 아니었다.

하늘의 미소는 플로로의 미소와 닮아 있었다.

2장. 하늘, 노란 은행잎 사이로 보이는

☁

단조로운 알람 소리에 눈을 떴다.

창문으로 나른한 주말 아침 햇살이 쏟아져 들어왔다. 이따금 맑은 새소리도 들렸다. 잠깐 잠을 깨려고 허공을 멍하니 올려보는데 어제 일이 번뜩 떠올랐다. 서둘러 책상 위를 살폈다. 끝이 바랜 스케치북 종이 한 장이 놓여 있었다. 안도감이 돌았다.

어젯밤 집으로 돌아오자마자 열쇠로 잠가 놓은 책상 맨 아래 칸 서랍을 뒤졌다. 그리고 가장 밑바닥에서 찾아내었다. 10년도 더 전에 그렸던 꿈속 플로로의 얼굴. 크레파스에 살짝 번진 그가 나를 바라보았다. 샛노란 머리에 샛노란 눈동자로. 입술은 웃고 있으나 눈은 울면서.

5시 구립도서관 앞.

약속을 되새기며 품을 내려다보았다. 그곳에는 아무것도 없었지만 느낌이 생생했다. 얇은 어깨와 부드러운 머리칼. 뜨거운 눈물까지. 다소 얼떨떨한 기분이었다.

"제운아, 엄마 나가볼게. 아침 해놨으니까 꼭 먹고."

그 때 조용히 방문을 노크하는 소리가 두어 차례 들리는가 싶더니 문 너머로 엄마의 목소리가 들렸다. 잔뜩 지친 목소리. 바로 문을 열려고 했으나 문 뒤로 무언가가 걸려 열리지 않았다. 확인하니 어린아이용 블럭장난감이었다. 잠시 바라보다 방 구석 이미 잔뜩 쌓여 있는 장난감 상자 위에 올려 두었다.

현관으로 나가자 오늘도 검은색 편한 기능성 옷차림을 하고 머리를 하나로 질끈 묶은 맨얼굴의 엄마가 낡은 운동화를 신고 있었다. 이목구비는 동년배의 얼굴보다 또렷했으나 피부가 상당히 거칠었다. 푹 꺼진 눈으로 엄마가 나를 돌아보았다.

"우리 제운이, 얌전히 잘 있을 수 있지?"

엄마가 걱정스러운 눈빛으로 한참 바라보았다. 시선을 버티지 못하고 피했다. 곧 철문이 닫히는 소리가 들렸다. 잠깐 서 있다 몸을 돌렸다.

현관과 바로 맞닿은 거실엔 잿빛 먼지만이 뽀얗게 피어올라 있었다. 아니, 그곳엔 포장조차 뜯지 못한 장난감들이 어지러이 쌓여 있었다. 거실 쪽은 쳐다보지 않고 부엌 쪽으로 시선을 돌렸다.

당연하다는 듯 식탁 위에 한상차림이 차려져 있었다. 랩까지 정성스레 씌워진 반찬은 조금도 온기를 잃지 않은 듯 보였다. 먹음직스러운 아침상에 어김없이 마음이 무너졌다.

한동안 가만히 서 있다 이내 포기하고 식탁에 앉았다. 달걀말이를 싼 랩 껍질 표면에 물방울이 몽글몽글 맺혀 있었다. 그것을 벗기자 온기가 그대로 얼굴로 전해졌다. 하나를 집어 입에 넣었다. 잇몸으로도 가볍게 부서지는 달걀말이는 따뜻했다. 하지만 그건 과학적 온도에 불과했다.

식기와 수저가 부딪히는 소리가 온 집안에 공허하게 울려 퍼졌다.

구립도서관 밖에 위치한 나무벤치에 자리를 잡았다. 약속 시간까지 30분은 더 남은 상황이었다. 검은 백팩을 옆에 아무렇게 내팽개쳐 두고 가만히 앉아 하늘만 올려보았다.

하늘이 노랬다. 그건 시야의 절반 이상을 가리고 있는 노란 은행잎 때문이었다. 잘 꾸며진 화단을 따라 노랗게 물든 은행나무가 빼곡히 서 있었다. 심심치 않게 노란 은행잎이 떨어져 바람에 흩날렸다. 바닥이 노란 은행잎으로 수북이 물들어 갔다.

번호를 교환할 생각이었다. 실제로 연락을 주고받을까 싶긴 했으나 연락처 정도는 알고 있는 것도 괜찮다고 생각했다. 조금도 생각하지 못했다. 요즘 그런 아이들은 거의 없으므로.

없……다고?

나와 달리 조금도 동요하지 않은 그가 조용히 고개를 끄덕였다.

응. 처음부터.

하늘이 건들이면 눈물이 뚝 떨어질 것 같은 표정으로 나를 바라보았다. 더 이상 아무것도 묻지 않자 희미하게 미소를 지었다. 하지만 그 모습이 우는 모습으로 보인 건 하늘의 애매한 입술 끝자락 때문이었을까.

하늘을 올려다보았다. 주말의 느긋한 오후 햇살 아래로 태연히 흘러가는 구름에 마음이 조금씩 안정되었다. 이내 피식, 짧은 한숨 같은 웃음이 새어나왔다. 하늘을 내려다보았다. 하늘 앞에서는 자꾸 낯선 내가 나타났다.

저기, 있잖아. 나도 한 가지 부탁해도 될까?

내 이름.

어? 어. 하, 늘. 부탁이 있는데.

의외로 하늘은 고집이 있었고.

응, 제운이 부탁하는 것이라면 무엇이든지.

이미 햇살이 사라지고 난 여리고 여린 밤하늘 아래 부서질 듯한 미소에 자꾸만 시선이 갔다.

너를 그리고 싶어. 노을이 질 때 너의 모습을.

단순히 기록의 목적이었다. 꿈에서 깨어나자마자 플로로의 얼굴을 그린 그 때처럼. 노을이 짐과 동시에 사라져 버리는 하늘의 그 미소를 그리고 싶었다. 하늘의 눈동자가 동그래졌다. 노을 탓인지 뺨도 발그레했다. 도저히 시선을 뗄 수 없었다.

"안녕, 제운!"

올려다보던 은행나무 사이로 불쑥 하늘의 얼굴이 나타났다. 거꾸로 맺힌 하늘이 활짝 웃었다. 조금 전까지 떠올렸던 그 아이와 같은 사람이란 생각이 들지 않을 정도로 밝고 해맑았다.

"어."

"내 이름!"

"어. 하, 늘, 안녕."

기쁜지 하늘이 히죽거리며 웃었다. 그러더니 나무테이블 위로 비닐봉지를 자랑스레 올렸다. 하얀 봉지에는 편의점 로고가 그려져 있었다.

"샌드위치랑 김밥 있는데. 뭐 먹을래?"

그 안에서 참치김밥과 햄치즈 샌드위치, 편의점용 카페커피 두 캔이 나왔다. 잠깐 고민하다 샌드위치를 집었다.

"제운도 빵파야?"

손에 든 샌드위치를 보았다. 이어 그가 능숙한 손놀림으로 한 쪽 귀퉁이만 비닐을 벗기고 있는 참치김밥을 번갈아 보았다.

"딱히……."

밥이고 빵이고 더 선호하는 것은 없었다. 그저…….

"넌 밥파라며."

"어떻게 알았어? 내가 빵보다 밥을 더 좋아한다는 거?"

"말했잖아."

"우와! 제운은 대단해!"

하늘이 해맑게 웃었다. 그 뒤로 노란 은행낙엽이 하늘하늘 떨어졌다. 순간 내 심장도 하늘하늘 떨어졌다. 답답했던 마음이 순식간에 사라졌다. 피식, 하고 그 때처럼 옅은 미소가 새어 나왔다.

"대단한 거야?"

"그럼! 이제껏 내 말을 기억해 준 사람은 단 한 사람도 없었는걸. 제운은 진짜, 진짜 대단해! 전에도 조금 느꼈지만."

능숙하게 벗긴 김밥을 손에 쥘 수 있도록 정리하며 그가 말했다. 작은 손에 들린 김밥이 유독 크게 보였다.

오히려 대단한 건 하늘이었다. 남들 눈치를 조금도 보지 않고 '자신의 진정한 색과 모습'을 찾으려 노력하는 행위는 그 시도 자체만으로도 대단한 것이었다.

"제운은 뭐 좋아해? 다음번에는 제운이 좋아하는 걸로 사올게."

햄치즈 샌드위치를 한 입 베어 물었다. 치즈를 그다지 싫어한 것은 아니었다. 그렇다고 굳이 치즈가 들어있는 것을 고르지도 않았다. 햄만으로는 부족했을 풍미가 입안에 가득 퍼졌다.

"됐어. 나도 돈 있어."

치즈는 여자애들이나 좋아하는 그런 것이라고 막연히 생각했다. 하늘을 돌아보았다. 덕분에 깨닫게 되는 것들이 많았다.

"내가 좋아서 그런 거야. 제운이 좋아하는 걸 주고 싶어."

그가 입술을 가로 벌리며 힘껏 웃었다. 그 미소가 아이의 그것처럼 순수하고 귀여웠다. 또다시 가슴이 하늘하늘 거렸다. 우리 뒤로 떨어지는 저 노란 낙엽처럼.

"제운은 무얼 좋아해?"

그건 살아오면서 수없이 들어온 질문이었다. 동시에 매번 시원한 대답을 들려주지 못한 질문이기도 했다. 다른 아이들처럼 집착하는 장난감이 있었던 것도, 좋아하는 과목이나 음식, 색도 없었다. 어린 시절 곧잘 하는 프로필 종이에는 항상 이름만 적혀 있었다.

생각해 보니 그런 내가 처음으로 스스로 한 행동이 있었다.

역시 하늘은 대단했다. 그를 바라보았다. 그의 맑은 눈동자가 지금 우리 머리 위로 펼쳐져 있는 오후의 파란 하늘과 몹시 닮아 있었다. 그건 무척 상쾌한 일이었다.

"기록하는 거."

"응? 기록?"

소중한 것들이. 잊고 싶지 않은 것들이.

"잊히지 않도록. 사라지지 않도록. 그래서 널 그리고자 하는 거야."

바람이 불었다. 나무에서 은행잎이 마치 봄날 벚꽃잎이 흩날리듯 떨어졌다. 온 세상이 노랗게 변했다. 마치 이곳이 노랑나라처럼 느껴질 정도로.

내팽개쳤던 가방에서 연습장과 끝이 바랜 종이를 꺼냈다. 하늘의 시선이 종이에 꽂혔다. 그는 한동안 종이에서 시선을 떼지 않았다. 종이를 바라보는 눈동자가 조용히 떨렸다.

"나…… 누군지 알아."

하늘이 한 음절 한 음절 조심히 내뱉었다. 목소리도 눈동자처럼 떨렸다. 어제 그가 내게 들려준 것처럼 나도 들려주어야 한다고 생각했다.

"12년 전에 꿈속에서 만났어. 내 또래처럼 보인 작은 소녀는 나를 보며 어른의 미소를 지었어."

아직 여물지 못해 아기자기하던 이목구비가 떠올랐다. 살포시 움직이는 입술과 머릿결까지. 이토록 또렷하고 생생한데 단순히 꿈이라 치부하다니.

하늘과 눈이 마주쳤다. 그 순간 노을이 지고 있음을 깨달았다. 어린아이의 눈빛처럼 순수하게 빛나던 눈동자가 서서히 가라앉았다. 이제 곧 그 모습을, 그 미소를 볼 수 있을 터였다.

"그리고 12년 뒤 만났어. 나와 같은 학교 교복을 입은 작은 소녀는 나를 보며 그와 똑같은 미소를 지었어."

하늘의 눈빛이 한결 부드러워졌다. 작은 입술이 천천히 벌어졌다. 그리고는 처음부터 정해져 있던 대사처럼 내 뒷말을 이었다.

"중학교 생활이 시작될 때 꿈속에서 플로로를 만났어. 미소가 참 예쁘던 작은 소녀는 나에게 일곱 색깔 나라에 대해 알려주었어."

그가 내 앞으로 다가왔다. 부드러운 미소와 함께 내게 작고 흰 손을 뻗었다. 곧 그의 손길이 내 뺨에 닿았다.

"고등학교 생활 끝자락에 만났어. 나와 같은 학교 교복을 입은 한 남자아이는 그를 만났을 때의 나와 같은 눈빛을 하고 있었어."

부드러운 손길이 뺨을 타고 올라 내 눈을 어루만졌다. 누군가의 접촉에 익숙하지 않았지만 불쾌하지 않았다. 하늘의 입술이 희미하게 휘었다. 참으로 따뜻하고 부드럽지만 어딘지 서글픈, 그런 미소였다.

"우린 그를 봤어. 우린 서로를 봤어. 전으로 돌아갈 수 없어."

하늘 끝자락이 주홍빛으로 타올랐다. 나를 올곧게 바라보는 하늘을 나도 올곧게 응시했다.

"별로. 전으로 돌아가고 싶지 않아."

하늘을 벤치에 앉혔다. 처음 본 순간 그에게 끌렸던 이유. 나는 플로로와 닮은 그를 그리고 싶었다. 노을이 지고 있는 이 순간, 노을이 지면 사라질 이 순간을 종이로 민첩하게 옮겼다.

연필로 얼굴선을 완성했을 때쯤 생각이 조금 바뀌었다. 그의 모든 순간을 그리고 싶었다. 노을이 질 때의 어른스러운 그도. 한낮의 아이 같은 그도. 아침의 다소 차갑게 느껴지는 그도. 그리고 밤의 여리고 여린 그도.

"늘, 평소처럼 웃어 줘."

하늘의 뺨이 붉게 보이는 건 이번에도 노을 탓일까. 주변의 노란 은행잎 때문에 하늘과 플로로의 얼굴이 더욱 겹쳐 보였다. 하지만 모순적이게도 주변의 노란 은행잎 때문에 하늘과 플로로가 별개의 존재라는 것이 여실히 느껴졌다.

틈만 나면 아이들이 몰려 들었다. 좋아하냐고? 사귀냐고? 그들의 과한 관심에 질려 부정할 작은 힘마저 생기지 않았다.

아이들이 더 크게 반응하는 이유는 상대가 '하늘'이기 때문이었다. 어쨌든 그는 학교에서 엄청 난 유명인이었으므로. 가십거리로 최고였다. 어디서든 웅성거리는 아이들에게서 환멸이 느껴졌다.

"제운아, 안녕? 점심 맛있게 먹어."

"맛있게 먹어, 제운아. 난 두 사람 사이 전혀 오해 안 하니까 걱정 마."

불린 제 이름에 고개를 살짝 들었다. 눈앞에 식판을 들고 있는 여자아이 두 명이 보였다. 하나는 몸이 불편한지 몸을 베베 꼬았고 하나는 뭐가 그리 좋은지 히죽 웃고 있었다.

어. 곧바로 시선을 거두었다. 뒤통수 너머로 여자아이들이 지나치는 소리가 들렸다. 그들의 멀어져 가는 발소리가 경박했다.

살짝 고개를 들어 오늘도 코를 박고 급식을 먹는 도진을 보았다. 특징이랄 것이 없는 우리 학교 급식을 이토록 맛있게 먹어주는 학생은 우도진 뿐이란 생각이 들었다. 평소와 다름없는 도진을 보니 아침부터 굳었던 신경이 조금 풀리는 것 같았다.

"야, 민제운. 완자 안 먹을 거면 주라 나 먹게."

"너 엄청 받아 왔잖아."

"그걸로는 부족하다고! 물론, 너야 충분하겠지만. 난 아직, 배고프거든! 밥도, 키도!"

입에 음식을 마구 집어넣으면서 도진이 잘도 말했다. 나도 이만 급식을 먹으려 식판에 고개를 묻었다.

"나도! 나도 배 엄청 고파서 그만 밥을 이~렇게나 많이 담아 버렸어!"

그 순간 도진 옆에 누군가의 식판이 세차게 놓여졌다. 식판에 밥이 고봉밥처럼 쌓여 있었다. 시선을 위로 올렸다. 옆을 돌아보며 당황하고 있는 도진이 보였다.

"나도 밥 많이많이 먹으면 키 클 수 있겠지?"

얼굴을 보지 않아도 누군지 단번에 알 수 있었다. 천천히 시선을 옆으로 돌렸다. 내 시선 끝에 하늘이 해맑게 웃고 있었다.

"안녕, 제운! 안녕, 제운이 친구!"

하늘이 도진의 옆에 앉았다. 너무 자연스러워 거절할 틈도 없었다. 아니, 오히려 하늘과의 동석을 거절하는 쪽이 훨씬 더 부자연스럽게 느껴질 정도였다.

"제운이 친구는 뜨거운 햇살 같아."

"칭, 칭찬? 고맙."

하늘의 옆에서 도진이 어쩔 줄 몰라 했다. 반면 하늘은 태연했고 무엇보다 천진했다.

"고맙긴. 나는 어때?"

"어? 아, 너, 넌 어떠냐고? 어…… 밝고 좋아."

"정말? 정말 그렇게 생각해? 제운이 친구는 정말정말정말 좋은 사람이구나!"

도진이 나에게 흘깃거리며 눈치를 몇 번 주었다. 그 눈치를 반찬 삼아 밥을 먹었다. 그렇게 도진은 하늘이 먼저 끝낼 때까지 대화를 주고받아야 했다.

나한테 하늘이 이렇다 저렇다 말했지만 두 사람은 의외로 케미가 좋았다. 정확히 오후의 하늘과 우도진이겠지만. 나쁘지만은 않았다.

급식을 먹으며 도진과 대화를 나누는 하늘을 힐끗 쳐다보았다. 그는 하루에 얼마나 변하는 걸까. 이미 몇 번 경험했지만 볼수록 신기했다. 문득 그가 나를 돌아보았다. 그대로 눈이 마주쳤다. 한동안 나를 물끄러미 바라보던 하늘이 해맑게 웃었다.

"맞아! 나 제운이한테 줄 선물이 있었지?"

하늘이 연극 대사를 읊듯이 말하며 주머니에서 무언가를 꺼냈다. 곱게 두 번 접은 쪽지였다. 내게 그것을 내밀며 다시 해맑게 웃었다. 일단 건네받았다. 도진이 조금 전보다 훨씬 벙찐 표정으로 나와 하늘을 번갈아 보았다.

"제운에게서 받은 선물에 대한 답례랄까?"

"선물? 답례?"

도진의 혼란에는 아랑곳 않고 종이를 펴 보았다. 종이엔······.

"이게 뭐야? 사람 얼굴? 이거 혹시 민제운?"

남자사람으로 보이는 사람얼굴 하나가 그려져 있었고 뒤로 작은 무지개가 펼쳐져 있었다. 삐뚤삐뚤한 빨주노파보흰검의 일곱 색깔 무지개. 아무리 보아도 아이가 아무렇게 그린 낙서그림이었다. 하늘을 돌아보았다. 여전히 해맑은 미소로 나를 바라볼 뿐이었다.

"아침에 그려봤어. 제운이 그려준 것처럼 멋지진 않지만······."

그날 하늘에게 그림 한 장을 주었다. 정확히 연습장을 들여다 본 하늘이 꼭 그것을 자신에게 달라 부탁했다. 내 부탁을 들어준 보답 겸 연습장 속 습작이었기에 내게 큰 의미도 없는 터라 아무 생각 없이 그림을 주었다.

"아침?"

갑자기 '아침'이란 말이 뒤늦게 가슴에 꽂혔다. 아침의 하늘은 무언가 차갑고 투명하며 쌀쌀맞은 분위기를 풍겼다. 그런 분위기로 이런 그림을 그렸다고? 가슴이 너무 간질거렸다. 도저히 참을 수 없을 정도였다. 그걸 그대로 토해냈다.

"하하-"

"어……. 웃었다. 천하의 민제운이……."

큰 소리를 내어 웃는다는 건 이런 느낌이구나. 상당히 상쾌했다. 마치 겨울이 가고 봄날의 바람을 맞은 것처럼.

"고맙다. 잘 간직할게. 풋-"

"어……. 아, 응!"

하늘의 두 뺨이 노을 아래에서 본 것처럼 붉게 물들었다. 하늘의 표정은 꼭 현재 시각 하늘의 모습에 달린 건 아니란 생각이 들었다. 더 알고 싶었다. 내가 아직 보지 못한 하늘의 다른 모습을 보고 싶었다.

"그럼, Ni renkontigos!"

하늘이 다급히 자리에서 일어났다. 아무래도 볼 일은 그림선물뿐이었던 모양이었다.

도진이 멀어지는 하늘과 나를 연신 번갈아 바라보았다. 무슨 말이야? 혹시 저주? 외계어? 혹시, 혹시 두 사람만의 은어? 도진이 많이 당혹스러워 보였다.

니 렌코온티고스. 하늘의 뒷모습을 향해 나지막이 말했다. 여전히 무슨 의미인지는 모르겠지만 저주의 의미가 아닌 것만은 확실했다.

"야, 민제운! 뭐라고 말 좀 해 보라고!"

하늘과 나 사이에 비밀이 많아지고 있었다. 그와의 비밀은 예전 나 홀로 《일곱 색깔 나라와 꿈》이란 동화를 비밀로 했을 때와는 달랐다. 나 혼자서만 간직하고픈 비밀이었다.

삼삼오오 모여 하교를 하는 아이들. 길을 따라 노랗게 익을 대로 익은 가로수. 바닥을 노랗게 물들이는 은행잎. 무심하게 지나치는 차들과 화음과 불협화음 사이를 오가는 거리의 소음들. 가을 늦은 오후의 다소 차가워진 공기와 건조한 습도.

주변의 모든 것이 익숙한 것들이었다. 너무도 익숙해 의식조차 못하게 되는 그런 것들. 그런데도 내 옆에 그가 있다는 사실만으로 항상 걷던 길이 다르게 느껴졌다.

옆에서 서시연이 긴 다리로 성큼성큼 걷고 있었다. 나도 제법 큰 보폭으로 걸었다. 옆을 흘깃 보았다. 눈이 마주쳤다. 그가 코를 찡긋거리며 웃었다. 그의 성격과 이목구비만큼 미소가 시원스러웠다.

조금 전에는 정말 깜짝 놀랐다. 막 교실을 벗어나려는 순간이었다. '민'이라 나를 애칭으로 부르는 익숙한 부름에 놀라움과 함께 알 수 없는 쾌감이 일었다. 함께 집에 가자는 말에 현실감을 조금도 느끼지 못했다.

다시 옆을 흘깃 보았다. 이번에도 눈이 마주쳤고 그가 코를 찡긋거리며 웃었다. 오후의 햇살처럼 찬란한 미소. 여전히 현실감이 없었다. 이건 노을빛에 물든 하늘을 볼 때보다 더 비현실적이었다.

"여전히 말이 없구나? 너도 참 안 변한다. 보통은 갑자기 같이 가자고 하면 무슨 일이냐고 묻지 않나?"

시원스러운 미소와 함께 그가 말했다. 걸을 때마다 짧고 곧은 머리가 찰랑였다.

여전한 건 서시연이었다. 그는 항상 밝고 잘 웃고 다정했다. 거기에 외모까지 상당히 아름다워서 예전부터 남자아이들 사이에서 인기가 많았다.

역시 공주님 역은 시연이고, 왕자님 역은 제운이겠지?

어린 시절 그와 난 곧잘 한 쌍으로 엮였다. 모두가 그런 우리에게 잘 어울린다 말해주었다. 그 말이 제법 마음에 들었다.

그가 시선은 정면에 고정한 채로 붉고 도톰한 입술을 열었다. 그런 서시연의 시선이 멀었다. 마치 저 높은 가을의 하늘처럼.

"고등학생이 되고 처음이지? 우리 함께 집에 가는 거."

정확히 중학교 졸업식 날 도진과 셋에서 기념사진을 찍은 날 이후로 처음이었다. 앞에 놓인 사진 앵글에 집중하고 있는데 그가 다짜고짜 S대에 가겠다고 외쳤다. S대 로스쿨로 들어가 주겠어. 우리 앞에서 이미 스카우트라도 받은 듯 의기양양하게 선언했다.

당시에도 공부를 곧잘 하던 그였다. 그렇다고 최상위권 성적은 아니었다. 시험공부도 매번 벼락치기로 공부하던 그였다. 말 그대로 공부를 '곧잘'하는 정도의 성적이었다.

과정은 다를지라도 끝이 나와 같은 곳이라는 생각에 제법 기뻤다. 같은 고등학교가 되어 고등학생 때도 계속 함께 할 수 있을 것이라 생각했다. 하지만 우리의 관계는 완전히 달라졌다.

고등학생이 된 그는 항상 바빴다. 공부하느라 바빴고 학원을 가느라 바빴고 법정회 동아리를 하느라 바빴고 법 관련 서적을 읽고 판례를 보느라 바빴다. 그는 착실히 자신이 정한 목표를 향해 나아가고 있었고 착실히 나와 도진에게서 멀어져 갔다.

"어."

고등학생이 된 이후 복도에서 가끔 마주쳐 인사를 나누는 것이 전부였다. 교실 뒷문으로 뒷모습을 훔쳐보는 것으로 만족해야 했다. 고등학교 3년 내내 그와 같은 반 한 번 되지 못한 것이 내심 서운하고 아쉬웠다.

"제운아, 너 혹시 좋아하는 애 있니?"

순간 서시연의 말을 이해하지 못했다. 너무나 갑작스러운 물음이어서. 그러다 그가 한 말의 뜻을 뒤늦게 이해했다.

"뭐?"

그만 크게 놀라고 말았다. 그가 나를 물끄러미 올려보았다. 얼굴이 한층 더 뜨거워졌다. 이건 '응'이라고 강하게 긍정한 것과 다르지 않았다. 그에게서 그만 고개를 돌리고 말았다.

"민제운이 이렇게 큰 반응을 보이다니. 있나 보네?"

아니나 다를까 그가 키득거리며 웃었다. 사실이었으므로 굳이 다른 말을 하지 않았다.

그 순간 갈림길에 도착했다. 한 쪽은 놀이터를 통하는 길, 다른 한 쪽은 놀이터를 통하지 않는 길이었다. 서시연의 집은 놀이터를 통해 가는 길이 훨씬 빨랐다. 나도 모르게 멈칫했다. 그도 나를 따라 멈추었다. 어느새 웃음이 그쳐 있었다.

서시연이 말없이 한동안 놀이터를 통하는 길을 응시했다. 그러다 나를 돌아보았다. 평소처럼 웃었지만 평소와 달랐다.

"바래다 줄 거지? 예전처럼."

그가 내 팔을 장난스럽게 잡아 당겼다. 당당하게 놀이터를 통하는 길로 발걸음을 옮겼다. 못 이기는 척 그를 따랐다.

"있잖아, 제운아. 너랑 나, 같은 곳을 목표로 하고 있는 거지? 그렇지?"

사고로 떠난 아버지의 옷을 부둥켜안고 울던 엄마의 모습이 떠올랐다. 아직 학교도 들어가지 못한 어린 내가 엄마에게 아버지의 대신이 되어야 함을 본능적으로 느꼈다. 언젠가 아버지의 길을 좇고 있는 날 바라보며 엄마가 살포시 미소를 지어주었다. 내 결심이 틀리지 않았음을 확신했다.

서시연은 꿈을 위해 법과 관련된 책을 읽고 법과 관련된 동아리 활동을 하느라 바빴다. 우리는 분명 같은 길을 생각하고 있었다. 고개를 끄덕였다.

"아마."

"'아마'로는 안 돼. 민제운, 넌 반드시 나와 함께 S대로 가야 해."

아버지의 뒤를 좇기 위해서는 학교가 중요하지 않았다. 아버지의 꿈이었던 법조인이 되기 위해 로스쿨에 들어 갈 수 있기만 하면 되었다. 내가 부정하려는 찰나 그와 눈이 마주쳤다.

"반드시 그렇게 해야 해."

단호한 눈동자만큼 단호한 말투였다. 서시연이 나를 올려보는 눈빛이, 찬란하기만 하던 미소가, 새벽공기처럼 가라앉았다.

"아님, 내가 죽을 듯이 공부한 보람이 없어. 3년을 기다린 보람이 없다고!"

기다려? 왜 그 순간 그의 얼굴이 떠오른 걸까. 문득 고개를 들었다. 서시연의 짧은 단발 너머로 놀이터가 보였고 그네에 앉아 등져 있는 그가 보였다. 그 순간 그도 무언가를 느꼈는지 뒤를 돌아보았다. 눈이 마주쳤다.

눈빛에서, 표정에서, 하늘을 올려보지 않아도 노을이 지고 있음을 깨달았다.

새벽은 잡생각이 많아지는 시간이었다. 연습장을 확인했다. 시원스러운 이목구비에 짧은 단발을 한 여자아이의 얼굴이 보였다. 그 위로 까만 선을 그어 지우려 했다. 하지만 작은 점조차 찍지 못하고 연습장을 덮었다. 곧바로 누군가의 번호를 찾아 전화를 걸었다.

"나올 수 있지?"

검은색 바람막이만 챙겨 그대로 집을 나섰다.

하늘이 새까맸다. 빛과 공해가 많은 도시에선 별조차 보이지 않았다. 그저 숨을 쉴 때마다 생기는 잿빛 입김만이 뿌옇게 하늘을 뒤덮었다. 아직 가을인데 새벽공기는 확실히 차가웠다. 제법 코끝이 시렸다.

"웬일이냐? 니가 먼저 부르고?"

신호가 바뀌고 사거리 건너편에서 도진이 다가왔다. 두꺼운 초록색 후드집업을 입고 있었고 주머니에 양 손을 푹 찔러 넣은 채였다. 어깨에 익숙한 회색 주머니도 보였다.

"말 안 해도 챙겨올 줄 알았어."

도진이 키득키득 웃었다.

"야구 봤냐? 5위의 반란이 시작됐어! 올해 포스트시즌은 완전 흥미진진해."

그 순간 품속으로 글러브 하나가 날아왔다. 끝이 해지고 닳은 글러브는 내 손에 딱 맞았다. 당연했다. 오랫동안 서로에게 길이 들어버렸으므로. 새것을 산다 해도 결국은 이걸 다시 찾게 되곤 했다.

"몸 좀 풀고 있지 그랬냐?"

"됐어."

"미리미리 준비해 두지 않다간 큰일 난다?"

도진이 개구쟁이처럼 웃었다. 그는 처음 만났던 그 시절의 모습에서 조금도 변하지 않았다.

도진과 서시연을 처음 만난 건 6살 때 동네 유치원에서였다. 같은 유치원 같은 반이었던 우리는 같은 장소에서 유치원 버스를 기다렸다. 먼저 엄마들끼리 친해졌고 뒤를 이어 자연스럽게 우리들도 친해졌다.

어느새 도진과 서시연이 내 옆에 있는 것이 당연하게 여겨졌다. 나는 그들과 함께 다소 무표정할 뿐 평범한 유치원생 시절을 보냈다. 그들과 함께 있는 것이 제법 즐거웠고 이 순간이 영원히 지속되리라 믿어 의심치 않았다. 그 일이 있기 전까지.

평화를 깨는 것은 항상 나였다.

까만 하늘에서 둥글고 흰 무언가가 점점 커졌다. 그걸 받았다. 꽤 묵직했다. 둥글고 흰 그것을 도진에게 돌려주었다. 그것이 조금 흔들리며 까만 하늘로 날아갔다.

"서시연까지 있으면 딱인데! 자고 있을 것 같지는 않고. 불러도 안 나오겠지? 중학생 때까지만 해도 셋이서 곧잘 캐치볼 했잖아."

손쉽게 공을 받아내며 도진이 말했다.

불과 3년 전이지만 그 3년이란 숫자가 아득히 멀게 느껴졌다.

도진과의 정확한 캐치볼은 단순한 움직임의 반복일 뿐이었다. 가끔 대화가 오갔지만 사소한 이야기뿐이었고 지극히 일상적인 대화였다. 3년 뒤, 도진과의 이 일을 기억할 수 있을까. 그 때엔, 3년 전 서시연과 셋이서 캐치볼을 할 때가 꿈인 것처럼 이 일도 꿈처럼 여겨질까.

밤바람은 제법 싸늘했고 작년까지 야구동아리 에이스 겸 동아리장이었던 도진의 공은 여전히 매서웠다.

"그만 하자."

우리는 자연스럽게 편의점으로 들어갔다. 야식으론 편의점 컵라면이라는 도진의 지론 때문이었다. 대충 빈 곳에 자리를 잡고 컵라면이 익을 때까지 기다렸다.

"3분이란 시간 엄청 길지 않냐?"

"그러게. 13년이란 시간은 엄청 짧았던 것 같은데."

편의점 유리창 너머로 보이는 풍경을 멍하니 바라보며 말했다. 별 생각 없이 내뱉은 말이었다. 문득 이상한 느낌이 들어 옆을 돌아보니 도진이 나를 빤히 바라보고 있었다.

"뭐냐? 징그럽게."

"짜식, 이 형님이랑 함께한 시간이 그렇게 즐거웠냐?"

도진이 헤드락을 걸었다. 익숙한 것이었으므로 굳이 막지 않았.

한참 내 목을 조르던 녀석이 갑자기 생각난 듯 컵라면의 뚜껑을 허겁지겁 열었다. 매콤한 열기가 한꺼번에 올라와 짧은 앞머리를 적셨다. 도진이 연기를 후후 불며 면발을 뒤적였다. 나도 그를 따라 면발을 뒤적였다. 꼬들꼬들한 면발이 젓가락질에 맞춰 조금씩 풀어졌다.

"야, 나도 너랑 계속 함께하고 싶어서 물어보는 건데."

아직 채 익지도 않은 면발을 입안으로 집어넣으며 도진이 말했다.

"넌 대체 지금 누굴 좋아하는 거냐?"

들고 있던 라면을 그대로 쏟을 뻔 했다. 당황해 기침을 해대는 내게 도진이 조용히 사은품으로 받은 비타민 음료를 건넸다.

"요즘 네 행동을 보면 좋아하는 애가 달라진 것 같아서."

도진이 아무렇지 않은 듯 컵라면의 국물을 들이켰다. 그가 무슨 말을 하고 싶은 건지 잘 알고 있었다. 라면 면발을 들어 식혔다.

"바뀐 적 없어."

처음엔 단순한 호감이었다. 친한 친구였으며 항상 함께 있는 것이 당연했으므로. 그를 '좋아한다'고 생각하는 것이 지극히 당연했다. 아니, 그를 '좋아하지 않을 이유'가 내겐 없었다.

그를 처음 의식한 것은 초등학교 6학년 때였다. 운동회 계주 마지막 선수로 뛰었다. 앞서가던 상대편 선수를 앞지르려는 순간 넘어졌고 우리팀이 졌다. 전부 내 탓인 것만 같아 마음이 무거웠다. 엄마도 오지 않은 터라 아이들이 없는 빈 교실에 혼자 앉아 있었다. 모두가 돌아간 뒤에 천천히 나갈 생각이었다.

민! 여기 있었어?

어떻게 알았는지 그가 내게 다가왔다. 늘 그랬듯 시원하고 활기차게 웃으며.

또 그 표정이네. 자, 나 따라해 봐. 민~

그는 언제나 밝고 씩씩했으며 눈이 부실 정도로 강했다. 6살 처음 만났을 때부터.

미, 민······.

더 크게!

민.

아냐, 더 크게! 자, 날 보고 잘 따라하란 말야. 이렇게. 민~

민~

잘 했어! 그렇게 웃는 거야. 나 따라 웃으면 돼. 그러면 되는 거야.

도진이 깨끗하게 비운 컵라면을 쓰레기통에 넣으며 나를 돌아보았다. 그에게서 이렇게나 직설적인 질문이 나올 줄이야. 아니, 어쩌면 나조차도 의식하지 못했기에 더 충격을 받은 건지도.

"야, 그럼 너한테 하늘은 어떤 존재냐?"

하늘은 불과 얼마 전까지만 해도 얼굴조차 모르던 완벽한 타인이었다. 다른 아이들에게서 외면을 받든 경멸을 받든 전혀 상관하지 않던 남.

하지만 지금은 달랐다.

놀이터에서 노을이 붉게 물든 하늘을 올곧게 바라보던 하늘과 내게 손을 세차게 흔들며 해맑게 인사를 하는 하늘, 처음 서로의 비밀을 공유하며 내 품에서 흘리던 뜨거운 눈물자국과 내게 샌드위치를 내밀며 짓던 미소까지 눈앞에 선명히 그려졌다.

입꼬리가 간질거리며 가벼워졌다.

"하늘은 나에게 있어 소중한……."

도진이 내 말에 집중한 듯 몸을 점차 내게 기울였다. 그에게만 들릴 수 있도록 작게 말을 이었다.

"동지."

"뭐?"

하늘은 내게 있어 플로로를 공유할 수 있는 유일하고 소중한 동지였다.

"동지라는 건 소중한 친구라는 의미일까?"

너무도 가깝게 들린 말에 도진과 내가 깜짝 놀라 고개를 돌렸다.

"안녕?"

우리 뒤에 하늘이 조용히 인사를 건넸다. 건들이면 바스스 부서져 버릴 것 같은 얼굴을 하고서.

"어? 어."

"정말, 하늘?"

하늘의 손에 전주비빔밥맛 삼각김밥이 들려 있었다. 그는 몹시도 익숙한 손놀림으로 껍질을 조금 벗겨내 전자렌지에 넣고 돌렸다. 아직 교복을 입은 채였다.

"사, 삼각김밥이 많이 먹고 싶었나보네. 그냥 배달을 시키지. 그래도 여자앤데 이런 시간에 혼자서 돌아다니는 건 좀……."

도진이 몹시 당황한 말투로 말했다. 그래, 하늘은 여자아이였다. 밖은 깜깜했고 인적도 드물었으며 날씨는 꽤 쌀쌀했다. 그럼에도 얇은 겉옷조차 걸치지 않은 차림으로 너무도 익숙하게 전자렌지가 울리자 삼각김밥을 꺼내어 껍질을 마저 벗겼다.

"괜찮아. 집 앞인걸. 더구나 집에 있는 것보다 여기가 훨씬 더 나을지도."

미소가 평소와 다르게 너무도 희미해서, 너무도 떨려서 낯설었다. 그럼에도 그는……

"정말 언제든 어디든 있구나."

내 말을 들었는지 하늘이 나를 돌아보았다. 그와 마주친 눈길조차 조금 전 미소처럼 희미하게 떨렸다. 순간 이 모습이 완전한 '밤의 하늘'이구나, 그런 생각이 들었다.

지금 이 상황을 가장 받아들이지 못하는 사람은 도진이었다. 도진이 횡설수설하며 물었다.

"그런데 무, 무슨 일 있었어? 학교에서는 그렇게 밝더니."

도진은 한낮의 하늘만 보았다. 해맑고 순수하고 어린아이 같은 하늘. 지금의 그는 그 명랑함과 강함과는 정반대에 위치해 있었다. 도진을 바라보는 하늘의 눈동자는 몹시 깊었고 몹시 위태로워 보였다.

"밤이니까."

"그러니까 밤인데 너는 왜 여기서 홀로 삼각김밥을 먹고 있는 것이며. 그걸 또 넌 왜 당연하다는 듯이 바라보고 있는 것이며. 도대체 왜 그렇게 울 것 같은 표정을 하는 거냐고!"

도진의 투정에 하늘이 작게 웃기만 했다. 크지도 않은 삼각김밥을 조그마한 입으로 조금씩 베어 물며.

그의 또 다른 모습을 발견하는 건 이제 익숙했다. 다만 도진의 말에서 한 가지 걸리는 것이 있다면 여자아이 혼자 돌아다니기에는 시간이 너무 늦었다는 점이었다. 여기 편의점은 외진 곳에 위치해 있어 인적도 드물고 주변이 제법 스산했다.

"바래다줄게. 집, 어디야?"

하늘이 검지로 한 쪽 방향을 가리켰다. 도진도 포기했는지 더는 아무 말도 하지 않았다.

하늘의 집은 빌라와 다세대 주택들 뒤로 홀로 우두커니 서 있는 저택이었다. 그의 말대로 집 앞이라 할 정도로 편의점에서 가까웠지만 작고 으슥한 언덕길을 지나야 했다. 그 길을 아무렇지 않게 오르는 하늘의 뒷모습을 보고 있다보니 이상한 느낌이 들었다.

높은 담벼락 뒤로 집의 불이 모두 꺼져 있었다. 그래서 주변이 더 스산했다. 집 주변으로 무슨 결계라도 쳐져 있는 것처럼 위화감마저 느껴졌다. 그건 단지 다른 집들에 겹겹이 싸인 우리 집과 전혀 다른 모습과 크기에 위압감이 들어서 그런 걸까.

"들어가."

이제 가려는데 하늘이 내 옷깃을 잡았다.

"제운. 우리는 동지인 거야?"

잠깐 고민하다 고개를 끄덕였다. 희미한 미소를 짓는 하늘이 기뻐 보이기도 슬퍼 보이기도 했다.

돌아가는 내내 시끄러울 것이라 예상한 것과 달리 도진은 조용했다. 이제 헤어지려는데 도진이 그제야 말을 늘어놓았다.

"야, 동지건 뭐건 다 좋은데. 행동 확실히 해라. 사랑은 야구랑 마찬가지로 타이밍이라고!"

그가 시야에서 사라지고 나서야 깨달았다. 내가 도진을 부른 이유. 마음이 다시 답답해졌다. 하늘을 올려보아도 새까만 하늘뿐이었다.

자습의 굴레에서 벗어날 수 있는 시간이 딱 한 시간 있었다. 먼저 체육복으로 갈아입은 도진이 내 책상 근처를 기웃거렸다. 그러더니 펼쳐져 있는 문제집을 손으로 가리켰다.

"이거 서시연?"

곧바로 문제집을 덮었다. 도진이 호탕하게 웃더니 내 어깨를 주먹으로 쳤다.

"짜식, 어제 내 충고 먹고 정신 차렸나 보네."

도진은 체육관으로 향하는 내내 실실 웃음을 자아냈다.

이번에도 남자아이들만 배드민턴을 칠 것이라 생각했다. 그 생각은 체육관에 도착하자마자 바뀌었다. 체육관에 다른 반이 있었다. 수업시간이 변경되었다고 했다. 그를 발견하고 눈동자가 떨렸다. 아니, 심장이 떨린 건지도.

"아, 제운이다. 제운, 안녕!"

체육관 한가운데에서 오늘도 해맑게 웃고 있는 하늘이 보였다. 하늘이 나를 바라보며 희고 가느다란 손을 세차게 흔들어 댔다. 높게 묶은 머리칼도 하늘하늘 흔들렸다. 분명 가장 작은 사이즈일 텐데도 체육복이 헐렁했다. 나도 인사를 하려했다. 그 때 근처에서 익숙한 목소리가 들렸다.

"반 대항 짝피구 하자는데, 어때?"

6반 반장인 서시연이 우리 반 반장에게 말하는 소리였다. 우리 반 반장이 살짝 고민하다 음흉한 미소를 지었다.

"그냥 하면 재미없고, 남녀 바꿔서 어때? 어차피 같은 반끼리는 서로 싫을 거 아냐?"

반장들끼리의 협상을 거쳐 남녀를 바꾸어 반 대항 보호피구가 진행되었다.

그렇게 되면 반 대항이 되지 않는 것이 아니냐는 아주 소수의 의견은 무시되었다. 어차피 지루한 시간을 축내기 위한 것일 뿐이었으므로. 작은 소음을 내었던 그들도 곧 무리 속으로 쉽게 사그라졌다.

"그래서 짝은 어떻게 정해?"

우리 반의 누군가가 말했다. 그러자 철저하게 준비를 해 온 6반 반장이 남자아이들 사이를 돌며 실내화 주머니를 들이밀었다.

"니 손보다 안 더러우니까 걱정 말고 뽑아."

두 개의 주머니 안에는 정확히 두 번 접힌 쪽지가 있었다. 그 종이에는 각각 4반과 6반 여자아이들의 이름이 쓰여 있었다. 이게 뭐라고 쪽지를 뽑기 전 기도를 하는 아이들도 있었고 뽑은 쪽지를 펼쳐보고 환호성을 지르거나 좌절을 하곤 했다.

그런 아이들을 한 발짝 뒤에서 구경하고 있는데 서시연이 내 앞으로 다가왔다.

"민, 잘 뽑아야 해!"

주머니 안을 슬쩍 들여다보니 유난히 가지런하게 올라와 있는 쪽지가 보였다. 별 생각 없이 그것을 집었다. 서시연이 지나가고 천천히 쪽지를 펴 보았다.

"야, 민제운. 혹시 얘 누군지 아냐? 어이, 민제운?"

할 말을 잃었다. 다시 종이를 내려다보았다. 조금도 변한 것이 없었다.

　서시연

"오! 이거 완전 운명이네. 좋겠다. 그건 그렇고 난 뻘쭘해서 어떻게 하냐? 나 의외로 낯 심하게 가리는데."

내 쪽지를 엿보며 도진이 구시렁거렸다. 하지만 그가 무슨 말을 하는지 귀에 들어오지 않았다. 기분이 좋으면서도 기쁘면서도 한편으로 마음이 무거웠다.

"나 뽑은 사람! 하늘 뽑은 사람, 누구야?"

"어~이. 여기 있다. 너 뽑은 사람."

"큰 소리로 떠들어대지 마!"

"쟤가 하늘 뽑았나봐. 딱 봐도 싫은 표정."

"나라도 싫겠다. 하늘과 짝이라니."

조금 멀찍이 떨어진 곳에 하늘이 보였다. 하늘 주변에서 아이들이 수군거리는 것도 다 보였다. 하늘의 표정이 순간 슬퍼 보였다.

넌 대체 지금 누굴 좋아하는 거냐?

문득 어젯밤 도진이 내게 한 말이 떠올랐다. 적어도 내가 그를 좋아한다고 깨닫고 난 후 바뀐 적이 없다, 고 생각했다. 그 때의 그 마음이 변한 적도 없었다.

다만…….

뽑은 쪽지를 다시 내려다보았다. '서시연'이라고 적힌 글자의 글씨체가 서시연의 것이라는 것을 깨닫기까지 오래 걸리지 않았다. 아주 조금 고민하다 그 쪽지를 도진에게 건넸다.

"이거 너 해라."

도진이 들고 있던 쪽지를 빼앗아 하늘의 이름을 뽑은 녀석에게 다가갔다. 체육관 창밖으로 노란 은행잎이 흩날리는 것이 언뜻 보였다.

3장. 하늘, 투명하거나 찬란하거나

"야, 나랑 바꿔."

위험한 순간에 기막힌 타이밍으로 등장해 구해주는 주인공이나 영웅이 되길 원한 적은 단 한 번도 없었다. 공주님을 구하는 왕자님 따위가 되는 건 더욱 싫었다. 좋아하는 사람은 따로 있었으며 나의 이 행동이 두 사람은 물론 그곳에 있는 모든 아이들에게 오해를 불러일으킬 수 있다는 것도 충분히 인지하고 있었다.

다만 창밖으로 하늘하늘 떨어지는 노란 낙엽이 보였고 문득 그날의 하늘이 떠올랐을 뿐이었다.

"적당히 피하다 적당히 맞고 나올 건데."

그럼에도 해맑은 미소를 보니 가슴이 간질거려 배까지 이상해질 정도였다.

"응, 물론!"

그건 분명히 처음 느껴보는 감각이었다.

짝피구는 6반 남자아이들과 우리 반 여자아이들 팀의 승리로 끝이 났다. 이게 뭐라고 승리한 쪽은 신이 났고 패배한 쪽은 침울했다.

"처음엔 귀찮다고 생각했는데 의외로 두근두근 거렸어."

"죽어 있던 심장이 되살아난 느낌?"

"난 시작할 때 느꼈어. 그 때 말이야, 그 때!"

아이들이 하나 둘 교실로 돌아갔다. 그 틈에 끼어 조용히 돌아가려 했다. 늘 그랬듯 도진과 함께 가려 했지만 평소답지 않게 우울해 하는 도진 곁으로 쉽게 다가갈 수 없었다.

하긴 도진은 승부욕이 강한 녀석이었다. 졌으니 우울해 할만도. 아니, 꼭 그 문제만은 아닐 수도 있겠단 생각이 스쳐 지나갔다.

다가온 다른 아이들과 함께 체육관을 나서려는데 누군가 내 앞을 막아섰다.

"너랑 내가 짝이었으면 당연히 우리 팀이 이겼을 텐데."

서시연이 안타까운 듯 미간을 찡그렸다. 뽑은 쪽지 속 단정한 이름이 떠올라 아무 말도 하지 못했다. 그가 나를 가만히 올려 보았다. 항상 보아오던 미소가 번져 있지 않아서 그런 걸까. 조금 낯설었다.

"너⋯⋯ 왜 우도진에게 준 거야? 나 뽑아놓고."

알고 있었던 건가. 최대한 아무렇지 않은 척 시선을 흘겼다. 내 행동이 잘못되었다고 생각하고 싶지 않았다. 그럼에도 마음이 불편했다. 아니, 이건 분명한 불쾌감이었다.

"너 때문에⋯⋯."

서시연이 말끝을 흐렸다.

"우도진에게 깔려서 압사당할 뻔 했잖아! 다음엔 그러지 마. 알았지?"

그러다 평소의 얼굴로 돌아오며 내 등을 퍽-퍽- 때렸다. 맞은 등이 얼얼했지만 익숙한 미소를 따라 입꼬리를 살포시 올리며 안심했다.

활기차게 웃고 있는 얼굴에서 조금 발갛게 달아오른 코가 보였다. 피구경기 때 도진이 공을 받으려다 뒤로 넘겨졌고 도진의 등에 서시연이 깔리고 말았다.

"민, 다음엔 절대로 그러지 마!"

서시연이 밝게 웃으며 자신의 친구들 사이로 돌아갔다. 한동안 멀어지는 뒷모습을 바라보았다.

교실로 돌아오니 자리에 음료수가 하나 놓여 있었다. 캔커피 표면으로 물방울이 떨어져 책상 위로 스며들었다.

도진은 아직 체육관이었다. 누군지 찾기 위해 고개를 돌릴 때마다 같은 반 여자아이들과 눈이 마주쳤다. 그 때마다 여자아이들이 깜짝 놀라며 시선을 피했다. 눈이 마주치기 전 분명 나를 빤히 바라보고 있었다는 생각이 드는 건 단지 느낌일 뿐인 걸까. 그러다 곧 신경 쓰지 않기로 했다.

숨 돌릴 틈도 없이 다음 시간이 이어졌다. 정치와 법 문제를 풀다 창밖을 바라보았다. 한낮의 하늘은 푸른빛이 만연했다. 마치 어린

아이들이 하늘을 파란색 크레파스로 칠해 놓은 것처럼.

제운은 영웅일까? 아니면 왕자님?

순간 뒷목이 뻐근해지며 소름이 돋았다. 하늘을 내 뒤에 두고 최소한의 움직임으로 공을 피하고 있었다. 등 뒤에서 나지막이 들리는 하늘의 목소리를, 혼잣말하듯 중얼거리던 그 말을 똑똑히 들어 버렸다.

매번 내가 생각하는 것들이 그에게 다 들리는 것만 같았다. 내 마음을 다 꿰뚫고 있었다. 그것이 창피하면서도 신기했다.

놓을게.

슬슬 뒤로 빠지고 싶을 때 쯤. 그 때도 하늘은 내 마음을 알고 있었다. 고개를 끄덕이자마자 하늘이 내 옷깃을 놓았다. 그 뒤 멋쩍은 듯 웃으며 네모난 코트에서 나갔다. 통통 튀는 발걸음에 맞춰 묶인 머리칼 끝이 통통 튀었다.

코트 밖에서 함께 있어도 상관없었다. 하지만 하늘은 나와 떨어져 자리를 잡았다. 멀어졌다. 그 순간 느낀 감정이 다시 심장 언저리에서 피어올랐다. 그건 분명 아쉬움이었다.

매번 고마워, 제운!

멀찍이 떨어진 곳에서 하늘이 입모양만 벙긋거렸다. 드러난 목선이 유난히 하얬다. 아, 음료수. 그제야 누가 음료수를 가져다 두었는지 깨달았다.

"그 녀석 백퍼 오해하고 있을 걸?"

도진이 옆에서 부스스 머리를 일으키며 말했다. 원래 자리는 두 칸 앞이었지만 수월하게 잠을 자기 위해 맨 뒷자리인 내 옆으로 오곤 했다.

그가 턱을 괴며 나를 바라보았다. 아직도 피구에서 진 것 때문인지 아니면 경기 도중 넘어진 탓인지 표정이 좋지 않았다. 그가 내게 화풀이하듯 말했다.

"니가 자기를 좋아한다고."

심드렁한 시선에서 왠지 모를 뜨거움이 느껴졌다. '어쩌면'이라는 생각이 들었다.

"너답지 않게 자꾸 왜 그러는 거냐?"

"오해가 아닐지도."

"뭐?"

하늘을 향한 마음은 단순히 반가움이라고 생각했다. 이제껏 남들과 할 수 없던 소중한 세계를 공유할 수 있는 유일한 동지를 이제야 겨우 만났으므로.

"야, 너 지금 뭐라고?"

"거기, 조용!"

하늘과 있으면 느껴지는 이 감정이 정말 단순히 소중한 동지여서 그런 걸까. 아니면 그 이상 무언가가 있기 때문일까. 알고 싶으면서도 무서웠다.

이 두려움은 하늘을 좋아하는 것에 대한 두려움일까, 아니면 서시연에 대한 생각이 바뀌는 것에 대한 두려움일까. 어느 쪽이 되었든 썩 유쾌한 일은 아니었다.

하루가 다르게 해가 지는 것이 빨라졌다. 하교시간의 하늘은 벌써 어둑했고 서둘러 노을을 준비하고 있었다.

도진은 오늘도 종례가 끝나자마자 사라졌다. 우정보단 사랑인가. 하긴 사랑은 타이밍이라며 줄기차게 외치고 다니던 녀석이었다.

나도 하교를 하려는데 누군가 내 앞을 막았다. 오늘은 자꾸 누가 내 앞을 막아서는구나. 그런 생각을 하며 내 앞에 선 누군가를 확인했다.

"제운아, 잠깐 괜찮을까?"

우리 반 여자아이 두 명이었다. 하나가 볼을 밝히며 말까지 더듬었고 나머지 하나는 눈에 힘을 주어 나를 노려보았다.

교실에서는 하기 힘든 말인 것 같아 급식실 뒤 벤치로 이동했다. 이동하는 중간에 나머지 하나는 가버렸다. 갈 때 친구의 어깨를 다독거려 주는 것이 언뜻 보였다. 긴 이야기는 아닌 것 같아 벤치에 앉지는 않았다. 내 앞에 선 아이가 말을 꺼낼 때까지 나무기둥에 몸을 기대고서 가만히 기다렸다.

"저, 저기, 있잖아, 제운아."

분명 내게 무슨 할 말이 있는 것 같기는 한데 우물쭈물 대기만 할 뿐 별 말을 하지 않았다. '저기'라는 말만 수십 번 반복했다.

이대로 그냥 갈까 생각하며 하늘을 올려보았다. 하늘은 그새 조금 전 교실에서 나올 때와도 달라져 있었다. 시간은 조금도 기다릴 줄을 몰랐다. 이제 곧 지평선 끝에서 노을이 타오를 것이었다.

"무슨 일인데?"

결국 참지 못하고 보챘다. 이번엔 그가 나를 보다 땅을 보기를 반복했다.

"저기, 그러니까 제운아."

불안한 눈동자와 잔뜩 긴장한 표정. 불규칙한 호흡과 붉은 뺨. 그러면서도 시종일관 힐끗힐끗 나를 바라보는 시선.

그가 무슨 말을 하고자 하는지 처음부터 눈치 채고 있었다. 불어오는 바람이 꽤 서늘했다. 이제 슬슬 목도리를 꺼내야 하는 걸까, 그런 생각이 들었다.

"좋, 좋아해!"

스스로 말해놓고선 손바닥에 얼른 자기 얼굴을 감추었다. 이런 순간마다 생각했다. 어떤 대답을 해 주는 것이 가장 올바른 정답일까. 나는 정답을 알지 못하므로 매번 오답을 선택했다.

어쩌면 고백부터가 오답이어서 그런 것은 아닐까.

"미안. 좋아하는 사람 있어."

그가 고개를 들었다. 의외로 표정이 담담했다.

"알고 있어. 6반 반장 좋아하잖아."

눈빛이 달라졌다. 조금 전까지만 해도 자신이 불러놓고 우물쭈물 거리기만 하던 그였다. 지금 이 순간 심하게 동요를 하고 있는 건 나였다.

"하지만 하늘이 너에게 고백하니까 그 아이를 신경 써 주고 있는 거잖아? 나를 좋아해 달라 하지는 않아. 나도 그 정도 상황판단과 염치는 있어. 그러니까 내가 하고 싶은 말은, 나도 딱 그 아이만큼 만이라도 신경 써 주었으면 좋겠다는 거야. 그걸로 충분히 만족할 거니까. 그렇게 해 줄 수 있지?"

이건 또 무슨 말이야?

태도가 갑자기 변해서 그런 건지 아니면 조금도 예상하지 못한 말을 속사포로 들어서 그런 건지 말을 조금도 이해할 수 없었다. 반면 그는 아직 할 말이 많이 남았다는 듯 담담한 표정으로 계속 말을 쏘아 붙였다.

"전에 내 친구가 놀이터에서 하늘이 너에게 고백하는 걸 봤대. 그 이후로 네가 그 애를 챙겨주고 있는 거잖아. 너는 은근히 다정한 스타일이니까. 겉으로는 관심 없는 척 해도 사실 마음이 따뜻한 아이잖아. 그러니까 나도 신경 써 달라고. 그런 애한테도 해 주는데 나는 못 해 줘?"

잠깐만, 내가 그렇다고? 당황해서 아무 말도 나오지 않았다. 그런 나와 달리 내 앞의 이 아이는 자신을 제어하고 있던 무언가가 풀려 버린 것 같았다.

"6반 반장을 이길 자신은 없어. 그 앤 같은 여자인 내가 봐도 멋지고 예쁘니까. 아니다. 그 정도는 돼야 너랑 어울리니까. 이 말이 더

맞겠네. 그러니까 날 좋아해 달라고 조금도 바라지 않아. 만일 그랬다면 섣불리 너에게 고백도 안 했을 거야. 까이는 건 너무 창피하니까. 다만, 그 아이만큼이라도 날 신경 써 주고 챙겨 줬으면 좋겠어. 가끔씩이라도 날 봐주기만 하면 돼! 그러면 된다고, 제운아!"

나도 모르는 사이에 나와 하늘과의 관계가 그렇게 정리된 모양이었다. 그래서 갑자기 아이들이 조용해 진 것이었군.

답답한 마음에 고개를 들어 하늘을 보았다. 끝자락부터 서서히 하늘이 타오르고 있었다. 아, 아이에서 어른으로 변하고 있겠구나. 나도 아이에서 어른으로 변해야 하겠지, 란 생각이 들었다.

"고백 받은 적 없어."

"뭐? 하지만……."

"신경이 쓰이니까 신경을 썼고 그렇게 해 주고 싶어서 그렇게 한 거야."

여자아이의 시선이 심하게 떨리기 시작했다. 눈동자가 안주 할 곳 없이 이리저리 마구잡이로 움직였다.

"하, 하늘을 좋아해? 그런 거야? 그딴 애를?"

"그럴지도."

"그럼 6반 반장은? 서시연은?"

"좋아했고 지금도 좋아한다고 생각해."

"그……게 뭐야?"

글쎄. 이 상황은 도대체 뭘까. 도대체 이건 무슨 감정인 걸까. 하늘을 향한 감정도 서시연을 향한 감정도 헷갈리기 시작했다.

변해 버렸다. 하늘을 본 뒤로. 아니, 그를 봐 버렸으므로.

내 앞에 있는 아이를 내려보았다. 그 아이의 눈동자가 떨릴수록 내 눈동자는 차갑게 식어갔다. 아마 머리 위로 펼쳐지고 있는 주홍빛 노을과는 무척 이질적일 것이었다.

"하지만 이것만큼은 분명해. 난 너에게 손톱의 때만큼도 관심없어."

그의 얼굴이 시뻘겋게 달아오르더니 대놓고 서럽게 울기 시작했다. 어떠한 위로의 말도 건네지 않았다. 그를 위할 마음도 그럴 자격도 없었으므로.

홀로 자리를 떴다. 그가 쫓아오더니 내 뺨을 때렸다. 그리고는 버럭 화를 내며 욕설을 내뱉었다. 그 뒤 다시 울며 뛰쳐 갔다.

맞은 뺨이 화끈거렸다. 그런데 왜 안심이 되는 거지. 작게 한숨을 내뱉었다. 뭐가 '은근히 다정하다'는 거야. 뭐가 '어른으로 변해야 하는 거겠지'야.

"숨지 않아도 돼."

급식실 뒤편에 있는 누군가에게 말했다. 처음부터 알고 있었다. 그곳에서 대화를 엿듣고 있다는 것 따위.

"알고…… 있었어?"

다소 멋쩍은 미소와 함께 그가 어둠 속에서 나왔다. 노을을 등지고 있어 순간 몸 전체가 노을에 타오르는 것처럼 보였다.

"미안. 엿들어서."

그림자가 져 잘 보이지는 않았지만 예상대로 지고 있는 노을과 같은 눈빛을 하고 있었다. 붉은 금빛으로 물든 눈동자가 나를 바라보았다.

그에겐 새삼 놀랐다. 어떤 의미로 한결같았으므로. 정말로 언제든 어디든 있었으므로.

"가는데 제운이 보였어. 그냥 가려고 했는데 신경이 쓰여서."

5교시 체육 수업 때와는 다른 말투. 차분하게 내려앉은 눈동자. 웃고 있으면서도 울고 있는 표정. 길게 내린 검푸른 빛깔의 머리칼. 예상한 그대로였다. 몇 번 밖에 보지 못한 이 얼굴을 나는 제대로 머릿속에서 그리고 있었다.

그냥 모른 척 가버릴까도 생각했다. 부끄러운 사실을 들키기도 했다. 그럼에도 그럴 수 없었다. 지금 이 곳을 떠난다 해도 어차피 그를 보러 놀이터로 갈 생각이었으므로.

후- 깊고 뜨거운 한숨을 내뱉었다. 더운 열기가 몸속에서 빠져 나가자 마음이 진정되었다.

내 앞에 있는 작은 소녀를 다시 보았다. 조금 전 그 아이를 볼 때와는 사뭇 달랐다. 모든 면에서.

"제운, 너랑 있으면 꿈을 꾸는 것 같아."

바람이 불었다. 하늘의 긴 머리칼이 흩날렸다. 검은 실타래 같은 그것이. 그 모습이 어릴 적 꿈속에서 보았던 모습과 겹쳤다. 다만 꿈속의 그의 머리는 해바라기 색이었으며 좀 더 풍성했고 바람에 흩날린 것이 아니라 고갯짓에 살랑였을 뿐이었지만.

"이것 역시 꿈일지도."

현실감이 없었다. 그건 단순히 수능이 다가오면서 느끼는 긴장감 때문이 아니었다. 하늘을 본 이후 무언가가 어긋난 듯, 중력이 뒤틀린 듯 붕 뜬 느낌을 받았다.

정말로 꿈일지도.

"꿈인 건 싫어. 제운이 사라져 버리니까."

사라지지 않을 사랑이며 좋을 텐데.

그 순간 플로로가 했던 말이 내 귀에 울렸다. 하늘이 천천히 다가와 내 옷깃을 잡았다. 옷깃을 통해 감정이 전해져 오는 듯했다. 여리면서도 간절한 떨림이었다. 체육시간 때와 무척 달랐다.

"매일 제운을 보고 싶어."

나를 바라보는 눈동자가 떨리면서도 올곧았다. 그러므로 피할 수 없었다. 점차 주홍빛으로 달아오르는 눈동자에 그대로 잠식될 것만 같았다.

"되도록 자주, 오래."

하늘의 말에 심장이 이토록 반응하는 건. 그의 말 한마디 한마디가 이토록 신경 쓰이는 건. 그의 작은 숨소리에 내 온 신경이 자극을 받는 건.

아무리 생각해도 단순히 '친구'나 '소중한 동지'이기 때문이 아니었다.

"현실에서 처음 만난 소중한 사람인걸. 드디어 만났는걸."

소중한 사람. 하늘이 말한 그 말에는 어떤 의미가 담겨 있는 걸까.

나와 같은 마음일까. 그렇지 않다면 어제까지의 나와 같은 마음일까. 확인해 보고 싶기도 그렇지 않기도 했다. 내 마음이지만 들여다 보고 싶지 않았다.

그건, 확실히 두려움이었다.

그럼에도 확인해야 했다. 그건 행동을 확실히 하라는 도진의 영향이었다.

"늘, 넌 날······."

우우웅-

그 때 휴대폰이 강하게 진동했다. 진동이 지속되는 걸 보니 전화인 모양이었다. 무시하려 했다. 하지만 이상할 정도로 진동 소리가 귀에 거슬렸다. 온 몸이 다 떨리는 것 같았다.

결국 가방에서 휴대폰을 꺼내었다. 수신자를 확인하고 조금 놀랐다. 그 순간까지도 폰은 진정할 기미를 보이지 않았다. 심장이 묵직하게 뛰기 시작했다.

"받아도 돼."

하늘의 허락에도 망설였다. 그러다 노을 아래 인자한 하늘의 미소에 결국 전화를 받았다.

"어."

"민? 어디야? 저기, 있지. 오늘 우리 엄마아빠 20주년 결혼기념일인데."

너무도 당당한 서시연의 말투에 내가 이제껏 아저씨 아줌마의 결혼기념일을 챙겨왔던가, 하는 착각마저 일었다.

"민, 있지. 나랑 같이 저녁 좀 먹어 주라. 둘이서만 외식하겠다잖아. 딸은 안중에도 없다, 이거야? 나 혼자서 밥 먹는 거 너무 싫어, 외로워. 내가 살게! 너 지금 어디야?"

하늘의 눈치를 살폈다. 갑작스런 제안에 내가 그에게 무슨 말을 하려 했는지조차 잊어버렸다. 하늘이 상황을 이해했다는 듯 부드럽게 미소를 지었다.

"제운, 나 가볼게."

"여보세요? 지금 누구랑 같이 있어?"

하늘이 점차 멀어졌다. 등을 져 보이지는 않지만 여전히 슬픈 그 미소를 짓고 있을 것이란 생각이 들었다.

충분히 붙잡을 수 있었다. 하지만 눈동자는 계속 그를 쫓으면서도 아무 말도, 어떠한 행동도 하지 못했다.

그러다 노을이 질 순간 하늘의 표정이 떠올랐다. 힘껏 하늘을 불렀다.

"늘!"

하늘이 뒤돌아보았다. 다행히 너무 많이 울고 있지는 않았다.

"내일 시험 잘 봐."

순간 그가 보여준 미소는 아주 잠깐이었지만 정오의 미소처럼 눈이 부셨다.

"응. 제운도."

하늘이 사라지고 나서야 깨달았다. 난 지금 나와 같이 있고 싶다는 소중한 사람을 스스로 떠나보냈구나. 나는 항상 오답을 선택했다.

 그리고 한 가지 사실을 더 깨달았다. 나는 여전히 서시연에게서 조금도 벗어나지 못했음을. 전화 너머로 들려오는 당차고 익숙한 목소리에 관성처럼 입술 끝이 부드럽게 휘었다.

 오랜만이었다. 이곳은 서시연의 단골집이었고 중학생 때까지만 해도 도진과 함께 셋이서 아지트처럼 사용하던 곳이었다. 오랜만에 맡은 노포의 내음에 향수마저 느껴졌다.
 "엄청 오고 싶었는데 드디어 왔네. 나 완전 기대 돼."
 서시연이 신이 나서 어깨를 들썩이며 말했다. 곧 바랜 벽지만큼 얼룩진 휴대용 가스버너에 떡볶이와 야채들과 튀김들과 당면이 잔뜩 담긴 전골냄비가 올려졌다. 순식간에 매콤하고 달콤한 향이 코끝을 찔렀다. 그 자극적인 냄새에 취한 듯 서시연이 황홀한 표정을 지었다.
 "망했어, 당장 먹고 싶어. 떡볶이야, 얼른 익어라!"
 "기본?"
 "응. 너랑은 항상 이거 먹었잖아."
 매번 기본과 치즈떡볶이를 두고 싸우던 중학생 도진과 서시연의 모습이 스쳐 지나갔다. 입술 끝이 제법 가벼웠다.
 "치즈 넣어도 돼."

"너 별로 안 좋아하잖아."

분명 치즈는 그다지 좋아하는 음식재료가 아니었다. 하지만 이제는 아니었다.

"꼭 그렇지만은 않아."

서시연이 나를 빤히 바라보는 것이 느껴졌다. 살짝 시선을 드니 그대로 눈이 마주쳤다. 그가 나를 보며 잔잔한 숨을 한 차례 내쉬더니 고개를 절래절래 흔들었다.

"아냐. 그냥 안 넣을래."

괜히 냄비에 있는 재료들을 뒤적였다. 서시연이 더 이상 아무 말도 하지 않았다. 대화가 끊겼다. 어색한 공기가 흘렀다. 분위기를 띄우고 싶었지만 무슨 대화를 나누고 시선처리는 어떻게 해야 하는지조차 알 수 없었다.

"제운아."

즉석 떡볶이가 다 익어갈 때쯤 서시연이 입을 떼었다. 즉각 그를 바라보았다. 그가 냄비에서 어묵을 하나 집어 입으로 가져갔다.

"아줌마는 건강하시지?"

서시연이 만족스럽다는 표정을 지었다.

국자로 떡볶이를 양껏 퍼 서시연의 앞접시에 놓았다. 서시연의 앞접시에서 여린 열기가 피어올랐다.

"아직은 젊으니까 버티고 있다고 생각해."

"요즘도 밤새 일하셔?"

"응. 최근엔 주말에 일을 하나 더 늘렸어."

또 한 국자 퍼 내 앞접시에 담았다. 오랜만에 먹은 떡볶이는 예전과 똑같은 맛이 났다. 달콤하면서도 짭짤하고 그러면서도 매콤한. 자극적이면서도 과하지 않은 그런 맛이었다.

"힘드시겠다, 아줌마."

서시연이 떡을 한 입에 먹더니 뜨거운 듯 입을 오물오물 거렸다. 서둘러 반찬으로 나온 샐러드를 먹었다.

응, 정말로.

지금 돌이켜보면 예전의 엄마는 철없고 마냥 어리기만 했다. 이른 나이에 아버지와 결혼해 나를 낳고 서툴게 돌보던 어린 엄마.

아직 걸음걸이가 종종대던 시절. 엄마가 내게 이런 좋은 맛은 일찍 알게 해 주어야 한다며 내게 떡볶이 어묵을 먹였다. 그게 너무 맵고 뜨거워서 내 입이 다 불타버릴 것 같았다. 너무 놀란 난 울음을 터뜨렸다.

그 모습을 본 엄마가 처음엔 당황하더니 갑자기 웃어대기 시작했다. 미안하다 말로만 사과를 하며 눈물까지 찔끔 흘려가며 웃었다. 엄마의 그 웃음에 울음을 멈추었다. 엄마가 진정될 때까지 웃는 엄마를 가만 바라보았다. 엄마의 해맑은 웃음소리를 들으며.

철없고 어리던 엄마는 그 일 이후 달라졌다.

일찍이 부모를 여읜 엄마가 시댁에서도 지아비를 잡아먹은 년이라 소박맞고 돌아온 날. 엄마는 방에서 아버지의 옷을 부여잡고 밤새 서럽게 울었다. 다음날 겨우 방에서 나온 엄마는 나를 어느 때 보다 꼭 끌어안으며 현실은 엄마 혼자로 충분하니 제운은 마음껏 웃고 꿈을 꾸라는 말을 주문처럼 반복했다.

그 말은 엄마를 완전히 다른 사람으로 만들었다.

"나 때문에 고생이지."

"응."

잠시 말없이 서로의 앞접시에 놓인 떡볶이만 먹었다. 익히 잘 알던 맛이어서 의식하지 않으면 맛을 느끼기도 전에 삼켜버리곤 했다.

"제운아, 난 있지. 꿈이 하나 있어."

침묵 사이로 조심스럽게 그의 목소리가 스며들었다.

서시연의 꿈이라면 익히 잘 알고 있었다. S대에 가는 것. 이후 S대 로스쿨에 들어가 훌륭한 법조인이 되는 것. 중학교 졸업식 날 나와 도진에게 당당히 선포한 그는 고등학교 3년 내내 내친 포부만큼 자신의 꿈을 위해 최선을 다했다.

"……알고 있어."

"아니, 넌 전혀 몰라."

단호한 말투에 떡볶이를 먹으려다 말고 고개를 들었다. 눈이 마주쳤다. 아무런 표정이 걸려 있지 않은 얼굴이 낯설었다. 아니, 언젠가 본 적도 있는 것 같은 표정이었다.

"내 꿈이 이루어지기 위해선 네 도움이 반드시 필요해."

그러더니 곧 코를 찡긋거리며 미소를 지었다. 익히 잘 아는 미소를 보자 나도 모르게 미세하게 입꼬리가 올라갔다. 이건 오랜 세월 몸에 새겨진 습관이고 관성이었다.

"나 따라 웃으면 된다고 했던 말 잘 기억하고 있나 보네."

서시연이 나를 보며 흐뭇하게 웃었다. 그날의 기억이 떠올랐다. 흙이 잔뜩 묻은 체육복을 입고 머리를 질끈 묶은 소녀. 그럼에도 나를 바라보며 미소 짓는 그 모습이, 너무도 찬란했다.

그 소녀가 순식간에 성장해 나를 바라보았다. 그럼에도 여전히 눈이 부셨다. 왠지 그를 제대로 바라볼 수가 없었다. 고개를 돌리고 사이다 한 잔을 벌컥 마셨다.

"아마 조만간 너에게 부탁하러 갈 거야."

"지금 해도 돼."

"아니, 지금은 안 돼. 절대 안 돼. 시험을 망치고 싶지 않으니까."

개구 진 표정을 지으며 고개를 절래절래 흔들었다. 무슨 뜻인지 이해할 수 없었다. 예상할 수도 없었다. 그럼에도 아무 것도 묻지 않았다.

그가 냄비에서 만두를 꺼내 그대로 먹었다. 뜨거운지 허공에 입김을 사정없이 불어댔다. 오래 본 만큼 조금의 내숭도 없는 사이. 그저 그걸로 된 것이란 생각이 들었다.

모듬튀김이 추가 된 떡볶이 2인분에 라면사리를 추가하고 볶음밥 2인분까지 싹쓸이를 한 뒤에야 우리는 자리에서 일어섰다.

만족했는지 서시연이 콧노래를 부르며 앞서 걸었다. 그 모습이 사랑스럽다, 라고 느낄 찰나 그가 뒤를 돌아보았다. 달빛에 눈동자가 반짝였다. 그가 어딘가를 향해 손가락을 가리켰다.

"우리 꼭 성공해서 같이 저런 멋진 곳에서 살자!"

서시연이 가리킨 손가락 끝에 높은 오피스텔 빌딩이 보였다. 한 번도 생각해 보지 않은 일이어서 별다른 대답을 들려주지 못했다. 그가 코를 찡긋거리며 머쓱하게 웃어보였다. 그러더니 아무 일도 없었다는 듯 콧노래를 부르며 앞서 걸어갔다.

그 뒤 별다른 말을 하지 않았다. 다시 나를 돌아보지도 않았다. 그의 집에 다다라서야 겨우 눈을 마주칠 수 있었다.

"민, 넌 반드시 아저씨의 빈자리를 채울 수 있을 거야. 그렇게 되면 분명 아줌마도 안심하고 편해지실 거야. 그렇지?"

아버지의 꿈을 이어 멋진 변호사가 되어보이겠다는 내 말에 희미하게 짓던 엄마의 미소를 떠올렸다. 나는 천천히 고개를 끄덕였다.

"그러니까 평소대로 있어."

순간 달빛에 부서진 서시연의 미소가 조금 서글프게 느껴진 건 왜일까. 그날의 희미한 엄마의 미소를 떠올렸기 때문일까.

"그럼, 민! 내일 마지막 모의고사 잘 봐. 반드시!"

그가 긴 팔로 손을 시원스럽게 두어 번 흔들더니 주변과 비슷하게 생긴 5층짜리 건물 안으로 들어갔다. 그가 완전히 사라질 때까지 자리에 서 있었다. 아니, 그가 완전히 사라진 뒤에도 한동안 그곳을 벗어날 수 없었다.

밤이지만 그의 주변은 항상 빛이 났다. 밤하늘의 은은한 달빛과는 비교도 되지 않을 정도로 찬란했다. 이토록 여운이 길게 남을 정도로.

마지막 모의고사는 평범하게 끝이 났다. 그다지 어려웠던 과목도 유난히 쉬웠던 과목도 없었다. 무난한 난이도. 가채점 결과 평소와 비슷한 점수. 집에 갈 준비를 하고 있는데 어디선가 도진의 절규소리가 들렸다.

"또 망쳤냐?"

"완-전."

도진이 응원하는 팀이 스윕패에 당했을 때와 같은 표정을 지었다. 가채점 결과표를 바라보는 눈동자는 하염없이 흘러내리고 있었고 입술은 못마땅함에 삐죽 나와 있었다.

"똑같더라, 거기."

그가 시선을 천천히 내게로 옮겼다. 슬퍼 보이는 눈동자와 삐죽 나온 입은 그대로였다.

"어디? 코끼리분식점? 우리 중학교 때 뻔질나게 다니던 그 즉석 떡볶이집?"

고개를 끄덕였다. 도진이 잔뜩 커진 눈동자로 서둘러 물었다.

"누구랑 갔는데?"

"서시연."

도진이 자리에서 일어나 허겁지겁 가방을 챙겼다.

"나 학교 끝나자마자 누구 보기로 했는데 깜빡했다. 내일 보자."

그리고는 그대로 교실을 나가버렸다. 뭐야, 저 자식. 그가 나간 뒷문을 바라보다 교실에 남아있던 어제 그 여자아이와 눈이 마주쳤다. 그가 고개를 팽 돌렸다.

창밖을 보았다. 하늘이 파랬다. 아직은 아이 같을 하늘을 떠올렸다. 그는 시험을 잘 봤을까. 그리고 그도.

가방을 챙겨 교실을 나왔다. 집에 가면 한숨 잘 생각이었다. 수면은 양과 질 모두 항상 떨어졌다. 그럼에도 엄마 앞에서는 티를 내지 않으려 노력했다. 엄마가 나보다 훨씬 더 피곤할 것이었다. 그런 고로 놀이터 길로 가지 말자는 결론을 내렸다.

"안녕, 제운!"

교문을 막 나서는데 나직한 여자아이 목소리가 들렸다. 이제는 익숙해진 해맑은 미소 뒤로 자전거가 눈에 띄었다. 앞 바구니에는 먹을 것들이 잔뜩 담겨 있었고 자전거는 한눈에 보기에도 낡아 보였다. 하늘이 예전 야타족처럼 말했다.

"타. 도중까지 태워다 줄게."

하늘이 자기 등 뒤에 있는 자전거를 엄지손가락으로 가리켰다. 그 장면이 뭐가 그리 재밌었던 걸까. 순간 뱃속이 간질거렸다. 언젠가 느낀 적이 있는 감각이었다.

"웃고 싶으면 웃어, 제운. 이렇게!"

그가 해맑게 웃어댔다. 그 미소에서 서시연의 얼굴이 겹쳐보였다. 당황해 나도 모르게 흠칫했다.

"아, 아쉽다. 제운이 웃는 거 또 볼 수 있었는데."

아쉬운 건지 즐거운 건지 하늘이 키득대며 잔웃음을 뱉어냈다. 그가 웃는 것을 보고 있으면 이상하게 마음이 놓였다. 나답지 않게 용기도 생겼다. 그냥 저질러 버려. 그런 생각이 들었다.

어쩌면 그와 함께 있는 이 시간과 공간이 꿈처럼 느껴져서 그런 걸까. 하늘에게 조금 다가갔다.

"너 시간 있어? 한강에라도 갈까?"

"응? 시간이야 있지만. 아, 또 '너'라고 불렀어! 내 이름!"

"그럼. 가자, 늘."

하늘에게서 자전거를 뺏어 안장 위에 올랐다. 그런 날 하늘이 당황해 하며 바라보았다. 그러더니 이내 밝게 웃으며 내 뒤에 올라탔다. 하늘은 무척 가벼웠다. 그가 나를 붙잡는 것을 느끼지 못했다면 혼자 타고 있는 것처럼 느껴질 정도로.

내 옷깃을 붙잡는 손길은 의외로 조심스러웠다. 하지만 또렷하게 느껴지는 그의 손길과 체온에, 이 순간이 꿈이 아니라 현실이라는 것이 느껴졌다.

지금이라면 꿈이 아니어도 괜찮다는 생각이 들었다. 아니, 오히려……

"속도 더 올릴게. 꽉 잡아."

개천변으로 들어와 속도를 내었다. 하늘이 내 옷깃을 세게 움켜쥐었다. 머리 위로 하늘이 끝없이 펼쳐졌다. 어디에도 막힌 곳 없는 바람이 자유롭게 불었다. 눈앞에 펼쳐진 길도 끊임없이 이어져 있었다.

누구도 나를 막지 않았다. 내가 가고 싶은 대로. 내가 하고 싶은 대로. 앞에서 불어오는 바람이 시원했다.

수없이 흔들리는 한강의 물비늘이 금가루를 뿌린 밤하늘 같았다. 강 건너 태양의 미련에 매섭게 주홍빛으로 물들어 가는 강남은 미지의 장소인 듯 이질적이었다.

잠깐 쉴 곳을 찾던 우리 눈에 작은 놀이터가 보였다. 그네가 아닌 흔들의자에 몸을 기댔다. 다른 의미는 없었다. 자극적인 듯 나른한 주변 풍경에 낯선 것에서 익숙함을 느꼈을 뿐이었다.

"나 누군가의 뒤에서 자전거 타는 거 처음이야."

하늘이 자전거 바구니에서 물을 꺼내 건넸다. 그 뒤 내 옆에 나란히 앉았다. 그의 무게만큼 흔들의자가 가볍게 살짝 쿵 흔들렸다. 내 심장도 흔들의자마냥 살짝 쿵 흔들렸다.

몸 안을 촉촉하게 적시는 물길과 함께 얼굴과 몸에 와 닿는 바람을 느꼈다. 상쾌하면서도 부드럽고 시원했다. 주변에서 바람결에 흔들리는 갈대들이 사삭거리며 우리의 장면을 훔쳐 그리는 듯한 소리를 내었다.

시월도 다 지나가고 있는 지금에서야 가을이구나, 생각했다.

"지금은 날씨가 이렇게 좋은데 수능 때만 되면 추워지는 게 신기해."

하늘이 두 발을 그네 위로 올리더니 천천히 일어섰다. 그네가 움직이지 않도록 최대한 잡아주었다. 완전히 일어선 하늘이 하늘을 향해 손을 뻗었다. 하늘을 향한 시선이 안정적이면서도 간절했다.

"변덕스러워. 하늘만큼 날씨도 변덕스러워."

하늘이 미소를 지었다. 슬퍼 보이면서도 기뻐 보이는 그 미소를. 마음이 저려왔다.

"그 말은 너도 변덕스럽다는 말이야?"

가만히 내려다보는 얼굴에 미소가 번졌지만 여전히 슬퍼 보였다.

"응. 변덕스러워. 아주. 많이."

그가 다시 하늘을 올려 보았다. 한동안 멍하니 선 채로. 안정적이던 눈동자가 떨리기 시작했다. 가끔씩 입술 언저리도 떨렸다. 그가 자신의 감정을 오롯이 꺼내려 한다는 것을 느낄 수 있었다. 천천히 그러면서도 매섭게 내려앉는 저 노을처럼.

짙게 물든 하늘을 온 눈동자에 가득 담던 하늘이 주저앉으며 무릎을 감싸 안았다.

"엄마가 날 버리고 떠난 날. 아빠뿐이어도 괜찮다고 생각했어."

잔뜩 굽은 등과 달리 나긋하게 이어지는 하늘의 말을 잠자코 들었다. 그의 진심을 나도 진심을 담아 들어주고 싶었다.

"서툰 청소와 빨래 그보다 더 서툰 요리까지. 그래도 좋았어. 아빠가 있었으니까. 그런데 아니었어. 그 사실을 플로로가 알려 주었어."

하늘이 날 돌아보았다. 어느새 슬프면서도 기뻐 보이는 미소는 사라지고 없었다. 얼굴엔 슬픔만이 짙게 번져 있었다.

"전혀 괜찮지 않았던 거야. 나에게 조금도 관심이 없던 아빠를 난 마음 깊숙이 원망하고 있었어. 아빠가 가장 좋다고 생각했으면서.

아빠뿐이면 된다고 했으면서."

바람이 불었다. 머리칼이 마구잡이로 흩날렸지만 흩날리는 머리칼을 그대로 두었다.

"내 마음을 인정하고 났더니 마음이 편해졌어. 이제 아빠가 아닌 날 바라보며 살기로 마음먹었어. 내 이름을 진정으로 사랑할 수 있기를 바라며 노력했어. 그래서 드디어 하늘을 품어 하늘처럼 웃을 수 있게 되었어. 그런데 그것 역시 아니었던 거야."

하늘이 내게로 손을 뻗었다. 내 뺨 근처에서 작고 여린 손이 움찔거렸다. 힘없이 떨어지는 손을 나도 모르게 낚아챘다. 날 바라보는 눈동자가 깊게 떨렸다.

"나는 전혀 웃고 있지 않았어. 그 사실을 제운이 알려주었어."

하늘이 다른 쪽 손으로 내 손등을 감쌌다. 그 순간 왜 그렇게도 심장이 떨렸던 걸까. 쿵쾅거리는 심장소리가 그에게 닿을까 걱정되었다. 아니, 알면서도 모른 척 하고 있다는 생각이 들었다.

"나와 같은 눈을 하고 있던 제운을 이해할 수 있다고 생각했어. 그런데 아니었어. 그저 내가 너에게 이해 받고 싶었던 거야."

하늘이 내 손을 들어 제 뺨에 가져갔다. 마치 다시 만나지 못할 이별이라도 하듯 내 손등에 뺨을 부드럽게 비볐다. 처음 느껴보는 감촉. 여자아이의 뺨은 이토록 보드랍구나. 하지만 가슴이 자꾸만 아렸다.

"그건…… 변덕은 아니지."

"응. 아닐지도."

하늘을 보았다. 그저 슬퍼 보이는 이 미소가 괜히 내 탓처럼 느껴졌다. 하늘이 조심히 내 손을 내려놓고 먼 곳을 응시했다. 나도 하늘을 따라 시선을 한강 쪽으로 돌렸다.

가슴이 뛰었다. 쿵-쿵- 내 심장이 흔들의자와 어긋나게 흔들렸다. 주변을 지나치는 사람들의 말소리가 멀게 느껴졌다.

"'소중한 동지'라는 말. 처음 들어 봤어. 정말로 기뻤어."

하늘이 혼잣말처럼 내뱉어 나에게 하는 말이란 생각이 들지 않았다. 짙어가는 노을 아래 그의 얼굴에는 현실감이 전혀 없었다. 손을 뻗어 작은 바람에도 흩날리는 가는 머리칼을 만지려다 그만두었다. 건들이면 신기루처럼 사라질 것만 같았으므로.

"그 말을 들었을 때의 떨리던 감정이 지금도 느껴지는 것 같아."

하늘이 부드럽게 노래를 부르는 듯한 표정을 지었다. 왠지 나 자신이 초라하게 느껴졌다. 그에게서 시선을 돌려 다른 먼 곳을 바라보았다.

미소 띤 얼굴로 대화를 나누며 나란히 걷는 연인들. 자전거를 타고 지나가는 사람들. 높게 웃는 여학생들 무리와 무료한 시간을 달래며 장기를 두는 할아버지들. 조금 먼 발치에서 그들의 움직임이 흐릿하게 보였다. 마치 노을빛에 스며들 듯.

저들에게 나와 하늘은 어떻게 비춰질까. 나는 하늘에게 어떤 관계를 원하고 있는 걸까. 나는 그에게 어떤 존재일까.

문득 이대로 이 순간을 끝내고 싶지 않다는 생각이 강하게 들었다. 자리에서 일어섰다.

"늘, 잠깐 걸을까?"

하늘을 돌아보았다. 그가 살포시 미소를 지었지만 나는 조금도 미소 짓지 못했다.

한강을 따라 걸으며 하늘의 어린 시절 이야기를 들었다. 그는 마치 구전동화를 이야기하듯 담담하게 자신의 이야기를 전했다.

다른 사람의 일에는 그다지 관심을 가지지 못하던 나였다. 나만의 문제로도 충분히 복잡했고 벅찼으므로. 그럼에도 그의 이야기는 몹시 흥미로웠다.

19년 전 2.9kg으로 평범한 가정에 평범한 아이로 태어난 그는 하늘이란 이름을 부모에게서 처음 선물 받았다.

늘 한결같이 하늘처럼 푸른 아이가 되기를.

부모의 희망에 따라 밝은 아이로 평범하게 자랐다. 평범한 아이는 평범하게 사랑을 받으며 다른 아이들과 마찬가지로 부모에게서 유치원 또래아이들로 점차 세계를 넓혀 나갔다.

크게 눈에 띄던 아이가 아니었던 그는 다른 아이들 틈에서 무난하게 유치원을 졸업했다.

늘아, 넌 미소가 참 아름다운 아이야. 유치원 졸업식 날, 담임선생님으로부터 그런 말을 들었을 뿐.

초등학생이 되던 해. 점차 부모의 사이가 틀어지기 시작했다. 시작이 무엇인지는 알 수 없었다. 가랑비에 옷이 젖듯 그렇게 서로에 대한 오해와 원망이 커져갔다.

미소가 참 아름다웠던 아이는 어느 순간 웃지 않게 되었다.

하늘의 성장이 더디게 늦다는 것을 깨달은 건 초등학교 5학년 때였다. 다른 여자아이들과 달리 2차 성징도 전혀 오지 않은 그는 눈에 띄게 작고 왜소했다.

유독 키가 작고 어두워 눈에 띄던 아이는 흔한 졸업사진 한 장 남기지 못하고 초등학교를 졸업했다.

초등학교 졸업식과 중학교 입학식 사이. 부모는 결국 결별을 선언했다. 그렇게 조금도 웃지 않게 된 그는 늘 한결같이 밤하늘처럼 어둡고 슬픈 아이가 되었다.

중학교 입학식 날. 다른 차원에서 살아가는 사람을 만났다. 꿈속에서 플로로는 자신에게 새로운 세계에 눈을 뜨게 해 주었다. 놀라운 건 이 세상에 일곱 색깔 나라가 존재한다는 사실이 아니었다. 희망조차 없을 것 같은 환경에서도 플로로는 희망을 잃지 않고 웃고 있다는 사실이었다.

해바라기빛 풍성한 머리와 샛노란 눈동자를 지니고 아이처럼 동그란 뺨을 가진 그는 절망뿐인 현실에서도 그토록 아름다운 미소를 짓고 있었다.

이후 하늘은 자신의 이름과 같은 하늘을 올려다보기 시작했다. 늘 자신의 머리 위에서 자신을 품어주던 하늘은 언제 어디서든 무척이나 아름다웠다.

하늘처럼 되고 싶었다. 늘 한결같이 하늘처럼 아름다운 아이가 되고 싶었다. 그건 부모가 자신에게 준 첫 선물이었으며 그들 사랑의 결실이었으므로. 현실에서 도망치고 싶지 않았다. 하늘은 자연의 파랑나라 사람이었으며 동시에 엄마아빠의 딸이었으므로.

하늘을 바라보며 웃기 시작했다. 웃는다고 엄마아빠의 사이가 나빠지기 전으로 돌아갈 수는 없지만 최대한 하늘처럼 밝고 아름답게 웃으려 노력했다.

다른 사람들로부터 부모의 부재를 채우려는 듯 끊임없이 먼저 다가갔다. 관심과 사랑이 필요하다는 사실을 숨기지 않고 표현했다.

플로로를 통해서 알게 된 놀라운 진실을 홀로 묵힐 수 없었다. 근처에 있는 모든 사람들에게 그 사실을 알렸다. 대단한 진실이라 생각했다. 그런 사실을 알고 있는 자신을 기특하고 대단하게 여겨 줄 것이라 생각했다.

하지만 돌아온 것은 경계와 조롱과 무시였다.

늘 한결같이 하늘처럼 아름다운 미소를 짓고자 했던 그는 다른 아이들의 경계와 조롱과 무시 사이에서 중학교를 졸업했다.

고심 끝에 같은 중학교 출신이 적은 고등학교로 진학했다. 기대감을 안고 첫 등교를 했다. 하지만 이미 온 학교에 자신에 대한 소문이 퍼져 있었다. 오히려 중학교 때보다 경계가 심했고 더한 조롱거리가 되어 있었으며 어떨 땐 완벽한 투명인간 취급을 받았다.

경계와 조롱보다 견디기 힘든 것은 무시와 투명인간 취급이라는 사실을 깨달았다. 다른 사람들에게 부정당할 때마다 자신의 존재자체가 부정당해지는 것처럼 느껴졌다.

힘들 때마다 플로로를 떠올렸다. 자신보다 더 열악한 환경에서도 아름답게 미소를 짓던 그를 생각하며 힘내고 또 힘냈다.

마침내 고3 끝자락. 하교 후 늘 홀로 시간을 보내던 놀이터에서 플로로를 만나기 전 자신과 똑같은 눈을 한 남자아이를 만났다. 한눈에 그가 다른 사람과는 다르다는 것을 알았다.

남자아이는 다른 사람처럼 자신을 경계하지도 조롱하지도 무시하지도 않았다. 그 안에 있는 슬픔과 분노를 품어주고 싶었다. 슬픔과 분노를 미소로 바꾸어 낸 자신이라면 해낼 수 있을 것이라 생각했다.

하지만 어느 순간 그를 바라보는 자신의 시선이 바뀌었다는 것을 깨달았다. 그에게 무언가를 해 주고자 했던 마음이 완전히 바뀌어 그가 자신에게 무언가를 해 주기를 계속 바랐다.

그 사실을 알게 되자 자신은 이제껏 전혀 웃고 있지 않았음을 알게 되었다. 이제껏 자신은 울고 있었다. 그것을 그가 알아봐 주었다.

자신조차 깨닫지 못한 자신의 모습을 알아봐 준 그와 많은 대화를 나누고 싶었다. 자신의 이름을 부르는 그의 다정한 목소리가 너무 좋았다. 그의 온기를 느끼고 싶었다. 그가 환하게 웃는 모습이 궁금했다.

그가 보고 싶었다. 되도록 오래, 자주.

정신을 차려보니 어느새 자신을 향한 다른 누군가의 관심과 호의와 온기를 다시금 깨달아 버린 뒤였다.

"제운, 깜짝 놀랐어."

세상의 모든 빛을 흡수해 새까맣게 변한 하늘 아래서 그가 부서질 듯 희미하게 웃었다.

"내가 먼저 가자 말하려고 했거든."

"……한강?"

"한강도 좋고. 어디든."

그가 부드럽게 미소를 지었다. 한강 가을의 정취만큼 아름답지만 억새풀처럼 어딘가 쓸쓸한 미소였다.

"어제 제운, 표정이 좋지 않았으니까."

무슨 말을 해야 할지 몰라 앞을 보며 계속 걷기만 했다.

"그건 핑계. 너와 오래 계속 같이 있고 싶었으니까."

하늘이 하늘을 올려보았다. 그의 눈동자에 슬픔이 차올랐다.

"그것도 핑계. 더 이상 혼자는 싫으니까."

그는 분명 미소를 지었지만 울고 있었다. 눈물을 흘리지 않을 뿐.

걸음을 멈추었다. 하늘이 혼자 앞으로 천천히 걸어 나갔다. 아무렇지 않은 척, 그러면서도 미세하게 떨리는 목소리가 내 심장에 와 닿았다. 말할 때마다 느껴지는 진동이 내 가슴을 울렸.

만일 이럴 때 도진이라면 하늘에게 무슨 말을 해 주었을까. 아닌 척 마음을 감싸주는 말을 해 주지 않았을까. 하지만 난 도진이 아니었다. 어떠한 위로의 말도 떠오르지 않았다.

"혼자 걷는 길도 혼자 먹는 밥도 혼자 보는 하늘도 혼자 듣는 노래도 혼자 느끼는 바람도 혼자 떠올리는 추억도, 이젠 싫어."

더 이상 참을 수 없었다. 나도 모르게 달려가 그를 안았다. 그도 나를 밀어내지 않았다. 품 안에 안긴 하늘은 너무 작았다.

"제운, 소중한 동지는 어디까지 함께 할 수 있는 거야?"

하늘을 조금 놓아주었다. 살짝 벌어진 틈 사이로 그가 날 올려보았다. 새까만 밤하늘이 담긴 하늘의 눈동자는 마냥 서글펐다.

그가 어깨를 떨었다. 나를 바라보는 눈동자가 건들이면 눈물이 뚝 떨어질 듯 잘게 떨렸다.

"넌 내가 기분 나쁘지 않아? 무섭지 않아?"

곧바로 대답하려 했다. 하지만 어떤 대답도 할 수 없었다. 그가 귀를 막고 있었으므로.

"아냐, 듣고 싶지 않아. 미안. 무서워. 너무 무서워. 그만 집에 갈래. 미안해."

그가 내 품을 밀치며 벗어났다. 걸어오던 방향으로 몸을 틀어 서둘러 되돌아가기 시작했다. 그를 붙잡으려면 충분히 붙잡을 수 있었다. 하지만 붙잡지 못했다.

집으로, 현실로 돌아가야 할 시간이었다.

오랜만에 굳게 닫혀 있던 방의 창문을 활짝 열었다. 푸른 새벽의 공기가 수줍은 듯 대범하게 방으로 흘러 들어왔다. 주변 집들을 피해 하늘을 올려보았다. 달빛에 은은하게 보이는 구름에 하늘이 맑은 바다처럼 보였다.

    침대에 누우며 손을 이리저리 살펴보았다. 그의 뺨이 닿았던 것이 떠올랐다. 그를 안았던 것도 어깨를 붙잡았던 것도 떠올랐다. 확실히 느껴지던 감촉과 심장의 두근거림. 그 모든 순간 어이없게도 가장 확실히 깨달은 점은 나와 하늘이 살아있는 사람이라는 점이었다.

    눈앞에 어른거리는 하늘을 붙잡아 보았다. 하지만 아무것도 느껴지지 않았다. 당연한 일이었다. 그건 꿈과 같은 환상일 뿐이었으므로.

    손바닥을 다시 보았다. 나는 지금 이 순간 분명하고 강렬하게 하늘의 온기를 원하고 있었다. 체구에 어울리지 않게 조금 나직한 목소리와 매번 시선을 사로잡는 미소를 원하고 있었다.

    실소가 지어졌다. 인정하고 싶지 않았던 사실이었다. 그래서 무서웠구나.

    하지만 막상 인정하고 나니 마음이 편해졌다. 시간을 확인했다. 오전 2시 12분. 지금의 넌 어떤 표정을 짓고 있을까. 부디 너무 울지 말기를. 어서 아침이 오기를 바랐다.

    이른 아침. 거대한 철문 앞에서 그를 기다리며 하늘을 올려보았다. 오늘도 아침의 하늘은 투명했고 조금 차가웠으며 눈부셨다. 가슴이 떨렸다. 곤두박질치는 심장의 떨림이 썩 기분 좋았다.

그 때 제법 큰 쇳소리를 내며 힘겹게 대문이 열렸다. 그대로 눈이 마주쳤다. 당황한 듯 그의 눈이 잠시 켜졌다 돌아왔다.

"안녕."

"응. 안녕, 제운."

하늘이 내 앞으로 한 걸음 다가왔다. 그는 여전히 작았으며 검푸른 머리를 길게 늘어뜨리고 있었다. 티 나지 않을 정도로 작게 숨을 들이 쉬었다.

"늘, 너에게 꼭 할 말이 있어."

아침의 다소 차가운 하늘과. 아이처럼 순수하고 해맑은 정오의 하늘. 부드럽고 성숙한 노을의 하늘과. 그저 여리고 슬픔에 가득 찬 밤의 하늘까지. 그 많은 모습과 다양한 색 중에서 늘 한결같던 모습이, 항상 지니고 있던 색이, 있었다.

하늘을 향해 한 발짝 다가갔다.

"난 네가 기분 나쁘지도 무섭지도 않아. 전혀."

그는 어떠한 상황에서도 어떠한 순간에서도 솔직했다.

투명한 아침의 하늘이 찬란한 햇살을 받아 정오에 화창해 지는 것처럼. 마지막 햇살을 태우는 태양으로 인해 주홍빛이 되는 것처럼. 해가 사라져 빛이 사라져 보이는 것처럼. 머리 위 펼쳐져 있는 저 하늘은 항상 같은 하늘이었다. 다만 달라져 보이는 것일 뿐.

그럼에도 하늘의 모습이 변하기에 하늘의 다양한 아름다움을 모두 볼 수 있었다.

"있잖아, 늘."

물에 물감을 떨어뜨린 듯 얼굴에 미소가 번지는 것이 느껴졌다.
"좋아해."
이제껏 한 번도 내뱉어 보지 못한 말이었지만 의외로 가볍게 흘러나왔다. 나를 바라보는 하늘의 눈동자가 아침 하늘의 그것처럼 투명하게 빛났다.

4장. 하늘, 잊을 수 없는 그날의

기분이 산뜻했다.

마치 겨울이 가고 봄날의 바람을 맞은 것처럼. 시린 새벽이 지나고 상쾌한 아침이 온 것처럼. 내 고백에 많이 당황한 듯 하늘이 눈만 깜빡였다.

"늘, 너도 내가 좋아?"

그가 동그랗게 커진 눈 그대로 고개를 끄덕였다. 심장이 미친 듯 요동쳤다. 그럼에도 가벼웠다.

"그럼…… 사귈까, 우리?"

하늘이 커다란 눈을 깜빡이며 무언가를 골똘히 생각했다. 그러다 고개를 돌렸다. 심장이 쿵하고 무겁게 내려앉았다.

"미안. 조금도 생각해 보지 않았어."

다소 차가운 말투. 말문이 막혔다.

차일 수도 있을 것이란 생각은 했지만 막상 차이니 충격적이었고 창피했다. 그런데 이런 순간에도 미소가 보고 싶은 건 모순일까

이기적인 걸까.

혼자인 것에 익숙한 그는 혼자가 아니게 되는 것만을 바라왔을 것이다. 그러니 누군가와 사귄다는 생각을 할 여유가 없었던 것일 뿐이었다. 조금 전 나를 좋아하냐는 질문에 분명히 긍정해 주었단 사실에 집중하기로 했다.

"늘, 너는 뭘 좋아해?"

하늘이 잠시 고민하다 미소를 지었다. 처음 보는 아침 하늘의 미소였다. 싱그러웠다.

"상상하는 것. 혹시, 만약, 어쩌면. 그런 생각을 해 보는 것."

역시 난 하늘이 짓는 미소가 좋았다. 그게 어떤 미소든. 그의 새로운 모습을 알아가는 것이 즐거웠다. 그가 마치 노래를 부르듯 몸을 살포시 흔들며 말을 이었다.

"혹시 누군가가 내게로 다가오지 않을까. 저 아이가 내 이름을 불러 준다면. 어쩌면 오늘 점심은 친구들과 함께 먹을 수 있지 않을까. 플로로의 이야기를 믿어준다면 좋을 텐데."

"응, 난 믿어."

시선이 마주쳤다. 아침의 하늘은 차가운 것이 아니었다. 나도 모르게 입가에 미소가 지어졌다. 서시연을 먼 발치에서 바라볼 때와는 다른 두근거림이 느껴졌다.

"늘, 우리 함께…… 동화 써 보지 않을래?"

수능이 보름밖에 남지 않은 상황이었다. 그럼에도 주체할 수 없었다. 마음이 몽글몽글하고 부드러웠다. 하늘의 동그란 눈동자가 다시 커졌다. 속눈썹이 길어 깜빡일 때마다 볼에 그림자가 드리웠다.

"네가 상상하는 것들을 동화로 만드는 거야."

눈동자가 몹시 투명해 내 안의 모든 것을 비출 것만 같았다.

"제운은 동화를 좋아해?"

"응."

"제운은 아이들을 좋아해?"

"그다지."

가만히 나를 올려다보는 아침의 하늘은 조금도 차갑지 않았다. 이건 잉태되기 직전의, 무언가가 시작되기 직전 고요한 전율의 상태였다. 그가 가만히 미소를 지었다. 여린 듯 시원하고 상쾌한 미소였다.

무언가 시작되려 하고 있었다.

면담실에서 나오며 낮게 한숨을 내쉬었다.

부족한 것이 없는데 왜 그렇게 아래만 바라봐? 다른 아이들은 가지 못해서 난리인데. 제운아, 이번만큼은 선생님 말 들어. S대로 가자. 그 뒤에 S대 로스쿨로 들어가도 충분하잖아. 너라면 가능한데 왜 그 좋은 길을 가려 하지 않아?

성인 남성 한 명이 두 팔 벌려 누우면 가득 차는 곳에서 담임선생님이 평소와 달리 완강하게 내뱉은 말이 가슴을 억눌렀다. 이성적으로는 알고 있었다. 어떠한 것을 선택하는 것이 현실적으로 가장 좋

은지 정도는. 그리고 내 성적으로 가능하다는 것도. 다만,

제운아, 넌 자존감을 높일 필요가 있어.

내가 원하는 것은 그런 것이 아니었다.

교실로 돌아오니 오늘도 도진이 아이들 사이에서 큰 소리로 웃고 있었다. 나를 본 아이들이 도진만 남기고 다른 곳으로 자리를 옮겼다. 도진이 창틀에 걸터앉아 주머니에 손을 넣으며 폼을 잡았다. 그를 무시하고 그대로 자리에 앉았다.

"친구야, 나에게 할 말 없는가?"

의미는 없으나 다음 시간을 확인했다. 한국사 기출문제집을 펼치려다 고개를 돌려 도진을 보았다. 도진이 턱을 살짝 든 채로 눈동자만 나를 내려다보고 있었다. 다 안다는 듯 거만한 표정이었다.

"어. 있어."

도진이 피식하고 웃음을 내뱉었다. 그러더니 내 어깨에 손바닥을 턱 얹었다.

"드디어 이 날이 왔구만. 축하하네, 친구."

그가 아폴로를 담배처럼 물었다. 어젯밤 서부 느와르 영화라도 본 모양이었다.

"수능 끝나고 넷이서 함께 놀아보세, 친구여. 이젠 어른이지 않은가?"

"차였어."

"정말이지. 이렇게 될 것이 뻔했는데 진즉에 사귀었……"

도진이 말을 흐리며 어긋난 톱니바퀴처럼 몸을 움직였다. 그러더니 곧 얼굴에 있는 모든 구멍들이 활짝 열렸다.

"지금 뭐라고 했냐? 잠깐만, 정말? 아니지?"

눈이 마구잡이로 빠르게 돌아갔다. 고개도 이쪽저쪽 휙휙 돌아갔다. 연사로 찍은 사진처럼 움직임이 마디마디 끊겼다.

"그럴 리가 없잖아!"

도진이 존경하는 선수가 승부조작 구설수에 오른 것처럼 흥분하는 순간, 복도가 시끄러웠다. 교실에 있던 아이들이 모두 복도로 우르르 몰려 나갔다. 그 소란에 도진과의 대화가 자연스럽게 끊겼다. 아이들의 웅성거림이 커졌다.

"뭐야? 싸우는 건가?"

"야, 구경 가자, 구경!"

"저거…… 하늘 아냐?"

복도에서 들려온 '하늘'이란 이름에 귀가 커지는 것 같았다. 빠르게 창밖 하늘부터 확인했다. 등교 때만 해도 없던 먹구름이 껴 묘하게 어둡고 흐렸다.

자리에서 벌떡 일어섰다. 곧바로 6반으로 향했다.

몰려온 아이들 너머로 굳게 닫힌 문이 보였다. 안쪽에서 거친 말과 각종 마찰음들이 들렸다. 그 소리 안에 하늘의 목소리가 섞여 있었다. 한껏 상기된 목소리였다.

빼곡히 들어 찬 아이들을 비집고 문 쪽으로 향했다. 무슨 일인지는 모르겠으나 그가 화를 낼 정도였다. 가까스로 문에 손이 닿을 정도까지 왔다. 앞으로 아주 조금만 더 가면.

그 때 하얀 손이 먼저 문고리를 쥐었다. 문이 세차게 열렸다. 검은 무언가가 내 앞을 스치고 지나갔다. 검은 실루엣이 당당하게 그들 앞에 섰다. 싸우고 있던 것이 분명하던 아이들이 일제히 움직임을 멈추었다.

화장이 진한 여자애가 높이 들어 올린 손에 무언가가 있었다. 한눈에 그것이 무엇인지 알아보았다.

"조용하고 다들 체육관으로 집합!"

잿빛 체육복을 입었음에도 여전히 밝고 찬란한 그가 군중들을 많이 이끌어 본 익숙한 솜씨로 주변 아이들을 단숨에 제압했다.

"이번에도 망했어. 그래도 다음번에는 꼭 교실에서 자습할 수 있도록 체육 쌤과 승부를 내고 올게!"

위엄이 있으면서도 부드러운 말투와 태도였다. 서시연이 교실을 훑었다. 그 뒤 코를 찡긋거리며 밝게 웃었다.

"알아 들었으면 얼른 체육복 갈아입고 체육관으로 와. 늦어도 난 모른다?"

민첩하게 칠판에 '체육관'이라고 크게 쓰고는 교실에서 나왔다. 그러다 문 앞에 서 있던 나와 눈이 마주쳤다.

"어? 민, 너도 싸움구경 좋아해? 완전 의왼데?"

서시연이 재미있다는 듯 웃었다. 어떤 반응을 보이고 어떤 대답을 해 주어야 할지 알지 못해 가만히 서 있었다. 잠시 웃던 그가 내게 긴 손바닥을 들어 보였다.

"그럼, 먼저 갈게. 끝까지 최선을 다하자는 주의라서."

그가 떠나자 정적이 감돌았다. 그러다 땡! 얼음에서 풀린 듯 한순간에 주변이 다시 소란스러워졌다.

"돌려줘! 제운이 내게 준 거란 말이야!"

하늘이 까치발까지 들며 자신보다 키가 훨씬 큰 여자아이에게 매달렸다. 주변에서 다른 여자아이들이 하늘을 여자아이에게서 떨어뜨리려 했다. 하늘이 악착같이 여자아이에게 달라붙었다.

"마침 저기 있네. 물어 보면 확실하겠지?"

여자아이가 내게로 흐느적거리며 다가왔다. 뒤에 모여 있던 아이들의 시선이 내게 집중되는 것을 느꼈다. 하늘과 눈이 마주쳤다. 무표정한 얼굴에 눈물이 그렁거렸다.

"쟤가 이걸 너한테서 받았대. 네가 이런 걸 그릴 리도, 얘한테 줄 리도 없잖아. 그렇지?"

내 앞에 종이가 들이 밀어졌다. 종이에 익숙한 그림이 그려져 있었다. 당연했다. 내가 그린 그림이었고 내가 하늘에게 준 그림이었으므로. 다만 끝이 조금 더 해졌을 뿐.

"이것 봐. 당황해서 아무 말도 못 하잖아."

내 앞에 있는 여자아이들을 쳐다보았다. 뭐가 그리 신났는지 입꼬리가 소름 돋을 정도로 치솟았다. 그대로 여자아이 손에 들린 종이를 빼앗았다. 너무도 쉽게 여자아이의 손에서 내 손으로 종이가 옮겨졌다. 하늘에게로 다가가 그것을 건넸다.

"뭐야? 왜 이렇게 감싸는 건데?"

뒤에서 새된 음성이 들렸다. 아랑곳하지 않고 하늘의 손에 종이를 쥐어 주었다.

"고마워. 미안해."

하늘이 종이를 품에 품었다. 무척이나 소중한 것이라는 듯. 오히려 고마워해야 할 사람은 나였다. 역시 하늘은 내게 있어 너무도 소중한 존재였다. 더 이상 단순한 '동지'라고 말할 수 없을 정도로.

"내가 그려서 하늘에게 준 거야. 하늘은 조금도 거짓말하지 않았어."

하늘의 얼굴에서 조그맣게 미소가 피어올랐다. 싱그럽고 다정한 미소. 또 새로운 하늘의 미소를 보았다. 역시 난 이 마음을 포기하고 싶지 않았다. 그래서 멈추지 않았다.

뒤돌아 하늘을 몰아붙인 아이들을 똑바로 내려 보았다. 순간 여자아이들의 눈동자가 움찔거렸다.

"친구로 생각하지 않는다면 더 이상 하늘을 상관하지 마. 하늘이 너희같은 애들이랑 엮이는 것 더는 싫으니까. 더러운 입으로 하늘을 부르지도 말고. 빵 먹고 싶으면 니들 돈으로 알아서 쳐 먹어."

하늘과 진심으로 대화하고 싶은 내가 있었다. 하늘의 이름정도는 내가 얼마든지 불러 줄 수 있었다. 아니, 불러 주고 싶었다. 하늘, 그 자신이 지겨워 할 때까지.

주변이 순식간에 조용해졌다. 그의 미소도 내 마음도 창밖 하늘도 고요했다.

화를 내거나 우울해 할 줄 알았다. 하지만 내 앞에 있는 하늘은 아무 일도 없었다는 듯 활기찼다. 어느새 화창해진 머리 위 저 하늘처럼.

"무엇을 어떻게 시작하면 좋을까, 제운?"

작은 하늘이 내 앞에서 하늘하늘 거리며 운동장 스탠드 위를 걸었다. 그런 그와 함께하듯 붉고 노란 낙엽들이 하늘하늘 떨어졌다. 바닥에 쌓인 낙엽의 수만큼 낮이 짧아지고 있었다. 낮이 그리워질 정도로 짧아지기 전에 확인하고 싶었다.

"늘."

"응. 왜, 제운?"

하늘이 빙글 돌며 나를 향해 섰다. 바람이 불었고 긴 머리와 치마가 나풀거렸다.

"너에게 있어 난 어떤 존재야?"

"소중한 동지!"

조금의 망설임 없이 그가 대답했다.

"내가 했던 말 말고."

지금의 솔직한 하늘이라면, 순수하고 해맑은 미소를 짓는 정오의 하늘이라면. 하늘이 조금 고민하더니 작은 입술을 조심히 벌렸다.

"어쩌면 정말로 많이 좋아질지도 모르는 사람. 어쩌면 벌써 많이 좋아하고 있는지도 모르는 사람."

몹시 부드러운 말투. 이런 말투는 노을이 지고 있을 때만 가능한 줄 알았다. 하늘을 올려보았다. 당연하게도 하늘은 화창한 오후의 그것이었다. 내 앞에 나를 향해 서 있는 하늘을 바라보았다. 한 계단 위에 서 있는 그와 얼추 시선이 맞았고 노을이 지기에 이른 시각이었다.

아니었다. 노을의 미소와 달랐다.

"제운에게서 '소중한 동지'라는 말을 듣기 전엔 그저 한 번 더 만나고 싶은 존재였고. 제운에게서 '소중한 동지'란 말을 들었을 땐 나도 소중하게 대해 주고 싶은 존재였고. 지금의 제운은 내게 없어서는 안 될 존재야. 그러니까 제운은 내게 있어,"

부드러우면서도 체념이 뒤섞인 미소가 아니었다. 분명 미소를 짓고 있으면서도 어딘가 슬퍼 보이는 그런 표정이 아니었다.

"너무도 너무도 너무도 너무도, 소중한 사람!"

놀랐다. 진심으로. 가슴 속에서 뜨거운 무언가가 울컥하고 올라왔다.

서둘러 손에 들고 있던 연습장을 펴 연필을 놀렸다. 지금 이 순간을 놓치면 안 되었다. 머릿속에서 더 사라지기 전에 조금 전 그 모습을 남겨야 했다.

선 채로 갑자기 무언가를 그리기 시작하는 나를 하늘은 아무 말 없이 기다려 주었다. 마침내 그림을 완성하자 조금 전 느낀 감정의 정체를 깨달았다. 연습장 속 흑백의 하늘이 나를 향해 너무도 아름다운 미소를 짓고 있었다.

"있잖아, 늘."

하늘이 고개를 살짝 오른쪽으로 젖혔다. 젖혀진 고개를 따라 머릿결이 살랑거렸다

"늘 지금처럼 웃어 줄래?"

하늘의 고개가 반대편으로 젖혀졌다. 젖혀진 반대편으로 머릿결이 하늘거렸다.

"모순이 없는. 따뜻함만이 있는 그런 미소를, 늘, 지어 줘."

그가 다시 미소를 지었다. 그 순간 하늘이 너무 눈부셨다. 그럼에도 시선을 뗄 수 없었다. 도저히 눈을 깜빡일 수 없었다. 하늘이 손을 들어 내 뺨을 감쌌다. 그의 손길도 피할 수 없었다.

"그럼 웃어 줘, 제운."

머리 위 청명한 하늘과 다른, 노을 아래에서의 것과도 다른 다정한 눈동자가 나를 바라보았다. 슬픈 듯 일렁이지 않아도 충분히 아름답다는 것을 깨달았다.

"조금 더 밝게. 조금 더 크게. 조금 더 즐겁게."

그의 엄지손가락이 내 입술을 훑었다. 그 순간 저 작은 입술에 키스를 하고 싶다는 마음이 드는 건 내가 이상한 걸까.

"전에 내가 했던 말 기억해? 난 전혀 웃고 있지 않았다고."

하늘이 내게서 조금 떨어졌다. 순간 아쉬움이 느껴졌다. 그가 몇 걸음 앞으로 걸어가다 빙글 돌았다. 화창한 하늘 아래 하늘의 미소가 마치 노을에 물든 미소처럼 보였다.

"제운이 웃으면 나도 진심으로 웃을 수 있어. 그런 생각이 들어."

힘껏 웃어보았다. 하지만 평생 쓴 적이 없는 얼굴 근육이 당겼다. 때문에 미소가 일그러졌다. 나를 바라보는 하늘의 입꼬리가 조금씩 올라갔다. 끝내 그의 미소도 조금 일그러졌다.

도진이 꼭 보고 싶은 영화가 있다고 했다. 여친과 보라고 했지만 나와 함께 봐야하는 영화라고 성화였다. 약속 장소에 도착해서야 속았다는 것을 깨달았다.

언젠가 보여준 사진 속 여자아이와 손을 맞잡고 도진이 저 멀리서 걸어왔다. 과장되게 휘어 있는 눈꼬리가 흘러내릴 것 같 같았다. 도진의 여친이 날 보자마자 반갑게 아는 체를 했다. 도진의 여친에게서 묘하게 서시연이 떠올랐다.

"안녕? 동갑이니까 말 놔도 되지?"

예상한대로 도진의 여친은 당찼고,

"우리 민아 완전 이쁘지?"

"부끄럽게 또 그런다."

예상한 것보다 도진의 상태는 심각했다. 두 사람 사이에서 피어나는 오글거림은 더 심각했다. 진심 심각하게 돌아갈까 고민했다. 어차피 앞서 걷고 있는 두 사람에게 이미 나란 존재는 보이지도 않는 것 같았다.

"커플 좌석으로 예매했는데 괜찮지?"

"완전! 나 거기 한 번 앉아보고 싶었어. 어쩜, 도진은 내 맘을 그렇게 잘 알아?"

"그거야, 민아 남친이니까! 아하하!"

수능이 코앞으로 다가온 고3 수험생이 저래도 되는 건가 싶을 정도였다. 그러다 깨달았다. 나도 고3 수험생이었다.

"도진, 정말 좋아!"

"나도 좋아!"

불쾌했다. 돌아간다고 딱히 공부를 할 것 같진 않았으나 저런 장면을 보고 있을 바에야 공부를 하는 것이 훨씬 유익하겠단 생각이 들었다. 걸음을 멈추었다.

"야, 우도진. 나는 간다."

그제야 도진이 뒤를 돌아보았다.

"영화를 본대도 집중 안 될 것 같고."

둘 사이를 방해하고 싶지도 않고. 속마음을 삭히고 그를 바라보았다. 어차피 도진이 나를 부른 목적은 달성되었다. 그가 왜 이런 일을 꾸몄는지 잘 알고 있었다.

"톡할게."

뒤에서 들리는 말에 손만 들어 주었다.

하늘을 올려다보았다. 푸르렀고 화창했고 맑고 나른했다. 그가 보고 싶었다.

야, 민제운! 너 또 고백 받았다며? 이게 몇 번째야?

초등학교 시절 도진의 취미 중 하나는 내가 받은 고백의 횟수를 세는 일이었다. 서시연 앞에서 스스럼없이 내가 받은 고백에 대해 말하는 도진을 그대로 내버려 두었다.

여자애들은 왜 너 같은 애를 좋아하지? 야, 서시연, 너도 얘 좋아하냐?

그는 언제나 솔직했다. 그래서 그의 마음을 알아채는 일은 조금도 어렵지 않았다.

글~쎄다?

뭐야, 그런 거야? 어떤 점이 좋은 거야? 나도, 나도 그렇게 되겠어 반드시!

신경은 온통 서시연에게 향해 있었고 그 사실을 조금도 숨기려 하지 않았다.

그렇다고 서시연과 사귀고자 했던 것은 아니었다. 그 당시 우리 셋은 어느 누구도 우정 이상의 감정에 집중하려 하지 않았다. 단지 셋에서 함께인 것이 좋았다. 이 상황이, 이 관계가 영원히 지속되기를 암묵적으로 굳게 바랐다.

고백 받지만 말고 직접 해 보는 건 어때?

언제나 우리 세 사람 사이에 평화를 깨는 것은 나였다.

그날의 잔뜩 비꼬던 도진을 잊을 수 없었다. 중2 겨울 방학 때였고 하늘에선 진눈깨비가 내리고 있었다. 입에서 하얀 입김이 피어올랐다. 그 물음에 난 뭐라고 대답해 주었더라. 생각나지 않았다. 아무래도 아무 대답도 해주지 않은 모양이었다.

둘이 사귀게 돼도 나 버리지 마라?

분명 환하게 웃고 있는데도 슬퍼 보였다. 그건 눈썹이 일그러져서 그랬을까. 말끝이 조금 떨려버려서 그랬을까. 모순적이게도 서시연을 향한 그의 마음이 너무도 잘 느껴졌다. 그래서 서시연을 향한 내 마음을 표현할 수 없었다.

도진의 마음은 그 때부터 조금도 바뀌지 않았다. 그가 다른 여자들에게 관심을 가지는 것도, 심지어 지금 사귀는 것도, 모두 다 서시연을 향한 자신의 마음을 숨기기 위한 방편일 뿐이었다. 뻔히 다 보였다. 그는 항상 솔직하므로.

그 때 휴대폰이 울렸다. 도진이었다.

밤에 보자. 늘 보던 거기서.

도진 옆에 딱 달라붙어 있던 여친을 떠올렸다. 'ㅇ'이라 답장을 보냈다.

더욱 짙어진 입김이 밤하늘에 스며들었다. 아직 가을이다 생각했는데 어느새 겨울로 기울어가고 있었다. 도진을 기다리며 하늘을 올려보았다. 별 하나 보이지 않는 까만 밤하늘이 펼쳐져 있었다.

"여-!"

이 시간까지 뭐했는지 도진의 손에 팝콘이 들려 있었다. 저걸 내내 들고 돌아다닌 건가.

"여친은?"

"당연히 집까지 잘 바래다주고 왔지. 너랑 있으면 위험하니까."

평소처럼 그가 잘도 실없는 농담을 하며 웃어댔다. 그럼에도 평소 같지 않다고 느껴지는 것은 단순히 내 기분 탓일까.

"내가 잡아먹기라도 하냐?"

"민아까지 널 좋아하게 되면 안 되잖아."

"걘 널 좋아하잖아."

"음, 뭐 그렇긴 하지."

도진이 뭐가 좋은지 계속 키득댔다. 이런 실없는 농담을 하는 것을 보니 그냥 내 기분 탓인 모양이었다.

딱히 말하지 않아도 자연스럽게 그쪽으로 발걸음이 옮겨졌다. 그만큼 도진과 함께 한 세월이 길었다. 평소와 다름없는 일상적인 대화들이 오갔다. 그러면서도 그 안에 미묘한 위화감이 느껴졌다. 애써 모른 척. 아닌 척. 도진과 나는 대화를 이어갔다.

"너 차였대서 위로 차 영화 보여주려고 했더니."

"그런 녀석이 여친을 데리고 오냐?"

"보여주고 싶었어. 진심으로."

순간 도진의 목소리가 무겁게 가라앉았다. 근처에 있던 간판의 네온사인이 깜빡이더니 다시 불빛이 들어왔다. 지금 보니 이것만 옛

날 스타일의 간판이었다. 아직 이런 간판을 쓰는 가게도 있구나. 주변과 몹시 이질적인 그것이 홀로 우뚝 서 있었다.

"그래, 보여 주고 싶었던 거겠지. 다른 여자아이와도 잘 사귈 수 있다는 걸."

서시연이 아니더라도.

다시 아무렇지 않은 척 앞서 걸었다. 도진이 뒤에 우뚝 서 있다는 것이 느껴졌다. 지금쯤 어떤 표정을 짓고 있을지 뻔했다. 그와 함께한 13년이란 세월은, 그것도 아이에게 있어 10년도 넘는 세월은 평생과도 무게가 같았다.

그것을 반대로 말하면 도진 역시 내가 무슨 생각을 하는지 알고 있다는 의미이기도 했다. 살짝 고개를 돌려 그를 보았다. 도진의 눈동자가 돌을 던진 연못처럼 일렁였다.

"아직도 좋아하는 거지?"

내 물음에 답까지 오랜 시간이 걸리지 않았다. 하지만 유난히 고요한 주변 탓인지 그 한순간이 길게 느껴졌다.

"너야말로 좋아하잖아."

그렇게 말할 줄 알았다. 절로 쓴웃음이 지어졌다.

"난 갈아탔어."

이번엔 그가 쓴웃음을 지었다.

"하늘로?"

"어."

도진과 내가 동시에 하늘을 올려다보았다. 여전히 별 하나 보이지 않는 까만 밤하늘이었다. 깊이를 헤아릴 수 없는 어둠이 우리 주변을 가득 메웠다.

"야, 근데 갈아탄 애가……. 너무 극과 극 아니냐?"

도진이 또 키득키득 웃었다. 그 웃음소리가 밤하늘의 손톱달처럼 희미하게 느껴졌다.

"한 명은 예쁘고 강하고 성격도 좋고 스타일도 좋고 인기도 완전 많은 핵인싸. 한 명은 도통 무슨 생각인지 모르겠고 스타일도 구리고 가까이 하기 꺼려지는 완전 핵아싸."

그와 눈이 마주쳤다. 그는 웃고 있지만 웃고 있지 않았다.

"뭐, 핵인싸든 핵아싸든 상관없지만. 외강내유인 너에겐 든든한 버팀목이 되어줄 수 있는 강인한 서시연같은 여자애가 더 어울린다고 생각한다."

도진이 무슨 인심이라도 쓰듯 말했다. 그를 향해 나직이 내 생각을 전했다.

"강해. 다른 어떤 사람보다도."

"누가? 그 하늘이?"

"어."

하늘은 강했다. 그는 어느 누구보다 치열하게 싸우고 있었다. 잘 되지 않더라도 사람들과 잘 지내보려 노력했다. 자신의 좋지 않은 상황을 숨기거나 포장하려고도 하지 않았다. 그저 자신의 진정한 모습에 따라 행동할 뿐. 주변에서 뭐라고 하든 어떤 일이 닥치든. 그로 인해 얻는 것이 상처뿐이라 하더라도.

그건 웬만한 사람이라면 하지 못할 일이었다. 상처받는 것을 두려워하지 않는 사람은 없으므로. 아니, 그 이전에 내 진정한 모습을 알려고 하지도 않으므로.

작게 미소가 지어지는 것이 느껴졌다. 그만큼 마음이 따뜻해졌다.

"미쳤네. 완전 돌았어."

아니꼬운 눈빛으로 보던 도진이 불현듯 주변을 돌아보았다.

"우이씨, 저번처럼 또 어디서 갑자기 튀어나오는 거 아니야? 야, 걔 얘기는 그만 하자."

"늘이가 귀신이냐. 말하면 나타나게."

말은 그렇게 했지만 나도 주변을 둘러보았다. 하지만 어디에도 없었다. 조금 섭섭했다. 다시 도진을 보았다. 그는 아직도 주변을 둘러보며 경계하고 있었다. 그의 마음을 충분히 이해할 수 있었다. 하늘은 '하늘'이면서 '늘'이었다.

익숙한 몸놀림으로 도진이 그물로 쳐진 곳으로 들어갔다. 문을 닫아주며 말했다.

"야, 뭐 좀 물어보자."

굉장히 불편하다는 감정을 얼굴에 티 팍팍 내며 그가 나를 돌아보았다.

"서시연을 좋아하면서 걔랑은 왜 사귀는 건데?"

도진의 대답은 의외로 명료했다.

"좋아하니까!"

도진이 야구 방망이를 힘껏 휘두르며 말했다. 방망이에 빗맞아 뒤쪽 파울지역인 내 쪽으로 공이 날아왔다. 하지만 그물 때문에 공은 조금도 내게 닿지 않았다. 그대로 도진의 옆방으로 들어섰다.

도진의 방망이에서 좀처럼 경쾌한 타격소리가 나지 않았다. 물론 내 방망이도 묵직했다. 스트레스를 날리러 곧잘 오던 곳이었다. 그런데 휘두를수록 스트레스가 더 쌓여갔다. 그럼에도 우리 두 사람은 더 이상 야구공이 날아오지 않을 때까지 방망이를 휘둘렀다.

"야, 너도 이거 먹을래?"

"버려."

게임방을 나오면서 먼저 게임이 끝난 도진을 돌아보았다. 자신의 손에 들려 있는 팝콘을 도진이 내려다보았다. 그 안엔 아직 절반 이상의 팝콘이 담겨 있었다.

"그러게 왜 그렇게 큰 걸 샀냐?"

도진이 잠깐 우물쭈물 하더니 입을 열었다.

"그렇게 적게 먹는 줄 몰랐지. 서시연은 잘 먹으니까……."

아직 나누어야 할 대화가 남아 있다는 것을 서로 느끼고 있었다. 우리는 작은 공원 구석진 곳으로 자리를 옮겼다. 이곳은 인적이 드물었으며 집들과도 거리가 떨어져 있었다. 조용히 이야기를 나누기에 안성맞춤이었다.

오는 길에 편의점에서 산 따뜻한 커피를 마시며 놀이터 벤치에 앉았다. 발끝에 말라버린 낙엽이 잔뜩 밟혔다.

"다른 여자애를 좋아하면서 사귀는 건…… 좀 아니지 않냐?"

도진이 가만히 앉아 허공만 바라보았다. 평소라면 스윙연습이든 무엇이든 몸을 움직일 그였다. 마냥 얌전한 그가 조금 어색했다.

한참을 정면만 응시하던 도진이 나를 돌아보았다. 눈동자가 머리 위 밤하늘처럼 새까맸다.

"그럼 넌 서시연을 좋아했으면서 어떻게 한순간에 다른 여자애로 갈아탄 거냐? 너 그렇게 쉬운 남자였냐?"

그는 흥분하고 있었다. 그럼에도 냉정하게 말하려 노력했다.

"서시연을 향한 마음은 동경이었어."

눈앞에 찬란하게 웃는 어린 서시연이 보였다. 그는 항상 밝았고 눈이 부셨으며 아름다웠다. 그런 그에게 끌린 건 그가 나의 '이상'에 가까운 모습을 하고 있었기 때문이었다. 이성을 향한 감정이 아니었다. 지금의 나는 알 수 있었다.

"서시연이랑 있으면 나도 그렇게 될 수 있을 줄로 안 거지."

하늘을 올려다보았다. 검은 하늘. 그리고 새벽 여명이 이는 붉은 하늘. 아침의 투명한 하늘. 오후의 찬란하고 푸른 하늘. 노을이 질 때의 주홍빛 하늘. 나의 색도 이 중에 있을까.

"하지만 그만 뒀어. 이젠 내 색을 찾으려고."

도진과 눈이 마주쳤다. 입이 살짝 벌어져 있었고 눈동자가 살짝 풀려 있었다.

"야, 민제운…… 하늘이랑 어울리더니…….."

그가 말끝을 흐렸다. 전혀 유쾌한 상황이 아닌데 가슴이 간질거렸다. 풋-하고 숨을 내뱉었다. 후련한 기분이 들었다. 하늘을 떠올리는 것만으로도 즐거웠다. 그 사실을 굳이 숨기지 않았다.

이제껏 나는 무엇을 고민하고 숨기고 망설여 왔던 걸까.

"동화를 써볼까 해. 늘이랑 함께."

도진이 한숨을 내뱉더니 '미쳤네, 미쳤어'를 반복하며 도리질했다. 이후 한동안 먼 곳을 멍하니 바라보았다. 그러다 갑자기 고개를 획 돌렸다. 그의 눈동자가 살아났다.

"야, 그런데 민제운! 서시연을 향한 마음이 동경이라면."

도진의 눈동자가 한순간 차갑게 식었다.

"하늘을 향한 마음은 단순한 동질감, 연민 뭐 그런 거 아니냐?"

"……뭐?"

"내가 다른 여자애 좋아하면서 어떻게 사귈 수 있냐고 물었지?"

그가 자리에서 일어서더니 팔을 쭉 피며 나른하게 몸을 늘렸다.

"간단해. 민아가 날 엄청 좋아해 주니까. 나도 걔가 전혀 싫지 않으니까. 왠지 진짜 좋아할 수 있을 것 같으니까."

다소 멍하니 도진을 보았다. 가슴이 먹먹하게 짓눌리는 느낌이 들었다. 그 느낌은 썩 유쾌하지 않았다.

"하지만 넌……."

"응. 좋아해, 서시연을. 그래서 포기하는 거야. 서시연이 행복했으면 하니까."

"그게 무슨……."

"예전부터 느낀 거지만 여자애들이 왜 너 같은 걸 좋아하는지 모르겠다."

그가 고개만 돌려 나를 내려보았다. 묘하게 표정이 흔들린다고 느꺼지는 건, 미소가 희미하다고 느껴지는 건 단순히 우리를 둘러싼 어둠 때문이었을까.

"넌 자신감을 가질 필요가 있어. 다 가진 놈이 지만 몰라."

씁쓸한 미소로 날 바라보던 도진이 '간다' 한 마디만 남기고 정말 가버렸다. 그가 가고 없는 자리에 '연민'과 '자신감'만이 맴돌았다.

아침에 일어나니 건조한 눈동자와 달리 눈두덩이가 뜨끈했다. 온몸이 뻐근하고 무거웠다.

"제운?"

밤새 잠시도 잠들지 못했다. 무슨 정신으로 제 시간에 빼먹은 것 하나 없이 가방까지 잘 챙겨왔는지 모르겠다. 머리가 새하얬다. 아무 생각도 들지 않았다.

이해가 되지 않았다. 좋아하고 행복했으면 하니까 포기를 한다니. 그건 역시 말이 안 되는 궤변이었다.

"제운?"

눈앞에 무언가가 나타났다 사라지기를 반복했다.

"제운!"

큰 소리에 그제야 정신을 차렸다. 앞을 보니 하늘의 얼굴이 보였다 사라지기를 반복했다. 다시 보니 하늘이 내 눈 앞에서 점프를 하고 있었다.

점심시간이었고 운동장 스탠드에 우뚝 서 있었다.

"무슨 걱정 있어?"

계단에 앉으며 계속 생각했다. 하루 종일 도진과 대화는커녕 눈길조차 마주치지 못했다. 명백히 도진이 나를 피하고 있었다. 은근 슬쩍 나도 그를 피했다. 문득 올려다 본 하늘은 오늘도 구름 한 점 없이 파랬다.

그 때 눈 위로 하늘의 얼굴이 크게 맺혔다. 하얀 얼굴이 점차 다가왔다. 굳게 감긴 눈이, 동그랗고 앙증맞은 코가, 그리고 작고 붉은 입술이 다가왔다. 나도 모르게 눈을 질끈 감았다.

"열은 없는 것 같은데······."

이마에 살포시 따뜻한 체온이 느껴졌다. 살짝 눈을 뜨니 하늘이 자신의 이마를 내 이마에 대고 있었다. 순간 허무함과 동시에 민망한 감정이 들었다. 그 생소한 감정에 이상하게 실소가 새어 나왔다.

"누가 열을 이렇게 재?"

"이게 제일 확실한 걸!"

하늘이 입술을 삐죽 내밀며 말했다. 볼도 살짝 부풀었다. 동그랗게 부푼 볼이 꼭 풍선 같았다. 나도 모르게 검지로 하늘의 볼을 찔렀다. 하늘의 입에서 푸-하고 바람이 새어 나왔.

몇 초간의 정적이 흐르고 하늘의 입이 쩍 벌어졌다. 볼과 귀가 발그랬다.

"뭐야? 뭐한 거야?"

"아, 미안."

작은 웃음이 자꾸 새어 나왔다. 하늘이 멍한 표정으로 나를 바라보았다. 그럼에도 웃음이 끊어지지 않았다. 잠깐 당황해 하던 하늘이 작은 입술을 가로 벌리며 웃었다.

"뭐, 됐어. 제운이 기분 좋아졌으면."

하늘의 말대로였다. 무거웠던 마음과 몸이 어느새 한결 가벼워져 있었다.

"그럼 자, 이거."

하늘이 공책을 건넸다. 하늘을 돌아보니 나를 바라보며 해맑게 웃고 있었다. 그 모습이 귀여워 미소가 절로 지어졌다.

"전에 말한 내용대로 글을 한 번 써 봤어. 제운이 봐 줘."

공책을 펼쳤다. 낙서가 빼곡했다. 여기저기 지웠다 다시 쓴 흔적들도 보였다. 끝이 채 맺어지지 못한 문장들이 곳곳에 있었다.

"아, 거기 말고! 뒤쪽, 뒤쪽!"

하늘이 당황하더니 공책을 서둘러 넘겼다. 정오의 하늘은 몹시 덜렁이었다.

"앞쪽은 습작한 거란 말이야. 여기부터 봐 줘. 여기, 여기!"

곧바로 하늘이 가리킨 곳을 눈으로 읽어 내려갔다. 그러면서 언뜻 곁에 서 있는 하늘을 보았다. 시선을 내리깔며 손가락과 발가락을 한없이 꼼지락거렸다. 아주 조금 놀려주고 싶은 생각이 들었다.

"주변이 조각조각. 비눗방울이 둥실둥실. 신기한 분위기를 풍기는 그곳은……"

"아, 아. 그거 아냐, 그거 아니라구!"

내가 읽은 건 공책 앞쪽에 있던 낙서 중 하나였다. 하늘이 예상보다 더 강한 반응을 보이며 당황해 했다. 그러더니 내 입을 자신의 두 손으로 막았다. 그의 손은 작고 부드러웠으며 따뜻하고 좋은 향기가 났다.

"제운은 장난꾸러기구나?"

나 자신도 몰랐던 모습이었다. 하늘과 함께 있으면 나의 다양한 점을 발견할 수 있었다. 그건 하늘의 능력이었다. 아니, 그건 내가 하늘을 좋아한다는 반증이었다.

어느 때보다 마음이 평온했다. 아니, 그저 편안한 것이 아니라 가슴 속에서 따스한 무언가로 가득 찬 느낌이었다. 처음이었다. 그래서 그 순간 내가 어떤 표정을 짓고 있는지 조금도 몰랐다. 다만 내 앞에 서 있던 하늘의 눈이 두 배로 커진 것이 보였다.

"아, 아아-."

머리 위로 푸르른 하늘이 끝없이 펼쳐졌다. 그런데도 하늘의 뺨이 발그스름해 보이는 건 내 착각일까. 나를 바라보는 하늘의 눈동자가 이번엔 잔물결처럼 흔들렸다.

"제, 제운?"

"있잖아, 늘."

그 모습이 무척 사랑스러워서. 잔물결에 부서지는 햇살이 너무 눈부셔서. 그래서 굳이 마음을 숨기지 않았다.

"손 잡아도 돼?"

"뭐어-?"

"응? 안 돼?"

"제운은 응석쟁이구나?"

늘이 나를 바라보며 환하게 웃었다. 그리고는 손을 내밀었다. 그 작은 손을 잡으려 나도 손을 뻗었다. 그 순간 하늘이 날 밀쳤다. 세게 민 것은 아니었지만 그대로 당황해 버렸다. 그런 나와 달리 하늘이 꺄르르 아이처럼 웃었다.

뭐, 늘이 즐겁게 웃는다면 된 거겠지.

그가 내 옆에 나란히 앉았다. 거리 차이로는 조금 전과 그다지 차이가 없는데 이상하게 가슴이 힘차게 두근거렸다.

"제운, 제목은 뭐로 할까?"

동그란 눈동자가 나를 바라보았다. 그 눈동자 속에 맺힌 내가 보이는 듯 했다. 스스로 놀라울 정도로 평온한 미소를 짓고 있는. 그 사실이 꽤 마음에 들었다.

나를 바라보던 두 사람의 눈동자가 떠올랐다. 뜨거우면서 차가운 눈동자. 그 속에 맺힌 난 태연한 척 동요로 엷게 떨고 있었다.

"생각해 둔 게 있어."

연민? 정말 그를 향한 이 마음이 자기연민에서 비롯된 것일지도 몰랐다. 그럼에도 그 때와 달라진 지금의 이 감정은 분명 '사랑'이라고 확신했다. 자존감? 자신감? 그와 함께라면 얼마든지 가능할 것 같았다.

"일곱 색깔 나라와 꿈."

내 안의 문제. 지금이라면 얼마든지 부딪혀 볼 수 있을 것 같았다.

✦✦✦

방과후 교실은 평소보다 더 어수선했다. 돌아가는 아이들의 목소리에 허탈감과 미련이 뒤섞였다.

그 한가운데 우두커니 서 있었다. 저 녀석에 대한 미련 때문이었다. 그도 나와 같은 마음 때문인지 평소처럼 종례가 끝나자마자 사라지지 않았다. 그럼에도 선뜻 먼저 내게로 다가오지도 않았다.

달라지고 싶었다. 고개를 들어 그를 부르려고 했다. 그 순간,

"야, 민제운."

무언가 다짐이라도 한 듯 그가 비장하게 돌아보았다. 눈 밑이 퀭했다. 얼굴에 아무런 표정도 걸려 있지 않았다. 아니, 걸려 있었다. 그건 언뜻 분노 같기도 냉소 같기도 했다.

"우리 친구 맞지?"

그가 한 말을 몇 초간 이해하지 못했다. 정확히 그 말의 의도를 파악하지 못했다. 그러다 불현듯 이런 물음은 즉각 대답해 주어야 한다는 것을 떠올렸다.

"그럼 커플이겠냐."

"소꿉친구이자 단짝친구이고 베스트프렌드지?"

도진이 웃었다. 하지만 미소는 너무도 슬퍼 보였다.

"당연하지."

그가 넌지시 미소를 건네고 가버렸다. 그 미소 역시 너무도 슬퍼

보였다. 도진에게서 처음 보는 표정이었다. 왜 마음이 이렇게 허전한 걸까. 그건 열어둔 창문에서 불어오는 바람이 퍽 서늘해서 그런 걸까.

창밖으로 하늘을 보았다. 벌써 하늘 끝이 붉게 타오르기 시작했다. 서둘러 교실을 빠져 나갔다.

"안녕, 민?"

그 때 귀에 익은 목소리가 나를 불러세웠다. 이어 눈에 익은 실루엣도 보였다. 누군지 확인하지 않아도 당당하고 활기찬 그 미소는 눈부실 터였다. 어. 인사만 받아주고 곧바로 지나치려 했다. 그가 기다리고 있었다. 약속을 한 것은 아니었지만 확신했다.

"하늘이라면 기다리지 않을 거야."

그가 앞으로 바투 다가와 나를 가로 막았다. 그제야 그를 제대로 보았다. 하지만 그가 고개를 조금도 들지 않아 얼굴은 잘 보이지 않았다.

"오늘은 방과 후에 내가 널 빌릴 거라고 말했거든."

그가 겨우 고개를 들었다. 그는 역시나 익숙한 미소를 짓고 있었다. 하지만 내 마음이 변해버려서 그런 걸까. 미소가 예전처럼 밝게 느껴지지 않았다.

내 옆에 나란히 걷고 있는 그를 흘깃 보았다. 분명 주변에 보이는 풍경은 평소와 똑같은데 느껴지는 감정이 달랐다. 분위기가, 공기가 낯설게 느껴졌다. 나는 그 이유를 확실히 알고 있었다.

"오늘은 학원 없어?"

"어? 제운이 먼저 말했다."

그가 놀라며 날 돌아보았다. 흥미롭다는 듯 짓는 그 미소가 아주 잠깐 오후의 하늘이 짓는 미소처럼 보였다. 왠지 마음이 씁쓸했다.

"이제 와서 공부해 봐야 성적이 얼마나 오른다고. 이젠 감만 잊지 않을 정도로만 하면 돼. 오히려 마음의 여유를 가지고 컨디션 조절 하는 게 중요하지."

환하게 웃으며 말하는 말투에 자신감이 묻어났다. 3년 간의 노력이 보이는 듯 했다. 하늘을 올려다보았다. 하늘은 이미 주홍빛으로 열심히 태워지고 있었다.

"민. 아니, 제운아."

나를 부르는 목소리에 습관적으로 돌아보았다. 시선이 허공에서 마주쳤다. 나를 바라보는 눈동자가 평소와 달리 조금 가라앉아 있었다. 입술에도 찬란한 미소가 걸려있지 않았다.

"혹시 아직도 동화 쓰니?"

가슴이 두근거렸다. 아니, 이건 꿀렁임이었다. 자꾸만 땅으로 꺼지려고 하는 심장을 애써 부여잡았다.

"물론 넌 글도 잘 쓰고 그림도 잘 그려. 넌 못 하는 게 없으니까."

그가 조심스럽게 말을 이었다. 진지한 눈동자가 미세하게 떨렸다. 자꾸만 평소 같지 않고 낯설게 느껴졌다.

"하지만 넌 결국 완성하지 못할 거야. 완전히 다른 길을 걷게 될 거라고. 왜냐하면……."

서시연이 시선을 흘겼다. 그 행동에 다음 말이 내게 있어 기분 좋은 말이 아님을 느낄 수 있었다. 입술을 지그시 깨물었다.

"넌 이제껏 고생한 아줌마에게 보답해야 하니까. 아저씨의 빈자리를 대신해야 하니까."

그날의 결심엔 흔들림이 없었다. 동화를 쓴다고 법조인이 못 되는 것은 아니므로. 동화와 아빠의 빈자리 둘 다 해내겠다고 말하고 싶었다. 하지만 아무 말도 나오지 않았다. 그가 나를 올려다보았다. 그의 검은 눈동자가 내 심장처럼 내려앉아 있었다.

"아저씨의 빈자리를 대신하는 일이 쉬운 일이 아니라는 거, 너도 잘 알잖아. 지금이 가장 중요한 시기인데. 깜빡 잘못했다간 이루어 내지 못한다고. 이제껏 잘 해 왔으면서. 그러니까 후회하기 전에 여기서 그만 둬. 이제 우린 더 이상 어린애가 아니야. 원하는 모두를 가지지 못한다는 것 너도 잘 알잖아."

서시연의 말은 구구절절 모두 맞는 말이었다. 하지만 너만큼은 그렇게 말하면 안 되었다.

머리가 혼란스러웠다. 보고 싶지 않은 현실을 강제로 보고 말았다. 곧 허무할 정도로 금방 깨달았다. 아, 역시 그렇구나. 이번에도 이렇게 되어 버리는 구나. 꿈은 역시 깨어나질 수밖에 없었다.

다시 하늘을 올려보았다. 대부분의 하늘이 애처롭게 태워지고 있었다. 그 모습이 마지막 발악처럼 보였다.

"제운아, 내가 6학년 때 네 동화를 보고 뭐라고 했는지 기억해?"

얼굴에서 희미하지만 일그러진 미소가 번졌다. 초등학교 시절 끝자락의 이야기였다. 한창 성장기 때의 일이었고 몸과 함께 생각도 하루가 다르게 커가던 시절이었다. 고개를 끄덕였다.

"난 지금도 변함없이 그렇게 생각해."

그를 돌아보았다. 노을 때문인지 하늘 아래 그는 사뭇 흐릿했다. 그럼에도 눈동자는 더욱 빛났다. 그는 항상 어디에서든 빛이 났다.

"민, 그날 내가 마지막에 한 말, 말해 줄래?"

그날 서시연이 내게 한 말을 똑똑히 기억하고 있었다. 어떻게 그날을, 그 말을 잊을 수가. 나로서는 평생 잊지 못할 순간이었다.

초등학교 마지막 학기가 시작되던 날이었다. 매년 그랬듯 여름 방학 동안 숙제가 있었고 그 안에 글짓기 숙제도 포함되어 있었다. 무엇을 할까 무엇을 쓸까. 한참 고민하다 동화를 썼다. 마지막이라고 생각하며.

일곱 색깔 나라의 이야기도 플로로의 이야기도 아니었다. 그냥 평범한 어느 나라 왕자의 이야기였다. 아무에게도 보여 주지 않을 생각이었다. 단순히 숙제였을 뿐이었고 선생님께 검사를 받을 뿐인 이야기였으므로.

서시연이 멋대로 내 숙제 꾸러미에서 동화를 찾아 읽었다.

와, 대단해. 이거 정말 민, 네가 쓴 거야? 그림도?

내가 발견했을 땐 이미 서시연이 동화를 모두 읽은 뒤였다. 서둘러 숨겼지만 소용없는 짓이었다.

웃음을 잃은 왕자와 왕자에게 웃음을 되찾아 주는 공주는 분명 영원히 행복하게 잘 살 거야!

과거 앳된 서시연이 꿈을 꾸듯 말했다.

왜냐하면 둘이 함께 있을 땐 항상 웃는걸. 아마 싸울 일도 없을 거야.

난데없이 옷이 벌거벗겨진 느낌이었다. 당황해서 그랬던 걸까 화가 났다. 하지만 황홀한 듯 미소를 짓는 그를 보자마자 그대로 화가 풀렸다.

넌 분명 멋진 동화작가가 될 거야! 그림형제보다 더 훌륭한! 왜냐하면 넌 대단하니까!

생각지도 못한 칭찬에 얼떨떨했다. 아무 생각도 나지 않았고 아무 말도 할 수 없었다. 그것도 좋아하는 여자아이에게 듣는 칭찬이라니. 멍하니 한껏 상기된 그를 바라보았다.

난 민의 동화가 좋아! 정말 좋아!

그날 서시연의 미소는 정오의 햇살보다 더 찬란하게 눈부셨다. 꿈처럼 느껴질 만큼 아름다웠다. 그래서 계속 보면 눈이 멀지도 모른다고 생각하면서도 계속 바라보게 되었다.

이후에도 곧잘 그날의 장면을 홀로 돌이켜 떠올렸다. 그리고 서시연의 미소를 따라 입꼬리를 곧잘 올려보곤 했다.

이번에도 기억 속 미소를 따라 입꼬리를 올리려 했다. 하지만 어느 때보다 강하게 일그러졌다.

"난 민의 동화가 좋아. 정말 좋아."

국어책을 읽듯 그날 서시연의 대사를 읊었다. 이제껏 그 말을 떠올릴 때면 그렇게도 기뻤는데. 그렇게도 가슴이 뛰었는데.

서시연을 돌아보았다. 그가 나를 지그시 바라보았다.

"마지막 말만."

"정말 좋아."

내가 무슨 말을 내뱉고 있는지 전혀 의식하지 못했다. 그도 무슨 생각을 하는지 알 수 없는 묘한 표정으로 날 바라보았다. 그러다 갑자기 그가 미소를 지었다.

"좋아해, 제운아."

평소처럼 밝고 시원스러운 미소가 아니었다. 말투도 당차지 않았다. 미소 끝에, 말끝에 강한 떨림이 느껴졌다.

"네가 좋아. 그 때도 지금도. 정말 좋아!"

서시연이 꼭 그날처럼 말했다. 다시 밝게 웃는 미소를 보자 왠지 마음이 놓였다. 오래된 습관대로 그를 따라 입술 끝을 살짝 올렸다. 그러다 무언가 이상한 느낌에 멈칫했다.

"……뭐?"

그만 그 말의 의미를 깨달아 버렸다.

그 순간 제법 강한 바람이 불었다. 머리가 흩날렸고 서시연이 상쾌한 듯 바람을 맞았다. 바람이 지나가자 그가 바람에 헝클어진 머리를 서둘러 다듬었다. 내 머리도 분명 헝클어졌을 테지만 그게 중요한 것이 아니었다.

지금 이 상황에서의 정답은 뭘까. 이번에도 난 오답을 말하고 마는 걸까. 잔뜩 떨린 입술을 겨우 벌렸다.

"나는……."

서시연이 검지를 펴 자신의 입술에 갖다 대었다.

"쉿. 대답은 수능 후에."

붉은 노을 때문이었을까. 얼굴이 발그레했다.

아주 잠깐 동안의 침묵이 깊은 심연같던 고요한 마음을 일그러뜨렸다. 당혹감과 부끄러움. 기쁨과 놀람. 의심. 수많은 감정들과 생각들이 그 짧은 찰나에 내 머리를 스치고 지나갔다.

서시연과 눈이 마주쳤다. 그가 코를 찡긋거리며 웃었다.

"이미 망했지만 망치고 싶지 않아."

그가 다시 나를 똑바로 응시했다. 어느새 평소처럼 밝고 찬란하게 웃고 있었다.

"아~ 수능 끝나고 고백할 생각이었는데. 다 너 때문이야."

아무런 생각도 들지 않았다. 멈춰버린 사고에 몸도 굳었다. 내 앞에서 서시연이 바람에 찰랑거렸다.

"나 이만 갈게. 사실 오늘 학원 가는 날 맞거든."

둘이 함께 오던 길을 그가 혼자 되돌아갔다. 그의 모습이 시야에서 완전히 사라질 때까지 멍하니 바라볼 수밖에 없었다.

혼자 남게 되자 꿈이 아니었을까 하는 생각이 문득 들었다. 어디에도 조금 전 상황을 증명해 줄 무언가가 없었으므로. 볼을 꼬집었다. 볼이 눌리고 당겨지는 느낌이 들었다. 크지는 않지만 또렷한 통증도 느껴졌다.

서시연에게 고백을 받아버렸다.

5장. 하늘, 검은 구름 뒤덮인

시간이 더디 흘렀다.

여전히 창밖은 어두웠고 집안은 고요했다. 째깍거리는 시곗바늘 소리만이 귀에 거슬리도록 방안을 가득 메웠다.

평소와 달리 떨리던 서시연의 목소리와 희미하기만 하던 미소가 자꾸 떠올랐다. 수능까지 2주정도 남았다. 보름 뒤 어떤 모습이든 나와 서시연의 관계는 지금과 달라져 있을 것이었다. 그러면 그 때 도진과의 관계는 어떻게 되어 있을까. 하늘과의 관계는?

무서웠다. 그날이 오지 않으면 좋겠다는 생각밖에 들지 않았다. 셋의 관계에서 균형과 평화를 깨는 사람은 언제나 나였다.

고등학교로 올라와 셋이 함께 하교할 기회가 생겼다. 체육대회가 있던 날이었다. 그 때 어떤 여자아이가 내 앞을 가로 막았고 나만 불러내었다. 도진과 서시연이 시원하게 나를 그에게 보냈다. 돌아왔을 땐 이미 두 사람은 가버린 뒤였다.

중학교 2학년 여름방학. 시골에 사는 도진의 사촌집으로 1박 여행을 가기로 한 날. 담임선생님이 일언방구도 없이 나를 인문학 방과 후 교실에 신청했다. S대 로스쿨에 들어가기 위해서는 수업을 반드시 듣는 것이 좋을 것이라고 협박 아닌 협박을 거절하지 못하고 수업을 들으러 갔다.

사과와 함께 두 사람만이라도 잘 다녀오라 인사를 전했다. 그리고 그날 도진의 시골 사촌 집으로 간 사람은 아무도 없었다는 사실을 조금 지나서야 알게 되었다.

초등학교 4학년. 아직 서시연을 의식하기 이전. 셋과의 관계가 가장 좋았던 시절이었다. 도진과 서시연은 다른 아이들처럼 당시 한창 인기였던 애니메이션 프로그램에 빠져 있었다. 내가 잘 알지 못하는 것들로 이어지던 대화. 신나서 대화를 이어가던 그들의 말들은 내게로 날아와 곧잘 끊어졌다.

초등학교 1학년. 도진, 서시연과 떨어져 혼자가 되어버린 낯선 반에서 나는 적응하지 못했다. 준비물을 잊기 일쑤. 제대로 된 친구 한 명 사귀지도 못했다. 내 앞에서 그들은 웃고 있었지만 제대로 된 웃음은 아니었다.

7살이 막 되었을 무렵. 아버지가 돌아가신 날. 갑작스러운 죽음. 상상조차 하지 못했던 사고. 엄마가 무너졌고 평화롭기만 하던 우리 셋의 관계도 처음으로 뭉개졌다. 다소 조용하고 표정의 변화가 없을 뿐 평범하기 그지없던 어린 남자아이는 그날 선생님들의 적극적인 관심 대상이 되었다.

제운은 도통 웃지를 않아요. 아무래도 그 일이 큰 상처가 됐겠죠.

흑, 흑······.

초등학교 진학을 앞두고 이루어진 유치원 상담에서 닫힌 문 너머로 말이 되지 못한 소리가 흘러 나왔다.

그래도 상처는 언젠가 아물 거예요. 가장 걱정되는 건 제운은 어디에도 관심과 흥미를 가지지 못한다는 사실이에요. 그건 그 일 때문만은 아닌 것 같아서요.

말이 되지 못한 말들은 간헐적으로 비명 같은 울음소리로 바뀌었다. 그 비명 같은 날카로운 울음소리가 내 마음을 인정사정없이 할퀴었다.

만일 그 때 내 옆에 도진과 서시연이 없었다면. 그들이 내 옆에서 내 손을 꼭 잡아주지 않았다면. 지금쯤 나는······.

나는 그날들로부터 조금도 변한 것이 없었다.

교실에 도착하니 평소와 사뭇 다른 분위기가 풍겼다. 오지 않을 것 같던 수능이 있는 그 달로 들어서서 그런 걸까. 여느 때처럼 수다를 떠는 아이들의 표정과 목소리에서, 문제를 푸는 아이의 손놀림에서, 심지어 자고 있는 아이의 숨소리에서 묘한 긴장감이 감돌았다.

"어이, 인기남! 왔냐? 오늘도 아슬아슬했네."

창가에 걸터앉아 도진이 배팅연습을 하고 있었다. 평소와 다름없는 그 모습에 조금 안심이 되었다.

"늦잠 자서."

거짓말이었다. 꼭두새벽에 눈이 떠져서는 다시 잠들지 못했다. 애써 아무렇지 않은 척 자리에 앉았다. 어둠 속에서 눈만 끔뻑 떠있을 때처럼 자꾸만 심장이 꿀렁거렸다.

의미가 없다는 것을 알면서도 1교시가 무엇인지 확인했다. 무슨 과목이든 잠을 잘 생각이면서.

"하긴 마음이 싱숭생숭하겠지. 아무리 고백에 익숙한 너라도 그 고백은 다를 테니까."

키득거리는 웃음소리에서 비릿한 향이 났다. 도진을 돌아보았다. 장난이 잔뜩 서린 눈 사이로 슬픔이 한순간 일렁였다. 마음이 싱숭생숭한 건 그였다.

"스토킹이라도 했냐?"

할리우드 배우라도 되듯 그가 어깨를 으쓱거렸다.

"13년을 알고 지냈어. 안 봐도 뻔하지."

태양을 가리고 있던 구름이 지나간 듯 빛이 빠른 속도로 창가로 스며들었다. 투명한 아침 햇살. 오늘 등굣길에서 의식조차 하지 못한 햇살이 도진의 실루엣만큼 잘려 들어왔다. 도진이 나를 바라보았다. 굉장히 올곧은 시선이었다.

"야, 민제운. 좀 있다 나 좀 보자."

그가 하고자 할 말을 알기에 수긍할 수밖에 없었다.

점심시간. 1층 구석진 복도로 장소를 옮겼다. 도진이 창틀에 살짝 걸터앉아 허공을 올려다보았다. 나도 그의 옆에 다가가 창틀에 기대어 섰다. 그에게 말해야만 했다. 하지만 어디서부터 어떻게 말해야 할 지 알 수 없었다.

결국 먼저 입을 연 건 이번에도 도진이었다.

"그래서 찼냐? '내가 좋아하는 여자앤 너가 아니라 하늘이다'하면서?"

복도 창문에서 바라보이는 하늘은 곧은 사각형이었다. 창문이 사각형이었으므로. 시선을 돌려 도진을 보았다. 그는 여전히 허공을 멀뚱히 바라보고 있었다.

곧바로 대답해 줄 생각이었다. '차다'라는 표현이 어울리지는 않았지만 나는 분명 서시연의 고백을 '거절'하려고 했다.

하지만 하지 못했다.

"아니."

그건 '안' 한 것이 아니라 '못' 한 것이었다. 서시연이 막아서 어쩔 수 없었던 것이라고, 그렇게 생각하고 싶었다.

"수능 후에 달래, 대답."

"왜?"

"몰라. 망했지만 망치고 싶지 않대."

도진이 이상한 표정으로 나를 보았다. 콧잔등이 잔뜩 일그러졌고 입꼬리는 잔뜩 내려갔다. 그러다 곧 꽃피는 장면을 몇 배속으로 보는 듯 얼굴이 천천히 피더니 꺼이꺼이- 숨이 넘어갈 듯 웃어댔다.

"서시연답다. 영악한 거."

도진이 다시 한 번 캬캬캬- 웃어댔다. 한참을 웃어댄 후에야 겨우 상쾌한 표정을 지었다. 그럼에도 뭐가 그리 즐거운지 잔웃음이 끊이질 않았다.

"그래도 많이 초조했나 보네. 그 녀석이 계획을 다 틀고. 그게 다 너 때문 아니겠냐?"

서시연도 비슷한 말을 했다.

"어느 누구한테도 관심 없더니 갑자기 하늘한테 관심과 애정을 듬뿍 주니까 그렇지. 아무리 서시연이라도 이번만큼은 초조하고 불안했겠지. 그만큼 널 뺏기기 싫었다는 반증이기도 하지만."

뒷목이 뜨끈해졌다. 서둘러 고개를 도진에게서 돌렸다. 왜 이제 와서 실감이 나는 걸까. 심장이 빠르게 뛰었다. 어쩔 줄 모르겠는, 그런 빠르기와 세기였다.

"야, 민제운!"

그가 개구지게 웃었다. 초등학교 시절 관심 있는 여자아이에게 장난을 치기 직전에 짓던 것과 같은 표정이었다. 그가 내게 헤드락을 걸었다. 익숙한 것이었으므로 굳이 막지 않았다.

"너한텐 그런 애보다 서시연이 훨씬 잘 어울려, 인마."

헤드락을 거는 팔뚝에 힘이 더 들어갔다. 꽤 아팠으나 발버둥치지 않았다. 버틸만 했으므로.

"야, 민제운. 서시연 울리지 마라!"

아무 대답도 하지 않았다. 서시연에게도 그렇게 했으므로. 그럼에도 두근거리는 심장은 멈추지 않았다. 도진이 이제 볼 일이 끝났다는 듯 갑자기 몸을 돌렸다. 그 뒤를 얌전히 따랐다.

"야, 곧 우리 민아 생일인데 선물 뭐 해주면 좋을까?"

"아무거나."

"무성의하게 대답하지 말고 좀 성의 있게 같이 생각 좀 해 달란 말야!"

도진과 나는 긴 복도를 따라 계단이 있는 곳으로 걸었다. 조금 전 올 때 걸었던 곳이며 곧잘 오가던 길인데 평소와 분위기가 사뭇 달랐다.

"뭔가 특별하면서도 센스가 넘치면서도 사랑과 정성이 듬뿍 담긴 그런 선물을 하고 싶은데 말이지."

매점이 가까워지자 음식냄새들이 사납게 코로 밀려들었다. 평소보다 자극적이었다.

"네가 주는 것이라면 다 좋아할 것 같은데?"

"좀 진지하게 같이 고민 해 달라고 내가 아주 조금 전에 말하지 않았니, 친구야?"

"진지해."

그러고 보니 점심은 물론 아침도 제대로 먹지 못했다. 평소라면 어떻게든 꾸역꾸역 엄마가 차려놓은 밥상을 모두 비우고 왔을 테지만 오늘은 도저히 먹을 상황도 기분도 아니었다.

홀로 식탁 앞에 멍하니 있다 시간이 많이 지났음을 깨닫고 서둘러 집을 나섰다. 집은 여느 때처럼 고요했고 적막했다.

"그냥 같이 있어 줘. 또 영화를 보든 손잡고 공원 산책을 하든 밥도 같이 먹고. 그 뒤 작은 케이크 하나 사서 같이 촛불도 끄고."

도진이 나를 멍하니 바라보았다. 내가 오늘 아침 지었을 법한 표정을 지으며.

"너……."

그가 눈을 껌뻑였다. 그에 맞춰 나도 눈을 끔뻑여 주었다.

"의외로 로맨틱하구나! 순수해!"

뭔 소리를 하는 거야. 이번엔 내가 헤드락을 걸었다. 그가 내 겨드랑이 밑에서 키득키득 웃어 대었다. 그 웃음소리가 기분 나빠 더 세게 머리를 눌렀다.

"네가 왜 하늘에게 마음이 끌렸는지 확실히 알겠다."

조금도 아프지 않은지 도진이 계속 웃어댔다. 신뢰감이 드는 얼굴은 아니었지만 이유를 듣고 싶었다. 내가 놓아주자 도진이 목을 돌려 상태를 살피며 말을 이었다.

"넌 그냥 혼자 있는 걸 두고 볼 수 없는 거야. 혼자의 외로움을 끔찍할 정도로 잘 알고 있으니까."

그럴듯하게 들렸다. 자조스러울 정도로 몹시.

그런데 정말 그렇다면. 왜 이번에는 홀로 빵셔틀 중인 하늘을 보았는데도 몸이 움직이지 않는 걸까. 그러면서도 시선은 고집스러울 정도로 하늘을 따라가고 있었다.

하늘이 전처럼 그 작은 품으로 힘겹게 빵들을 한 아름 안고선 종종 걸어갔다. 이따금 빵이 하나씩 툭- 툭- 떨어졌고 그 때마다 하늘이 조심스럽게 주저앉아 떨어진 빵을 자신의 품으로 주워담곤 했다.

"너희도 빵 사먹게?"

멀어져가는 하늘을 바라보는데 시야에 서시연의 얼굴이 훅 들어왔다. 그가 크림빵을 뜯어 한 입 크게 베어 물었다. 동그란 빵이 한순간에 일그러졌다.

"너 밥 안 먹었냐?"

"응, 오늘 반찬 엄청 별로였잖아. 뭐, 밥 생각도 없고."

"그런 애가 크림을 입에 다 묻혀 가면서 먹냐?"

도진이 장난스럽게 손을 뻗어 엄지손가락으로 대수롭지 않게 그의 입가를 닦아 주었다. 서시연이 뭐하는 짓이냐며 도진의 옆구리를 팔꿈치로 쳤다. 도진이 그대로 나가떨어지며 웃었다. 그 모습에 서시연도 어이없다는 듯 그러면서도 애정어린 미소를 지었다.

"여, 여전하네. 서시연."

"너희도 사이가 좋은 건 여전하네. 이러다 너희 둘이 사귄다고 소문나는 거 아냐?"

서시연이 옆구리를 움켜쥔 도진을 가볍게 한 번 훑어보았다. 그리고는 내 앞으로 몸을 돌렸다. 윤이 나는 곧고 짧은 단발머리가 찰랑거렸다.

"안녕, 민?"

그가 내 앞에서 웃었다. 평소와 다름없는 미소였다. 밝고 찬란하고 당당한.

"야, 서시연. 나 여친 있거든!"

"어머, 누구야? 가서 뇌물이라도 바쳐야겠는데? 우리 도진이 잘 좀 부탁한다고."

　장난을 치는 두 사람의 행위가 몹시 자연스러웠다. 오히려 이상하게 느껴질 만큼.

"민아는 순수하게 나를 좋아하는 거라고!"

"순수하니까 널 좋아하는 거야, 이 바보야. 잘 해 줘라. 그런 애 세상에 다신 없을 거다?"

　서시연에게 이기지도 못할 거면서 도진은 포기하지 않았다. 그 모습을 즐기는 듯 서시연의 얼굴에 미소가 번졌다. 그런 그의 고개가 살포시 들려 있었다. 어느 순간 우리보다 작아진 그를 도진이 내려다보았다.

　그럼에도 예전 모습 그대로였다. 고등학교에 들어오기 전 항상 셋이 함께인 것이 당연하던 시절. 서로 티격태격 싸우지만 그 안에 친밀감과 신뢰와 애정이 넘치는.

　뭐야, 우리 3년 동안 서시연과 사이가 멀어졌던 것 아니었어. 그때와 달라지지 않았던 거야. 이제야 당연한 일상으로 돌아왔다는 생각이 들었다. 익숙한 광경. 그리웠던 말들. 포근한 느낌이 드는 무언가. 나는 지금 이 순간 분명히 안심하고 있었.

　마음이 간질간질 거렸다. 나는 그대로 입 밖으로 내뱉었다. 그렇게 하면 마음이 한결 가벼워진다는 것을 이제는 알고 있었다.

"또 시작이냐, 너희?"

　입 밖으로 웃음이 피식피식 새어 나왔다.

"어, 웃었다."

도진이 내게 헤드락을 걸며 머리칼을 거칠게 휘저었다. 머리가 엉망이 되고 그가 건 헤드락이 꽤 아팠지만 입 밖으로 새어나오는 웃음은 멈추지 않았다.

"짜식, 재밌냐? 즐겁냐?"

어쩌면 꿈일지도 몰랐다. 꿈이라면 퍽 섭섭할 것이었다.

"나, 민이 이렇게 밝게 웃는 거 처음 봐. 웃으니까 좋네."

서시연이 도진과 장난을 칠 때보다 더 찬란하게 웃었다. 미소가 오후의 햇살보다 눈부셨다. 그래서 애써 빵을 들고 가는 저 작은 등을 보지 않으려 노력했다.

이미 노을이 짙게 내려앉은 놀이터는 고요했다. 얼마 전까지 흐드러지게 펴 있던 빨간 단풍잎이 대부분 떨어져 앙상한 가지가 고스란히 보였다. 겨울이 되어가고 있었다. 올려다 본 하늘은 하루가 다르게 차가운 빛을 띠었다.

"제운, 먼저 와 있었구나?"

옆 그네가 살포시 흔들렸다. 가벼운 그를 따라 그네가 가볍게 흔들렸다. 그와 달리 입꼬리는 무거웠다. 나도 모르게 아랫입술을 지그시 깨물었다.

"그림을 그려 봤어."

하늘에게 연습장 노트를 건넸다. 노트를 끝까지 다 볼 때까지 그는 아무 말도 하지 않았다. 놀이터에 책장을 넘기는 소리만이 울려 퍼졌다.

날씨가 꽤 차가웠다. 얇은 카디건만 걸친 하늘이 추운지 몸을 가볍게 떨었다. 목도리를 건넬까. 그래도 상관없었다. 나는 그다지 춥지도 않았으니까. 오히려 이 상황에서 추워 몸을 떠는 그에게 목도리를 건네는 것이 자연스러워 보이기까지 했다.

그럼에도 끝내 몸이 움직여지지 않았다. 하늘이 시선을 내게로 옮길 때까지 가만히 정면만 응시했다.

"역시 대단해, 제운은……. 다 멋져."

아무런 감정이 느껴지지 않는 말투. 나를 바라보는 눈동자도 비어 있었다. 이유를 알 것 같아 아무 말도 하지 않았다. 아니, 하지 못했다.

"채색을 하려고 해. 어떤 걸로 칠할까?"

최대한 시선을 맞추지 않으려 노력했다. 그의 얼굴을, 눈동자를 바라볼 자신이 없었다.

"수채화가 더 어울릴 것 같아. 그냥 그런 느낌을 받았어."

노을이, 곧 다가올 어둠이 더욱 짙은 정적만을 가져왔다. 하늘과 나 사이에 자꾸만 고요한 침묵만이 흘렀고 그 고요함에 속절없이 마음이 침체됐다.

머릿속에서 계속 동화를 완성하지 못할 것이라는 서시연의 말이 맴돌았다.

"새벽에 썼어. 그래서 그럴 거야."

새벽……. 주변에 고요와 정적만이 감도는 그 시각. 들뜬 듯 가라앉은 기묘한 공기가 흐르는 때. 그 순간 하늘은 어떤 모습을 하고 있을까. 직접 보지는 못했지만 글에서 조금은 느낄 수 있었다. 다소 서글픈 감정이 올라왔다.

"서두를 필요 없어."

하늘이 떨리는 목소리로 다급히 말했다. 입은 부드럽게 미소를 지었지만 눈동자는 너무도 애틋했다. 너무도 만연한 '노을의 하늘'이었다.

"난 언제든 어디든 있어. '하늘'이고 '늘'이니까."

지금 만일 하늘이 '이 미소'가 아니라 '그 미소'를 지어준다면. 지금의 내 마음이 바뀔 수 있을까. 생각이 변할 수 있을까.

다시 한 번 꿈꿀 수 있을까.

"미안. 수능 전에 끝내고 싶어."

하늘이 '이 미소'마저 거두었다. 표정에 다정함은 사라지고 슬픔만이 남았다. 그건 단지 오늘따라 유난히 노을이 짙기 때문이라 생각하기로 하며 고개를 돌렸다.

"그렇다면 그림 잠깐 내가 갖고 있어도 될까? 아직 채색되기 전의 이 모습을 조금 더 보고 싶어."

"어차피 완성되면 너에게……."

"아직 미완성의 이 그림이 좋아. 상상의 여지가 많으니까."

하늘이 노트를 작고 흰 손으로 쓰다듬었다. 바람이 불었고 그네 위의 하늘이 살랑였다. 머리칼이 한 가닥 얼굴 위로 내려앉았으나 하늘은 아랑곳하지 않았다.

잠깐 고민하다 고개를 끄덕였다. 하루 이틀 정도 채색을 미루는 건 큰일이 아니었다.

"고마워, 제운."

하늘이 웃었다. 나름 활짝 웃은 것이었다. 그럼에도 슬퍼 보였다. 어느 노을 아래에서보다. 그가 천천히 일어섰다. 노을이 뒤에서 검붉게 타올랐다.

한순간 표정이 애처롭게 일그러졌다.

"거짓말. 피하지 않을 거라면서."

가슴이 철렁 내려앉았다.

그의 눈동자가, 얼굴이, 슬픔으로 마구 일렁였다. 금방이라도 울어버릴 것 같은 그 표정은 분명 밤의 하늘이었다.

"핑계. 그래도 널 보고 싶었어."

하늘이 내 노트를 품에 품고선 꼭 껴안았다. 소중하다는 듯. 그리고는 하염없이 흔들리는 눈동자로 나를 잠시 바라보더니 뒤돌았다.

다시 가슴이 철렁 내려앉았다.

그대로 가버리려는 하늘을 붙잡았다. 손에 잡힌 팔뚝은 너무도 가녀렸다. 조금만 더 힘을 주면 온 몸이 바스라질 듯한 표정으로 나를 보았다.

"늘. 사귈까, 우리?"

하늘이 한동안 말없이 나를 바라보았다. 그의 침묵과 시선에 숨이 막혀 내가 먼저 고개를 돌렸다.

놀이터 바닥이 오묘한 색으로 물들어 있었다. 하늘을 올려보았다. 붉은 금빛이어야 할 노을이 푸른빛을 띠었다. 이건 보랏빛이었다. 일곱 색깔 나라에서 보라는 신의 나라로 불렸다. 그만큼 신비로운 색이었다.

만일 신이 정말로 존재한다면.

천천히 하늘 쪽을 돌아보았다. 하늘을 올려다보고 있었다. 금방이라도 사그라질 것 같은 신비로운 보랏빛을 그 작은 몸으로 받아내며. 그 때 교복 셔츠 안쪽에서 무언가가 반짝였다. 목걸이였다. 목걸이 끝에 작은 보라색 보석이 달려 있었다.

지금 이 순간 신이 나를 보고 있다면.

손을 놓았다. 하늘의 시선이 천천히 내게로 옮겨졌다. 그의 눈동자에서 보랏빛 하늘이 타올랐다.

"Mi amas vin, Pardonu."

천천히 읊조리듯 말을 내뱉은 하늘이 그 말만을 남기고 가버렸다. 그가 떠난 자리에 매서울 정도로 신속히 어둠이 채워졌다. 어둠은 노을보다 짙고, 짙고, 짙었다.

믿지 않았다. 외계인과 통신을 주고받는다느니. 귀신을 볼 수 있다느니. 남에게 저주를 걸 수 있는 능력이 있다느니. 헛소문이 분명할 그런 말들을.

하지만 그 말은 완벽히 저주의 말이었다.

창가로 달무리가 져 은은한 달빛이 새어 들어왔다. 그 모습이 꽤 아름다웠지만 스탠드 불빛에만 집중하고선 책상 앞에 앉아 있었다. 휴대폰을 들고 최대한 많은 어학사전을 뒤졌다. 하지만 '검색결과가 없습니다'란 결과만 돌아왔다. 그 때와 마찬가지였다.

정말 외계어라도 되는 걸까. 하늘이 그 말을 내뱉는 장면이 머릿속에서 계속 재생되었다. 아니, 정확히 하늘과 처음 만났던 그 순간부터.

자리에서 일어섰다. 외투만 하나 챙겨들고 밖으로 나왔다. 무작정 걸었다. 늦가을 새벽은 코끝이 시리도록 차가웠다. 그럼에도 새벽 밤하늘은, 그 투명하도록 까만 하늘은 아름다웠다. 그건 분명 달무리가 진 달빛 때문이었다.

슬픈 듯 일렁이는 달빛이, 애써 자신의 마음을 숨기려고 하는 저 달이, 애처롭게 아름다워 보였다.

"미 아마아스 빈, 파르도누……."

낮게 내뱉었다. 무슨 말인지 알 수는 없지만 가슴이 아팠다. 누군가 심장을 세게 쥐는 것만 같았다.

늘. 사귈까, 우리?

나는 왜 그런 말을 했을까. 그 때를 돌이켜보면 내 얼굴엔 자조 섞인 쓴웃음이 지어져 있었다. 그런 내 표정을 보며 하늘은 무슨 생각을 했을까. 어떤 감정이 들었을까.

눈을 뜨자 어긋난 느낌이 들었다. 살짝 일그러진 시야. 작은 비눗방울이 떠다니고 주변에 해바라기들로 가득했다. 끝을 알 수 없는 거대하고 노란 해바라기 밭. 이곳이 현실이 아님을 깨달았다. 그 환상적이고 몽환적인 풍경 속에 누군가가 있었다.

하늘이 쓴 《일곱 색깔 나라와 꿈》을 읽고 읽고 수없이 되풀이하여 읽었다.

잘 다듬어진 글이라 말할 수 없었다. 그럼에도 알 수 없는 무언가가 시선을 강하게 사로잡았다. 그건 단순히 내 사심 때문인 걸까.

샛노란 눈동자가 반짝이며 나를 바라보았다. 그 뒤로 길게 드리워진 해바라기빛 머리가 흩날렸다. 이름 모를 그가 기쁜 듯 혹은 슬픈 듯한 작은 미소를 지었다. 그 미소가 너무 아름다워서 한눈에 그가 이승의 존재가 아님을 알았다.

플로로와의 만남은 충격이었다. 주변의 풍경이 너무도 아름다워서. 내 눈앞에 미소를 짓고 있는 그가 가슴이 아플 정도로 아름다워서. 깨어나서도 한동안 생각이 났다. 그건 미련과 후회였다.

그의 이름은 플로로. 바라기꽃이란 뜻의 플로로였다. 그는 태양님을 기다리고 있었다. 그래서 완벽하게 해바라기가 될 수 있기를. 그날이 올 때까지 플로로는 미소를 지어야만 했다. 그는 희망의 노랑나라 사람이었다.

하늘과의 첫 만남도 비슷했다. 하늘이기에 하늘처럼 미소를 짓는

다는 그는, 노을 아래 다정하면서도 애틋한 미소를 짓던 그는. 이승의 존재가 아닌 것처럼 보였다.

　　이 이야기는 일곱 색깔 나라와 꿈에 대한 이야기이다.

내 안의 문제는 조금도 해결되지 않았다.

날씨가 좋지 않아 아침까지 얼룩진 어둠에 늦잠을 자고 말았다. 교실에 도착하자마자 책상에 엎드렸다. 몸이 무거웠다.
　"겨우 지각 면해 놓고 오자마자 퍼 자냐? 이 자식, 좋은 거 있음 공유하자니까!"
　하늘을 좋아한다는 사실을 자각하기 전까진 서시연을 보면 마음이 불편했다. 그런데 하늘을 좋아한다는 것을 알게 된 지금은 하늘을 떠올리면 가슴이 아팠다.
　피하지 않겠다고 했으면서 피해 다녔다. 서시연에게 고백을 받은 후 등하교를 할 때마다 매번 놀이터를 통하지 않는 길을 택했다. 복도에서 하늘을 보게 되면 애써 못 본 척 고개를 돌렸다.
　머리가 아팠다. 아니었다. 가슴이, 마음이 아픈 것이었다.
　"어이~ 민제운~ 진짜 자냐?"
　어리광. 자존감. 자신감. 그 어느 것 하나 나아진 것이 없었다. 하늘처럼 내 마음까지 어두워지는 느낌이었다. 옆에서 들리던 도진의 목소리가 멀어져 갔다. 그건 내 의식이 현실에서 멀어지는 것이었다.

눈앞에서 무언가 희미하게 빛났다. 마치 어젯밤에 본 달무리처럼. 그것이 점차 커지더니 주변이 밝아졌다.

섬광처럼 밝은 빛이 지나가고 보이는 풍경들은 모두 크고 길쭉했다. 아래에서 위를 바라보듯. 끝을 알 수 없게 이어진 익숙한 담벼락이 내 키보다 높았다. 그 사이 피어오른 풀들과의 거리가 가까웠다. 그만큼 하늘과는 더 멀어졌다.

그저 걸었다. 걷고 또 걷다 보니 길 끝에 엄마가 우두커니 앉아 있었다. 검은 상복을 입고 있는 엄마는 나를 알아채지 못하고 엎드려 울기 시작했다. 엄마의 울음은 그치지 않았다. 소리 내어 울다가 소리를 삼키며 울다가 혼절하듯 울다가 속으로만 울기를 반복했다.

더 이상 참지 못하고 엄마에게 손을 내밀자 엄마가 변했다. 엄마는 곧잘 입던 밝은 색상의 원피스나 블라우스가 아닌 까만 기능성 옷을 입고 있었다. 길고 풍성했던 머리는 짧게 잘라져 질끈 묶여 있었다. 눈 주위가 검붉게 부풀어 있었다.

현실은 엄마 혼자로 충분해. 그러니 제운은 아이처럼 밝게 웃으며 꿈만 꾸렴. 응, 제운은 마음껏 웃고 꿈만 꾸면 돼. 그러면 돼.

엄마를 붙잡으려 손을 뻗었지만 닿지 않았다. 엄마는 미소를 짓고 있었다. 하지만 울고 있었다. 그 순간 왜 그런 생각이 들었는지 알 수 없었다.

이미 가버린, 이미 사라져버린 엄마의 뒷모습을 향해 물었다. 당신은 행복한가요? 답은 이미 알고 있었다. 그렇기에 돌아오지 않는 대답에 미련을 갖지 않았다.

다시 한 번 눈부신 빛에 눈을 감았다. 그리고 눈을 떴다. 어느새 학교로 돌아와 있었고 도진이 휴대폰 플래시를 내 눈에 비추고 있었다. 기분이 썩 좋지 않았다.

"이제 깼냐? 너도 징하다. 아, 됐고. 나 배고파. 밥 먹으러 가자."

주변을 둘러보았다. 교실은 이미 공부를 하는 몇 명을 제외하고 완벽히 비어 있었다. 시계를 확인했다. 점심시간이었다. 일어서려는데 책상 서랍에 무언가 있는 것을 발견했다. 언제부터 있었던 건가 싶어 꺼내 확인했다.

초콜릿이었고 '미안해'라고 써져 있는 파란 포스트잇이 붙어 있었다.

"뭐라고 적혀 있어? 어? 미안해? 고맙다나 좋아한다가 아니고?"

도진이 내용물보다 포스트잇 문구에 관심을 기울였다. 이걸 내 서랍에 넣어 둔 사람이 누군지 알고 있는 눈치였다. 하지만 물어보지 않았다. 나도 누군지 알 것 같았으므로. 사과를 해야 할 사람은 나였다.

점심을 먹고 곧장 6반으로 향했다. 다행히 도진이 내게 무슨 일인지 더 이상 추궁하지 않고 다른 아이들에게 가 주었다. 문 앞에서 그가 교실에 있는지 살폈다. 하지만 없었다.

어디를 간 걸까. 이번엔 교실에 그 아이가 있는지 확인했다. 얼굴이 가물가물 했지만 화장을 그만큼 과하게 한 여자아이가 없는 것을 보면 그 때 그 아이도 없는 듯 보였다.

"불러 줘? 시연이 보러 온 것 맞지?"

누군가 내게 말을 걸었다. 복도 쪽에 앉아있던 여자아이였다. 그 말에 교탁 바로 앞에 앉아있는 서시연을 흘깃 보았다. 이제는 감만 잊지 않을 정도만 하면 된다더니. 그는 엄청난 집중력으로 문제를 풀고 있었다.

곧바로 몸을 돌려 매점 쪽으로 향했다. 점심 먹은 지 얼마나 됐다고 매점은 아이들로 바글바글 거렸다. 하늘은 여전히 어두웠고 공기는 무거웠다. 학교 중 가장 생기가 넘치는 이 시각 이 곳마저도 음침해 보일 정도로.

주변을 잘 둘러보았다. 혹시 키가 작은 그가 누군가에 묻혀 보이지 않을까봐. 내가 못 보고 지나쳐 버릴까봐.

방과 후까지 기다릴 수도 있었다. 놀이터에서 기다리면 반드시 올 것이었다. 그 때까지 기다리지 못하는 사람은 나였다.

"아까 그 사람, 하늘이란 그 사람 맞지?"

"전에 본 거랑 분위기 완전 달라. 역시 소문이 사실인 걸까?"

"쉿! 조용히 해. 괜히 그런 말 했다 찍히면 안 되잖아."

마지막으로 한 번만 더 주변을 둘러보려고 했다. 옆으로 스쳐가는 여자아이들의 대화가 귀에 들어왔다. 명찰이 빨간색인 것을 보니 1학년이었다.

지나치는 여자아이들을 붙잡았다. 눈이 마주치자 눈이 잠시 커지더니 뺨을 붉혔다.

"그 말 무슨 말이야?"

1학년들이 서로의 친구를 번갈아 바라보았다. 다소 곤란한 눈치였다.

"하늘에게 찍히면 안 된다니. 그런 말 누구한테 들었어?"

한 번 더 그들을 추궁했다. 그들이 서로를 바라보며 불안한 마음을 눈빛으로 표현하더니 이내 입을 열었다.

"그냥…… 소문으로요."

"3학년에 하늘이란 선배가 있는데 괜히 밉보이다가 저주를 받을 수 있다고……."

"진짜 저주 할 수 있댔어요. 실제로 저주 받은 사람들도 있다고……. 진짜, 진짜로 있다고 그랬어요."

조심스러운 말투였다. 마치 이 말을 하늘이 듣고 당장이라도 저주를 내리기라도 할 것처럼.

"귀신을 볼 수 있대요."

"빙의도 막 할 수 있어서 그래서 아침이랑 오후랑 밤이랑 다른 인격이 나온다고……."

나에 대해 하는 말도 아닌데 목에서 쓴물이 올라오는 것 같았다. 속이 울렁거렸다.

1학년 여자아이 셋이 내 눈치를 조심스럽게 계속 살폈다. 그러다 그 중 한 아이가 무슨 결론이라도 내리듯 조심스럽지만 단호한 말투로 말했다.

"무섭잖아요, 그런 거."

교실로 돌아가는 길이 멀게 느껴졌다. 분명 근처에 하늘이 있었다. 하지만 아무런 생각도 나지 않았다. 그저 눈앞에 어둠이 드리워진 한강공원에서 보았던 그의 위태로운 얼굴이 그려졌다.

혼자 걷는 길도 혼자 먹는 밥도 혼자 보는 하늘도 혼자 듣는 노래도 혼자 느끼는 바람도 혼자 떠올리는 추억도. 이젠 싫어.

가늘게 어깨를 떨던 하늘. 나를 바라보는 그 눈동자는 어깨보다 더 여리게 떨렸다. 그래서 그의 눈동자에 맺혀 있는 나도 떨리고 있었다.

넌 내가 기분 나쁘지 않아? 무섭지 않아?

하늘의 모습에 따라 변화하는 그. 때로는 차갑고 때로는 활기차고 때로는 어두웠다. 때로는 강하고 때로는 약했으며 때로는 천진했고 때로는 어른스러웠다. 모순덩어리인 그를 사람들은 인정해주려 하지 않았다. 그 모습을 받아들이려 하지 않았다.

어쩌면 나조차도.

상상 속 그가 귀를 막았다. 금방이라도 울 것만 같은 표정을 지으며.

듣고 싶지 않아. 미안. 무서워. 너무 무서워. 이제 그만 집에 갈래. 미안해.

그날 그가 왜 내게서 대답을 듣지 않으려 했는지, 무엇을 그토록 무서워했는지 이제야 이해가 되었다. 난 하늘에게서 내가 보고 싶은 모습만 보고 있었다. 그래서 기분이 나쁘지도 무섭지도 않았던 것이었다.

그건 온전한 하늘이 아니었다.

복도 창문을 통해 하늘을 올려다보았다. 네모로 금이 그어진 하늘은 조금 전 보다 더 어둑해져 있었다.

"똥 싸고 왔냐?"

교실로 돌아오자 창가에 도진과 익숙한 뒷모습이 보였다. 귀 언저리에서 찰랑거리는 짧은 단발을 하고 등이 반듯하고 늘씬한 실루엣. 한눈에 누군지 알 수 있었다. 내 자리에 그가 앉아 있었다. 그를 최대한 의식하지 않으려 노력하며 옆자리에 앉았다.

"민, 나 찾으러 우리 교실에 왔었다며? 무슨 일이야?"

서시연이 기쁜 듯한 표정으로 뒤돌아 내게 말했다. 그의 눈빛이 하늘과 다르게 밝고 찬란하게 빛났다.

그를 만나러 간 것이 아니었다. 하지만 아니라고 말을 할 수 없었다. 적당한 말을 찾는데 내 책상 서랍에서 초콜릿이 보였다. 초콜릿 봉투에 붙어 있는 포스트잇 끝자락도 살포시 보였다. 순간 바스락 재가 되어 사라져가던 마음이 조금씩 돌아왔다.

서시연을 돌아보았다. 그는 어쩌면 평소보다 더 밝은 미소를 짓고 있는 건지도 모른단 생각이 들었다. 시선을 피하지 않으려 노력했다.

"하늘을 만나러 갔어."

"아…… 하늘…….”

서시연의 미소가 어색하게 일그러졌다. 이후 그가 미소를 정돈했지만 여전히 어설펐다. 서시연이 도진을 바라보며 말을 꺼냈다. 그 말이 이상할 정도로 귀에 강하게 꽂혔다.

"그러고 보니 하늘……. 오늘 하루 종일 이상했어."

"걔야 항상 이상하잖아?"

"아니, 뭐랄까. 평소랑은 또 다른 이상함이었달까. 공포 그 자체였다고 할까."

평소와 다른 이상함. 오늘의 하늘은 평소와 다를 수밖에 없었다. 창밖을 보았다. 아침부터 어둑어둑했던 하늘은 비가 올 것 같으면서도 결코 한 방울의 빗방울도 흘리지 않았다.

"혼자서 중얼중얼. 근처에 앉은 애들이 얼마나 무서워했는지 알아?"

"그게 뭐야?"

"꼭 주문을 외우는 것 같았어. 누군가를 저주하는 듯……. 어쨌든! 엄청 무서웠다고."

"으악, 상상해 버렸다!"

심장이 두근거렸다. 기분 좋은 떨림이 아니었다. 저주의 대상이 누군지 나는 똑똑히 알고 있었다. 아니, 느낄 수 있었다.

"저주……."

"민, 몰랐어? 하늘에게 저주의 말을 들은 애들 전부 진짜로 저주받았어. 한 명은 성적이 뚝, 한 명은 실연을, 또 다른 한 명은 교통사고를."

다시 바라본 검은 눈동자는 한껏 진지했다. 장난도 거짓말도 아니었다. 올곧은 시선이 폐를 움켜쥐었다. 숨이 막혔다.

마침내 그와 만난 건 청소 시간 때였다. 교사 뒤편에 있는 분리수거하는 곳으로 향하고 있었다. 여전히 하늘은 어둑어둑했고 가을 해 질녘과 어울리지 않게 공기가 눅눅했다.

양 손에 쓰레기통을 하나씩 들고 걷고 있는데 눈앞에 익숙한 실루엣이 보였다. 작고 강말랐으며 긴 검푸른 머리를 흩날리고 있는 작은 소녀의 뒷모습. 한눈에 누군지 알 수 있었다.

"늘……."

반가움과 미안함과 두려운 마음이 한 데 뒤섞였다. 뒤에서 어깨에 손을 얹으려다가 그만 두었다. 그는 아래를 내려다보며 연신 중얼거리고 있었다.

"Pardonon. Vere pardonon. Mi amas vin, Pardonu. Je-un."

주변 공기처럼 낮게 깔리는 그의 말을 이번에도 이해할 수 없었다. 하지만 몇 가지 알아 들을 수 있는 말들이 있었다. 미 아마아스 빈, 파르도누. 제운. 역시 나를 향한 저주의 주문이었구나. 다시 턱하고 숨이 막혔다.

"그럴 거면 사과하지를 말든지."

그제야 하늘이 돌아보았다. 상당히 놀란 눈치였다. 그의 얼굴이 머리 위 저 하늘처럼 어두웠다. 울 것처럼 눈동자가 흔들리면서도 결코 울지 않았다.

"……미안, 제운."

당황한 하늘이 서둘러 도망쳤다. 그런 그를 붙잡지 않았다. 어쩌면 붙잡지 못한 걸지도. 피곤했다. 얼른 집에 가 쉬고 싶었다. 그러다 몸이 굳어버렸다. 보면 안 될 것을 보고 말았다.

쿵-

심장이 무겁게 내려앉았다. 심장의 뜀박질이 점차 빨라지더니 곧 내뿜었던 모든 피를 다시 빨아들이는 느낌이었다. 머리가 어지러웠고 눈앞이 새하얘졌다.

하늘이 쓴 글에 그린 그림들이, 하늘과 함께 만들려 했던 동화《일곱 색깔 나라와 꿈》의 삽화들이, 채색을 하지 않은 미완성인 채 그곳에 무차별적으로 찢겨 흩어져 있었다. 곧바로 하늘에게 달려갔다.

"잠깐 나 좀 봐."

하늘이 팔목을 내게 잡힌 채 고개를 반대쪽으로 돌렸다. 애써 얼굴을 내게 보여주지 않으려는 그의 눈동자에 얼핏 눈물이 고여 있는 것이 보였다. 그 모습에 절망감이 밀려 들었다.

"울 거면서. 왜 그랬어?"

그럼에도 작은 기대가, 희망이, 내게 남았던 걸까. 나는 최대한 침착하게 대화를 하려고 노력했다. 오해일 거라고. 하늘이 이런 짓을 할 리가 없다고.

그렇게 믿고 있었다. 믿고 싶었다.

"늘, 네가 한 짓 아니지? 그렇지?"

하늘이 나를 돌아보았다. 동그랗고 커다란 눈동자가 눈물에 잔뜩 일렁였다. 그래서 시선이 왜곡되어 보였다. 어디를 보는지 알 수가 없었다. 아랫입술을 잘근 깨물었다.

"그림정도는 다시 그리면 되니까……."

제발…… 오해라고…… 말해…….

얼굴이 잔뜩 일그러졌다. 눈가와 입가에 미세한 떨림을 느꼈다. 하지만 더 큰 떨림은 가슴에서 느껴졌다. 원하는 바대로 하늘이 대답해 주지 않을 것에 대한 두려움이었다.

한동안 하늘은 나를 바라만 보았다. 눈동자에 눈물이 그만큼이나 고여 있는데도 그는 한 방울의 눈물도 흘리지 않았다.

"……미안해, 제운."

"사과하지 마!"

이미 어둡다고 생각한 하늘이 더 어두워졌다. 하늘의 얼굴에 그림자가 졌다. 내 얼굴에도 그림자가 드리워 어두워지고 있는 것을 느꼈다.

그가 내게서 시선을 거두었다. 잡고 있던 팔목을 놓아 주었다. 그대로 가버릴 것이라 생각한 그는 고개를 떨군 채 내 앞에 가만히 서 있었다.

하늘에게서 사과를 받기 위해 그림을 그린 것이 아니었다. 하늘의 눈물을 보기 위해 동화를 함께 만들자고 제안한 것이 아니었다.

돌이켜 생각해 보니 그건 전혀 그를 위한 것이 아니었다. 나를 위한 것도 아니었다. 도진의 말대로 난 조금도 하늘에 대해 알고 있지 않았다.

비스듬하게 보이는 그의 옆얼굴을 바라보았다. 바랜 홍조를 띤 뺨에서 그가 눈물을 꾹 참고 있다는 것이 느껴졌다.

해서는 안 될 말이었다. 내 말에 그가 상처를 받을 것이 분명했다. 그럼에도 멈추지 못했다. 평소처럼 삼켜내지 못했다.

"너, 정말…… 무섭다……."

그는 고개를 돌린 채 꿈쩍도 하지 않았다. 도망가지도 눈물을 흘리지도 화를 내지도 변명을 하지도 않았다.

밤에는 그토록 잘 울면서. 머리 위 하늘도, 내 눈 앞의 그도 조금도 울지 않았다.

오늘도 새벽 늦게까지 잠을 이루지 못했다. 책상 앞에 앉아 멍하니 허공만 바라보았다.

공부도, 글과 그림도 어느 것도 손에 잡히지 않았다. 과거의 일들만 머릿속에서 재생되었다. 만일 처음부터 내가 그들과 만나지 않았다면. 하늘에게서 사과의 말을 듣지 않았다면. 그런 표정을 보지 못했다면.

만일 내가 하늘을 피하지 않았다면.

방에 이산화탄소만이 밀집되어 있는 것만 같았다. 점차 두껍게 두껍게. 마치 하늘의 저 검은 먹구름처럼.

"제운아, 자니?"

그 때 살포시 문이 열리더니 엄마의 얼굴이 보였다. 초췌한 낯빛 사이로 조심스러움이 느껴졌다.

"잠깐 이야기 괜찮을까?"

그만 자라고 할 줄 알았다. 그것도 아니라면 새 장난감을 건넬 줄 알았다. 하지만 엄마의 조심스러운 표정에서 평소와 다른 무언가를 느꼈다. 의아해 잠깐 엄마를 바라보다 고개를 끄덕였다. 곧 엄마의 입가에 희미한 미소가 번졌다.

엄마가 침대 위에 앉았다. 무슨 말을 하려고 하는 건지 엄마는 내 방을 이리저리 둘러보며 괜히 뜸을 들였다.

"무슨 일이에요?"

평소와 다른 행동에 불안했다. 이 순간 이상하게 하늘이 떠올랐다. 상상 속 그는 내게서 고집스럽게 고개를 돌리고 있었고 울지 않으려 애쓰고 있었다. 붉게 부풀어 오른 뺨이 애처롭게 보이기도 화가 나 보이기도 했다. 그가 고개를 돌렸다. 눈동자에 눈물이 가득 고여 있었다.

"수능이 얼마 안 남았잖아."

엄마의 말에 조금 놀랐다. 엄마에게서 '수능'이라는 단어가 나와서. 엄마는 수줍게 미소를 짓고 있었다. 다시금 놀랐다. 그 표정은 완벽하게 '소녀'의 얼굴이었으므로. 그날 이후 조금도 보지 못한 표정이었다.

"이제는 제운이에게 보여주어야 할 것 같아서."

엄마가 휴대폰으로 무언가를 보여주었다. 화질이 썩 좋지 못한 사진이었다. 엄마가 그걸 내 앞으로 내밀었다. 사진 속에 있는 사람이 누군지 한눈에 알 수 있었다. 아버지였다.

"지금 네 모습이랑 많이 닮았지?"

정말이었다. 이목구비는 물론 풍기는 분위기까지 나와 많이 닮아 있었다.

아버지에 대한 기억은 많지 않았다. 내가 7살이 되자마자 아버지가 돌아가셨으므로. 이제껏 아버지의 모습을 떠올릴 때면 희미한 실루엣으로밖에 떠올리지 못했다. 마치 유치원 선생님의 얼굴을 떠올릴 때처럼.

그럼에도 사진 속 그와 나는 강한 무언가로 이어져 있었다. 그런 느낌이 들었다.

엄마가 소중하다는 듯이 액정을 손으로 쓰다듬었다. 그 손길이 무척 다정하고 애처로웠다. 엄마의 얼굴에 번졌던 '소녀'같은 미소가 어느새 지워져 있었다.

"도서관에서 처음 만났어. 나는 책을 보러, 그이는 공부를 하러. 그이는 사법고시를 준비하는 중이었지. 서로 아직은 모든 것이 준비 단계일 뿐이었지만 우리는 서로를 간절히 원했어. 그래서 결혼을 했고 너를 가진 거야."

아버지가 돌아가시기 전의 엄마가 떠올랐다. 엄마는 철이 없다고 느껴질 정도로 어렸다. 그리고 생기가 넘쳤다.

엄마의 눈동자가 떨리기 시작했다. 애써 짓는 미소가 잔뜩 일그러졌다.

"연수를 받고 돌아오는 길이었어. 꿈이 이루어졌다고. 이제 고생은 끝났다고. 우리 가족 모두 행복할 일만 남았다고. 그렇게 좋아했는데……."

말끝을 흐렸다. 울 것이라 생각했다. 엄마의 눈물을 보고 싶지 않아 고개를 돌렸다. 마음이 불편했다. 진즉 알고 있던 사실이었다. 그러한 사실들은 원치 않아도 자연스럽게 듣게 되는 것이었으므로.

아버지의 빈자리를 내가 채울 수 있기를 바랐다. 아버지와 같은 과를 전공하고 아버지가 걷고자 했던 길을 걸으려 했다. 언젠가 법대에 가겠다는 말에 엄마가 희미하게나마 밝게 웃어 주었던 것을 떠올렸다.

곧 눈물을 흘릴 것이라 예상했다. 하지만 엄마는 울지 않았다. 다시 돌아본 엄마는 그와 똑같은 표정을 하고 있었다. 그의 얼굴과 겹쳐 보일 정도로, 두 사람은 몹시 닮아 있었다.

엄마와 눈이 마주쳤다. 엄마가 서둘러 자리에서 일어섰다.

"수능 날은 엄마, 일 안 나가. 아줌마들이 배려해 줬어. 엄마, 수능 날 열심히 기도할게. 그러니까 제운아, 마무리 잘 해. 알았지?"

이젠 법이 바뀌어 변호사가 되려면 굳이 법대로 갈 필요가 없었다. 중요한 것은 로스쿨에 들어가는 일이었다. 하지만 들어가는 것도 들어가서도 문제였다. 등록금이 너무 비싸므로. 그렇지만 엄마도 나도 현실적인 문제를 조금도 꺼내려 하지 않았다.

　엄마가 미소를 지으려 노력했다. 하지만 미소는 잔뜩 일그러져 입꼬리만 씰룩거렸다. 그럴수록 눈꼬리가 서글프게 쳐졌다.

　엄마가 방을 나서려다가 문득 뒤를 돌아보았다.

　"지금 이 시기가 아주 중요하고 귀한 시기인 것 알고 있지? 다시는 돌아오지 못할, 아주 빛나는 순간이란 걸."

　순간 엄마의 표정이 한순간이지만 밝아 보였다. 그럼에도 왜 내 가슴은 계속 아프고 저린 걸까.

　천천히 방문을 닫으면서 엄마가 말을 이었다.

　"제운이 무사히 시험 잘 치르고 돌아오면. 엄마가 비밀 하나 알려줄게. 제운이가 좋아할지는 모르겠지만."

　다시 오롯이 나 혼자만의 공간과 시간이 된 곳에서 멍하니 허공만 올려다보았다. 시곗바늘 소리가 연신 귀를 두드렸지만 현실감이 전혀 느껴지지 않았다. 머릿속에서 하늘과 엄마의 얼굴이 뒤섞여 떠올랐다.

　지금 이 순간 이런 생각을 하는 건 이상한 걸까. 하지만 진심이었다.

　엄마가 웃기를 바랐다. 예전처럼.

　수능 하루 전. 긴장과 설렘이 뒤섞인 표정으로 아이들이 선생님만 바라보았다. 하늘은 여전히 어두운 채였다.

선생님이 한 명씩 아이들의 이름을 호명했다. 이름이 불린 아이는 제각각 다른 표정을 지으며 앞으로 나갔고 선생님에게서 작은 쪽지를 건네 받았다. 쪽지에는 학교 이름이 적혀 있었다. 하얀 여백에 검정색 담담한 글씨체로.

길어봐야 5~7자의 글자만 적혀 있을 뿐이었다. 그럼에도 아이들의 희비가 엇갈렸다. 쪽지를 받아 든 아이들은 환호성을 지르기도, 시무룩해지기도, 머리 위에 물음표를 띄우기도 했다.

"민제운."

어느 학교가 배정되든 상관없었다. 누구와 같은 학교가 되거나 하는 일에도 전혀 관심이 없었다. 선생님에게서 받은 쪽지를 펼쳐보지도 않고 그대로 책상 위에 엎어 놓았다.

"야, 어느 학교 됐냐? 너랑 같은 학교 가야 하는데. 그래야 너의 기운을 받지!"

내가 배정받은 학교를 가장 궁금해 하는 건 도진이었다. 도진이 쪽지를 멋대로 가져가 펴 보았다.

"미성고? 이거 저~기 있는 그 학교 아냐?"

도진이 절망했다. 딱히 위로의 말이 떠오르지도 그럴 필요성도 느껴지지 않아 아무 말도 하지 않았다. 도진은 한동안 머리를 책상에 박고 늘어져 있었다.

"야, 너. 수능 날은 지각 안 할 거지? 이거 불안한데."

도진을 돌아보았다. 엎드린 채 미간을 잔뜩 찡그리며 그가 나를 바라보고 있었다.

"지각한 적 없어."

"그런가? 그럼 됐고."

그러더니 그가 갑자기 히죽 웃어댔다. 그런 그에게서 무심히 시선을 돌리려 했다.

"야, 민제운!"

부름에 다시 돌아본 그의 표정이 어느새 바뀌어 있었다. 부드럽다면 부드럽고 서글퍼 보인다면 또 그렇게도 보였다. 언뜻 화가 나 보이기도 했다.

"수능 끝나고 대답해 주기로 한 거지?"

바로 알아 듣지 못했다. 한 박자 늦게 도진의 말을 이해하고 정신이 번쩍 뜨였다. 잊고 있었다. 그렇게 중요한 일을 잊고 있었다니.

"뭐라고 대답할지는 결정했냐?"

그것이라면 이미 서시연에게서 고백을 받는 순간 정해져 있었다. 하지만 자신이 없었다. 시선을 떨구었다. 내 주변에 있는 사람들은 나 때문에 모두 불행해 진다는 생각이 들었다. 도진도 서시연도 하늘도. 그리고…… 엄마와 아빠도.

그건 내가 항상 오답이어서 그런 걸까.

"야, 민제운."

도진을 돌아보았다. 도진은 우리 셋 중 가장 자기 일을 확실히 해내는 아이였다. 도진의 말을 따르면 나도 정답을 택할 수 있을까.

"우도진."

선생님의 호명 소리에 도진이 스르르 일어섰다. 그러면서도 내게서 시선은 떼지 않았다. 그가 입만 벙긋거리며 말했다.
　울리지 마라, 진짜.
　왜 그 순간 엄마의 얼굴이 떠오른 걸까.
　내 방을 나서며 보여준 엄마의 얼굴은 순간 반짝 빛이 났고 몹시도 서글퍼 보였다.

6장. 하늘, 작달비 내리는

수능 난이도는 평이했다.

마지막 모의고사 때처럼 크게 어렵지도 쉽지도 않은 무난한 문제들이 출제되었다. 한 시간 한 시간. 오지 않을 이 날이 온 것처럼 끝나지 않을 것 같은 시험 시간도 차근히 지나갔다.

사각사각. 교실에는 온통 자기 앞에 놓인 문제를 푸는 소리와 습하고 냉한 공기로 가득 찼다. 사각사각. 이 교실에서 이 층에서 이 건물에서 밖에 비가 굵어진다는 사실을 눈치 챈 사람은 그리 많지 않았다.

마침내 수학영역이 끝나고 점심시간이 되었을 때 그제야 탄식소리와 함께 절규에 가까운 비명소리들이 곳곳에서 터져나왔다. 한순간에 교실이 어수선해졌다.

아침에 함께 수능시험장으로 올 때 한 서시연과의 약속을 떠올렸다. 곧바로 도시락 가방을 챙겨 밖으로 향했다. 하지만 비 때문에 나가지는 못하고 현관에 서 운동장 쪽을 바라보았다. 밖에 사람들이 없었다. 당연했다. 비가 쏟아지는데 굳이 밖에서 먹겠다고 나서는 사람이 있을 리 없었다.

아무리 그래도 이 비에 밖에 나올 수는 없을 터였다. 연락할 방법도 없었다. 그만 교실로 올라가려 발길을 돌렸다.

"민!"

그 때 빗소리에 묻혀 언뜻 나를 부르는 목소리가 들렸다. 뒤를 돌아보자 빗속에 그가 서 있는 것이 보였다. 머리와 옷이 한껏 젖은 채 쏟아지는 빗속에서 활짝 웃고 있었다. 서둘러 팔목을 잡아 채 근처 지붕이 있는 곳으로 달렸다.

다행히 운동장 스탠드 한 쪽에 지붕이 있는 곳이 있었다. 바람이 많이 불지는 않아 가운데 자리만 잘 잡으면 비가 그렇게 들이치지 않았다. 땅도 말라 있었다.

"비가 이렇게 오는데……."

"같이 먹자고 했잖아. 아니, 너랑 같이 먹고 싶어. 같은 학교까지 됐는데."

서시연이 몸을 바르르 떨었다. 어제까지만 해도 수능한파가 없었다. 오늘 아침 비가 내리기 시작하면서 기온이 한순간에 뚝 떨어졌다.

"빨리 먹고 가자. 너 감기 걸려."

어깨에 내 겉옷을 얹어 주었지만 소용이 없었다. 내 옷도 조금 전 비를 뚫고 오는 바람에 젖어 버렸다. 그럼에도 그는 기쁜 듯 환하게 웃어 주었다. 몸은 계속 바르르 떨면서도.

"국어랑 수학 대체로 다 쉬웠지? 그래서 걱정이야. 등급 잘 나와야 할 텐데."

도시락 뚜껑을 열었다. 스누피가 그려진 동그란 보온도시락 통 안에 색색깔 반찬들이 마치 어린 자녀의 소풍 도시락처럼 보였다. 서시연도 제 도시락을 열었다. 네모난 플라스틱 통에 든 것은 전복죽이었다. 내 도시락에서 계란말이와 소시지를 몇 개 건져 전복죽 위에 올려 주었다.

점심을 먹는 내내 서시연은 쉼 없이 말했다. 마치 3년 간 쌓아 놓았던 이야기를 풀어놓듯.

"근데 수학 14번 문제 조금 이상하지 않았어? 어떻게든 공식에 맞춰 풀긴 했는데 말이지. 뭔가 그거 문제 있다고 뉴스 날 듯."

처음엔 조금 어색했다. 3년 동안 인사만 나누고 지나치는 것이, 대화를 나누게 되더라도 몇 마디의 말만 주고받는 것이 당연한 일상이었으므로. 그 전에 둘보다 셋이 훨씬 더 익숙했으므로.

"전부터 느꼈지만 아줌마 계란말이는 진짜 최고야! 오랜만에 먹어서 그런가? 오늘따라 더 맛있네. 너무 많이 먹으면 졸린데."

그런데 서시연과 함께 점심을 먹기 시작한지 얼마나 지났다고 그와 함께 있는 이 순간이 익숙해졌다. 어느새 내 옆에 그가 있는 것이 당연하게 받아들여질 정도였다.

"민, 전부터 생각해 봤는데 아줌마 반찬 가게 하시는 건 어때? 대박 날 것 같지 않아?"

생각해 보면 항상 그와 함께였다. 13년 동안 내 옆에 서시연이 있었다. 그나마 멀어졌던 3년이지만 그래도 같은 학교였다. 반도 그다지 멀지 않아 마음만 먹으면 판례를 보거나 문제를 풀고 있는 그를 열린 문틈 사이로 어렵지 않게 볼 수 있었다.

중학교 3년 동안은 줄기차게 함께 다녔다. 도진과 함께 셋이서. 삼남매, 삼총사, 서시연과 호위무사들 등. 내게 주어진 수많은 별명은 대체로 셋을 하나로 묶은 것들이었다.

내가 그를 처음 이성으로 의식할 때도. 초등학교에 적응하지 못해 힘들어 할 때도. 초등학교 진학으로 상담 받는 엄마를 기다릴 때도. 아버지가 돌아가셨을 때도.

우리 셋은 항상 함께였고 내 옆에 그가 있었다.

"집에 잔뜩 있어, 계란말이."

"정말? 진짜 수능 끝나고 너희 집 가서 저녁 먹어야겠다!"

당연한 사실을 인정하고 나니 마음이 편해졌다. 한동안 불안하고 아팠는데. 어쩌면 그 고통에 익숙해 진 것뿐일지도 몰랐다.

아니, 체념해 버린 걸지도.

썩 나쁘지만은 않았다. 그의 얼굴을 바라보며 옅지만 미소를 다시금 지을 수 있게 되었으므로.

"가자. 히터 곁에서 몸 제대로 말리고."

아직 점심시간이 30분은 족히 남아 있었다. 그동안 몸을 말린다면 어느 정도는 말릴 수 있을 것이었다. 이제 일어서려고 했다. 조금이라도 더 빨리 따뜻한 교실로 돌려보내야만 했다. 서시연이 내 옷깃을 잡고 당겼다.

"조금만 더."

내려다 본 얼굴이 조금 발그스레했다.

"……어."

뒷목과 귓불이 뜨거웠다. 괜히 시선을 피하며 대답했다.

영어와 사탐영역도 어렵지 않았다. 법과 사회 문제가 조금 까다로웠으나 우려할 수준은 아니었다.

시험이 모두 끝나고 제2외국어 시험을 보지 않는 대다수의 학생들이 귀가를 서둘렀다. 가방을 챙기는 학생들의 얼굴은 하나같이 허탈했다. 오늘을 위해 3년을 달려왔다. 아니, 우리는 12년을 어쩌면 평생을 오직 이 한 날을 위해 달려 온 건지도 몰랐다.

끝났다. 허무함과 허탈감이 밀려왔다. 그렇게 대단한 것처럼 이야기하더니 막상 끝나고 나니 별로 대단치도 않았다. 수능이 끝나면 강한 해방감과 행복감을 느낄 수 있을 것이라 하더니 마음 가득 공허함과 막연함뿐이었다.

아침만 해도 비가 그다지 많이 내리지 않아서 그런 건지 수능에 온 정신이 팔려 그런 건지 우산을 챙기지 않은 사람들이 많았다. 나도 그 중 한 사람이었다.

덕분에 평소보다 더 많은 부모들이 학교 앞에 마중 나와 자식을 기다렸다. 부모들과 전화를 하는 다른 아이들을 보고 불현듯 떠올랐다. 우리 엄마도 와 있을까. 아침부터 부산을 떨던 엄마의 모습이 떠올랐다.

휴대폰 전원을 켜자 곧바로 진동이 울렸다.

"여보세요."

"제운아! 시험 끝났지? 어디야? 나오고 있는 거야? 엄마 교문 앞에 있는데."

전화 너머로 잔뜩 흥분해 새된 목소리가 흘러나왔다.

"어디 몸 아픈 곳은 없지? 시험 끝났다고 갑자기 긴장 놓고 그러면 안 된다? 계단 내려올 때 조심하고."

"……네."

"그래, 어쨌든 수고했어. 정말 수고 많았어, 우리 아들."

엄마의 목소리가 잔뜩 떨렸다. 그건 수험생 아들을 둔 다른 엄마들과는 다른 흥분과 긴장이었다. 걸음을 서둘렀다. 엄마를 안심시키기 위해.

"금방 갈게요."

"그래, 제운아. 조심히 오렴. 급하게 오다가 넘어지지 말고."

평소라면 볼일을 끝낸 전화 따위 금방 끊었을 것이었다. 하지만 끊을 수 없었다. 심장이 무겁게 가라앉았다. 그것은 내리는 비에도 도통 씻겨 내려가지 않았다.

"참, 시연이 엄마한테 연락이 왔어. 일 때문에 마중갈 수가 없는데 시연이가 우산을 안 갖고 갔다고. 그래서 시연이 우산까지 엄마가 챙겼는데."

교문에 몰려 있는 차와 인파들 사이로 엄마가 보였다. 투명한 비닐우산 아래 있는 엄마는 오늘도 여전히 검은 기능성 옷차림을 하고 있었고 머리는 질끈 묶여 있었다. 걸음을 더욱 서둘렀다.

"아직 시험 남았어요. 제가 그 쪽으로 갈게요."

교문에 다가가자 조금 전 보았던 것보다 훨씬 복잡했다. 우산까지 들려있어 더욱 혼잡했다. 엄마도 나를 발견했는지 나를 바라보며 들고 있는 우산을 흔들었다.

"제운아! 여기! 여기야! 엄마 여기 있어!"

엄마의 표정이 밝아졌다. 그곳에 모인 어느 부모들보다 환한 미소를 지었다. 이제야 겨우 안심할 수 있다는 듯. 엄마가 인파들을 제치며 내게로 다가오더니 나를 꼭 끌어 안았다.

"엄마, 정말 기도 열심히 했어. 정말 열심히 기도 했단다."

그러면 다른 엄마들처럼 시험은 잘 봤는지, 어렵지는 않았는지 그런 평범한 걸 물어봐주면 안 돼요? 그 질문이 목 끝까지 올라왔지만 차마 내뱉지 못했다. 나를 안고 있는 엄마의 팔이 너무 단단했으므로.

한참을 나를 안고 있던 엄마가 겨우 팔을 풀었다. 그리고는 내 주변을 둘러보았다.

"그런데 시연이는?"

"시험 남았댔잖아요. 끝나면 내가 데리고 갈게요."

"엄마랑 같이 가는 거 아니야?"

한 순간 엄마의 표정이 어두워졌다. 엄마를 안심시키기 위해 허겁지겁 말을 내뱉었다.

"서시연이 나오면 곧바로 데리고 집으로 갈게요. 걱정 말고 먼저 가 계세요. 날도 추운데."

엄마가 여전히 못마땅하지만 어쩔 수 없다는 듯 옅은 한숨을 내쉬었다. 걱정 말라는 의미를 담아 미소를 지었다. 입술의 근육이 제법 묵직했지만 그래도 일그러뜨리지 않으려 노력했다.

"그, 그래. 그럼 엄마 먼저 가서 저녁밥 차리고 있을게. 시연이 시험 끝나자마자 얼른 와야 한다? 택시 탈 돈 있지? 택시 탈 때 안전벨트 꼭 매고. 알았지?"

"네."

엄마가 돌아가면서 몇 번을 뒤로 돌아 나를 보았다. 그 때마다 엄마를 향해 손을 흔들어 주었다. 모퉁이를 돌아 엄마가 더 이상 보이지 않을 때까지 얼굴의 미소를 풀지 않으려 노력했다. 그리고 마침내 엄마가 보이지 않게 되어서야 모든 긴장이 한꺼번에 풀렸다. 온몸이 나른했다.

아무리 수험생이라도 시험이 모두 끝났으면 학교 안에 남아 있을 수 없었다. 근처 카페에 들어가 마지막 시험이 끝나기를 기다렸다. 앞으로 40여분. 멍하니 창밖만 바라보았다.

비가 참 잘도 내렸다. 한여름 장마처럼 쏟아졌다. 얼마 전까지 그토록 맑던 하늘이 거짓말처럼 느껴질 정도로. 어쩌면 이제껏 내가 본 하늘은 환상이 아니었을까. 단풍나뭇잎 사이로 보이는 주홍빛 노을이 번지는 하늘도. 눈이 부실 정도로 투명한 하늘도. 구름 한 점

없이 파랗고 높던 하늘도.

지금 보이는 빗속의 저 소녀처럼.

소녀는 우산도 쓰지 않은 채 거친 빗줄기를 여린 제 온 몸으로 맞으며 횡단보도 앞에 서 있었다. 길고 살랑거리던 머리는 비에 젖어 작고 강마른 제 주인의 몸에 달라붙어 있었다.

눈길을 돌리려고 했다. 최근 그래왔던 것처럼. 하지만 그 전에 그가 먼저 무언가를 느낀 듯 고개를 돌렸다.

눈이 마주쳤다. 시선을 피할 수 없음을 느꼈다. 그는 이제껏 한 번도 보지 못한 표정을 짓고 있었다.

"이 근처 학교에서 시험 본 거야?"

그에게 우산을 씌어 주며 말했다. 내가 무슨 생각으로 그렇게 행동했는지 머리로는 이해할 수 없었다.

"응, 미성중에서."

어색한 공기가 흘렀다. 대화를 이어갈 수 없었다. 불과 얼마 전이었으나 그와 무슨 대화를 어떻게 나누었는지 기억나지 않았다. 하늘도 아무런 말을 하지 않았다. 그렇다고 나를 거부하지도 않았다. 그저 서로 다른 방향을 보며 가만히 서 있을 뿐이었다.

거친 빗줄기에 신발이 점차 젖어가는 것이 느껴졌다. 하늘의 신발도 푹 젖어 있었다. 작은 그 운동화는 평소의 갈색 로퍼구두와 달리 빛바랜 보랏빛을 띠고 있었다.

그건 무엇을 향한 기도였을까.

"제운……."

"아무도 데리러 안 온 거야? 우산도 없는 거고?"

하늘이 나를 조용히 올려다보았다. 눈동자가 잠시 커졌다 돌아왔다. 작게 미소를 띄우며 고개를 끄덕였다. 그런 표정을 지었어도 너는 금방 웃을 수 있구나. 역시 그와 나는 같지 않았다. 어쩌면 모든 면에서 반대일지도 몰랐다.

"챙겨 줄 사람이 없다면 혼자서라도 잘 챙겨야지."

손에 우산을 들려주었다. 그대로 뒤돌아 카페로 돌아가려 했다. 뒤에서 그가 내 팔을 붙잡았다. 뒤를 돌아보니 무표정한 채로 꽤나 단호한 눈빛을 하고 있었다.

"우산 하나 더 있어. 그거 써."

아무 말도 하지 않는 그를 향해 무심하게 말했다. 사실 그가 어떤 상태인지는 나 자신이 너무도 잘 알고 있었다. 하늘의 표정은 내게 있어 너무도 익숙했다. 그럼에도 그를 안아줄 수도 그와 함께 우산을 써 줄 수도 없었다.

이미 내 안에서 확실하게 정리가 된 상태였으므로.

그의 손길을 뿌리치고 걸었다. 하지만 몇 걸음 걷지 못하고 그에게 다시 앞길이 막혀 버렸다. 하늘이 내 앞으로 총총 달려와 온 몸으로 막았다. 그리고는 내게 다시 우산을 건넸다. 이미 젖은 그의 몸이 젖어갔다. 쓴웃음이 지어졌다.

"이제는…… 호의마저도 거부하는 거야?"

부정도 긍정도 하지 않은 채 하늘이 나를 바라만 보았다. 그러더니 주머니에서 무언가를 꺼내어 보여주었다. 전에도 본 적이 있는 목걸이였다.

보라색 보석이 영롱히 빛났다.

"제운이 미성고라는 이야기를 들었어. 한 울타리 안에서 시험을 볼 수 있다니 기뻤어."

하늘이 자신의 신발을 가리켰다. 손목을 들어 보랏빛 머리끈까지 보여주었다. 가만히 보니 치마도 보라색이었다.

"내가 가지고 있는 보라색이란 보라색은 모두 하고 왔어."

보라가 어떤 의미를 지니고 있는지 내가 이미 알고 있음을 하늘도 알고 있었다.

"예전엔 아빠를 향한 것이었지만……."

담담하던 하늘의 목소리가 갑자기 떨리기 시작했다.

빗줄기가 하늘의 어깨로, 머리 위로 무섭게 떨어지는 것이 보였다. 그에게 조금 다가갔다. 결국 우산을 건네받아 다시 그의 손에 들려주었다.

"아빠에게 있어 나 같은 건 메말라버린 카네이션이니까."

하늘이 내 얼굴에서 흐르는 빗물을 손으로 닦아 내었다. 제 얼굴에서 뚝뚝 흐르는 것은 그대로 둔 채였다.

"더 이상 붉은 빛을 띠지 못하는 그건…… 죽었지만 죽을 수 없으니까."

손끝이 유독 차가웠다. 죽은 사람의 그것이라 느껴질 만큼.

"……살아 보고 싶어. 꿈속이 아니라, 내가 사는 이 곳에서. 제운이 사는 이 곳에서."

만일 지금 이 말을 얼마 전에 해 주었다면. 내가 그에게 고백했을 때 들려주었다면. 아니, 하다못해 내가 그 말을 내뱉기 전에, 그 일이 있기 전에만 들려주었다면. 진즉 나를 이토록 원하는 이 간절한 눈동자로 바라봐 주었다면.

망설임 없이 기쁜 마음으로 그를 받아들이지 않았을까.

하지만 이제 자신이 없었다. 시시각각 변하는 그를, 어떤 모습이 제 모습인지도 모를 그를, 더 이상 좋아할 수 없었다. 아니, 이미 그를 조만간 사라질 꿈이라 생각하기로 결정했으므로.

거부하고 있는 건 완벽히 나였다.

"……지금 살고 있잖아."

내가 손을 놓으면 그대로 우산을 떨어뜨릴 것을 알고 있었다. 그럼에도 그렇게 할 수밖에 없었다. 내 뒤에 그가 어떤 표정을 짓고 있을지 예상할 수 없었다. 생각하고 싶지도 않았다. 그럼에도 머릿속에서 계속 그의 얼굴을 더듬고 그려보고 있었다.

카페로 돌아왔다. 친절한 카페 점원이 내게 수건을 건네주었다. 사양하고 짐을 챙겨 밖으로 나왔다. 횡단보도 앞에 그가 언뜻 보였다. 그 앞에 녹색 우산이 처량하게 뒹굴고 있는 것도 보였다. 애써 쳐다보지 않고 학교 쪽으로 방향을 틀었다.

만약 신이 있다면. 그는 인간들의 삶에 조금도 영향을 끼치지 못할 것이라 생각했다. 완벽히 다른 차원에 홀로 존재하고 있을 뿐이므로.

이곳에 신은 없었다.

멍하니 하늘을 올려다보았다. 하늘은 비와 먹구름에 가려 보이지 않았다. 얼굴로 떨어지는 빗줄기가 차가웠다. 죽음 같은 그 차가움이 오히려 내가 살아있다는 것을 깨닫게 해 주었다.

아직도 손바닥에서 조금 전 잡았던 그의 손이 느껴지는 것 같았다. 차가운 그 손끝은 죽은 이의 것처럼 느껴졌다. 얼굴로 흐르는 빗물을 손으로 닦아 내었다. 곧 시험이 끝날 터였다.

마침내 마지막 시험이 끝나는 벨소리가 울렸다. 교문 앞에 모여 있던 사람들이 빗소리에 묻혀 아련히 전해지는 벨소리에 웅성거리기 시작했다. 조금 전 1차로 수능이 끝났을 때보다 현저히 적었지만 아직도 많은 수의 사람들이 이곳에 모여 있었다.

대부분 엄마들이었고 가끔 아버지와 할머니들도 보였다. 그들은 제 자식들보다 더 긴장된 표정을 지으며 그들이 있는 붉은 벽돌 건물을 하염없이 바라보았다.

엄마도 조금 전에 이들처럼 이런 표정을 지으며 내가 시험치고 있을 저 곳을 바라봤을까. 그러다 문득 조금 전 하늘의 얼굴이 떠올랐다. 지극히 외로워 보이던 그 표정에서 실망감과 체념을 한 번에 느낄 수 있었다.

고개를 저었다. 생각을 그만 두었다.

우수수 밀려오는 아이들과 여러 감정들이 뒤섞인 대화들 사이에서 서시연을 눈으로 찾았다. 하지만 분명 그가 나를 먼저 발견하고 환하게 웃어 줄 것이었다.

그런데 그는 부모님이 아닌 내가 기다리고 있는 것을 좋아할까. 아니면 조금이지만 실망해 버리고 말까.

"어? 민!"

서시연이 가방을 머리에 인 채 달려왔다. 나도 서둘러 그에게 다가가 우산을 씌어 주었다. 환하게 웃는 그의 표정에서 깊은 안도감이 느껴졌다.

"다른 건 무난하게 잘만 나오더니, 한문은 완전 어려웠어. 나 망했어, 어떡하지?"

말투와 다르게 얼굴은 연신 미소지었다.

"어? 그런데 우산 하나야? 엄마가 아줌마한테 내 것도 부탁했다고 했는데?"

"같이 써도 돼?"

그는 언제나 찬란하게 눈부셨다. 심지어 이토록 어둡고 축축한 하늘 아래서도.

"당연하지!"

한결같은 그가 좋았다.

올 것 같지 않던 수능 날이 대수롭지 않다는 듯 다가왔고 이젠 특별한 것도 없다는 듯 지나가려 하고 있었다. 수많은 날 중 한 날일뿐이라는 듯. 그럼에도 그날이 특별한 건.

"이제 오니? 어서 오렴. 배 많이 고프지? 엄마가 음식 엄청 해놨어. 어디 아픈 곳은 없고?"

"안녕하세요, 아줌마."

"그래. 어서 오렴, 시연아. 어머, 제운아! 그런데 너 혼자 왜 이렇게 젖었어? 우산은 왜 또 하나야? 네 우산은?"

문 앞에서 반겨주던 엄마가 서둘러 수건을 가져다 주었다. 스스로 하겠다고 했지만 엄마는 굳이 나를 엉거주춤한 자세로 누르더니 수건으로 머리를 마구 휘저었다.

"시연아, 먼저 들어가서 먹고 있으렴."

"네, 실례하겠습니다!"

서시연이 발랄하게 인사하며 익숙하게 집안으로 들어갔다. 그 뒤 식탁에 자리를 잡고 앉았다. 식탁 위 가득한 음식들을 훑어 본 그가 감탄사를 연발했다.

"우와, 이거 전부 아줌마가 만든 거예요? 대박!"

"그럼! 오늘은 특별한 날이니까. 아줌마가 실력 발휘 좀 해 봤지!"

"실력이 더 느신 것 아니에요? 완전! 전부 다 맛있을 것 같아."

"배 많이들 고플 텐데 어서들 먹으렴."

우산과 젖은 수건을 대충 현관에 던져 놓고 식탁 앞에 앉았다. 평소에도 엄마가 차려주던 상은 '한상차림'이었지만 오늘은 더욱 거창했다. 평소와 달리 세 명에게 둘러싸인 저녁상은 등갈비찜, 수제미

니버거, 잡채, 김밥, 탕수육 등. 시간이 오래 걸리는 메뉴뿐이었다.

하지만 가장 특별한 것은.

"다이어트 중이었는데. 전부 맛있어서 망했어요. 너무 맛있어. 아줌마, 저 이거 몽땅 다 먹어도 돼요?"

"시연이는 항상 복스럽게 잘 먹어서 좋아. 당연하지. 많이 먹으렴, 시연아."

"네! 감사합니다!"

집에서 들려오는 사람들의 대화소리가 있었다. 집을 메우는 공기가 다정했고 평소와 다른 부산스러움이 있었다.

"아줌마, 이 소스 뭐예요?"

"그거 상큼하지? 키위를 갈아 넣었어. 샐러드 드레싱소스엔 키위가 최고거든!"

"키위요? 그럼 이건요?"

"그건 깨. 과일이랑은 또 다른 맛이지?"

사람들의 온기가 있고 다정하고 사소한 대화 소리가 들려왔다. 웃음소리가 끊이지 않았고 그래서 정신이 없었다.

"제운이는 정말 좋겠다. 매일 이런 밥 먹고."

"왜? 시연이 엄마도 요리 잘 하시잖아."

"말도 마세요. 일이 바쁘다고 요즘엔 매번 외식에 배달음식에. 엄마 손맛 느껴본지 오래에요."

그럼에도 무언가 멀게 느껴졌다. 소리가 먹먹했고 거리감까지 느껴졌다. 나와는 상관없는 영상 속 풍경처럼 여겨졌다.

"제운아, 너도 많이 먹으렴."

"아, 멀어서 이거 못 먹고 있었구나. 자, 여기."

내 앞으로 음식들이 놓여졌다. 고개를 들자 엄마와 서시연이 나를 향해 연신 미소 짓고 있었다. 그들은 내게서 아무런 이질감도 느끼지 못하는 듯했다.

눈앞에 놓인 탕수육을 하나 집어 먹었다. 새콤하면서도 달콤한 소스 맛이 입안에 퍼졌다. 어렸을 적 종종 먹던 그 맛이었다.

"제운이 엄마가 만든 탕수육 좋아하잖아."

탕수육을 하나 더 집어 먹었다. 너무도 익숙한 맛. 그럼에도 너무 새콤하고 달콤해 어딘가 불편했다.

"어때, 맛있어?"

내가 이런 맛을 좋아했던가. 걸쭉한 양념이 묻은 튀김옷 안에 도톰한 고기가 씹혔다. 고기는 결의 반대방향으로 잘려져 부드러웠다.

분명 좋아했다. 탕수육뿐만 아니라 엄마의 모든 요리를.

"……네."

"어? 대답이 시원찮은데? 이상하니?"

"아니요. 그냥 너무 오랜만이어서요."

"그런가? 엄마가 이걸 자주 못 해줬구나. 미안해."

엄마가 민망한 듯 웃었다. 아니었다. 내 말의 의미는 그런 게 아니었다. 그래도 오랜만에 보는 엄마 뺨의 홍조가 보기 좋았다. 그것이 엄마가 살아있는 존재임을 증명하는 것처럼 느껴졌다. 탕수육을 하나 더 집어 먹었다. '맛있어요'라고 말하자 엄마가 기쁜 듯 환하게 웃었다.

그날 이후 엄마는 죽어 있었다. 웃고 있어도 웃고 있지 않았다. 그건 단순히 몸이 힘들어서가 아니었다.

내 생각이 묻혀도 상관없었다. 그런 건 얼마든지 괜찮았다. 엄마가 미소를 지어주기만 한다면.

"제운아, 이것도 먹어 봐. 우리 제운이 제육 좋아하잖아."

"어머, 제운이가 제육 좋아해요?"

"그래, 얼마나 좋아하는데! 어릴 땐 제육 제육~ 하도 노래를 불러서 매일매일 제육을 할 수밖에 없었다니까?"

"제운이 완전 육식남이었네?"

서시연과 엄마가 생기 어린 표정으로 계속 웃었다. 두 사람이 나를 돌아보았다. 잔뜩 휘어진 눈매에 한껏 올라간 입꼬리. 그들에게서 새어나오는 웃음소리가 기분 좋았다.

"하긴, 제운이 외모는 아무리 봐도 초식남은 아니니까."

"내 아들이라서 그런 건 아니지만. 엄마는 개인적으로 육식남을 선호한단다."

높은 톤의 웃음소리가 집안에 가득 찼다. 공허하기만 하던 집이 훈훈하게 덥혔다. 조금 전까지 비 때문에 눅눅하고 축축하던 감촉이 보들보들 해지는 것 같았다.

"아줌마, 제운이 여자아이들한테 엄청 인기 많아요."

"그러니? 시연아, 너는 제운이 어떠니? 너라면 아줌마는 완전 환영인데!"

무슨 대화를 나누고 있는 거야. 뭔가 조금 민망하면서도 입꼬리가 간지러웠다. 아, 그렇구나. 문득 깨달았다.

어쩌면 꿈이어서 일지도.

그런 생각이 들자 지금 이 상황이 이해가 되었다. 꿈이기에 가능한 풍경이었다. 안도감과 함께 이상한 감정이 들었다. 언젠가 느껴본 감정이었다. 하지만 그것과는 조금 달랐다.

주홍빛 노을. 그 아래에서 그를 보며 느꼈던 그 감정과는.

사라지지 않을 사랑이면 좋을 텐데.

불현듯 떠오른 머릿속 영상에 한순간 미간과 입꼬리가 일그러졌다. 이물감이 강하게 느껴졌다. 마치 이 황홀한 풍경 속 자꾸만 거슬리는 거실 구석 홀로 바래버린 장난감 상자 더미들처럼.

밖이 완전히 깜깜해진 뒤에야 길고 긴 저녁시간이 끝났다. 하늘에선 여전히 작달비가 내렸다.

"아줌마 요리 다 맛있어서 너무 먹었어. 이놈의 식성, 좀 고쳐야 할 텐데. 대학 가면 살 빠진다는 말 당연히 거짓말이겠지? 완전 망했다."

저녁 시간 내내 엄마와 떠들어 댄 서시연이 지치지도 않는지 여전히 잘도 조잘거렸다. 그가 쓴 우산 때문인지 머리 위에 파란 하늘이 펼쳐져 있는 것처럼 환하게 웃으며.

"그래도 제운이가 제육을 특히 좋아하는 육식남이란 걸 알았으니까. 우리 다음번에 고기 무한리필집이라도 갈까?"

빗소리에 묻혀 흐릿하게 들릴 만도 한데 그의 목소리가 또렷하게 들렸다. 익숙한 목소리. 그리고 이제껏 간절히 듣고 싶었던 목소리. 고등학교 3년 내내 그토록 바라던 목소리를 하루 사이 원 없이 들었다.

그런데 나는 왜 마냥 기쁘지 않은 걸까.

"정말 즐거웠어. 고마워, 제운아."

나는 무엇을 원하고 있는 걸까. 왜 끝내 마음이 편치 않은 걸까. 어떡하면 마음이 편하고 즐거울 수 있을까. 어떻게 해야 진심으로 웃을 수 있을까.

너는 대체 어떻게 그렇게 웃을 수 있는 거야.

몇 걸음 앞에서 걷고 있는 서시연을 보았다. 수능이 끝났다. 이제 전해야만 했다. 하지만 정작 하고픈 말은 내뱉지도 못하고 다른 말만 주저리 내뱉었다.

"고마워. 오늘 같은 날은 가족끼리 있고 싶을 텐데……."

"민!"

서시연이 내게로 성큼 다가왔다. 그리고선 내 우산 아래로 얼굴을 불쑥 들이밀었다. 갑자기 시야에 그의 얼굴이 크게 맺혀 당황했다. 그만 뒤로 반걸음 물러났다.

"무슨 걱정 있어?"

무슨 걱정 있어?

왜 지금 그 때 일이 생각나는 걸까. 그날의 따스하고 보드랍던 감정이 지금은 무겁고 날카롭게 다가왔다. 고개를 저었다.

"아니."

"아! 미안, 내가 너무 눈치가 없었네."

그가 내 우산 아래서 서둘러 나갔다. 언뜻 돌아본 얼굴이 마치 노을 아래에서처럼 붉었다.

한동안 서시연과 나 사이에 빗소리만 흘렀다. 땅을 박차고 튀어오르는 물줄기에 신발이 서서히 젖어갔다. 주위가 어두워 마치 이 공간에 나와 서시연밖에 없는 것처럼 느껴졌다.

아무 말도 하지 않은 채 서시연이 멍하니 허공만 보았다. 조금 전 뺨에 띠던 홍조가 어느새 주변 공기처럼 내려앉아 있었다.

시간이 지날수록 표정이 굳어갔다. 더 이상 시간을 지체할 수 없었다. 아니, 그러면 안 되었다.

"서시연."

"어? 어! 민아!"

그와 함께라면 분명 즐거울 것이었다. 언제나 주변에 웃음소리가 가득하고 들뜬 분위기가 될 것이 분명했다. 오늘처럼. 무엇보다 우도진이 바라는 일이었고 그의 부탁이 아니었어도 서시연을 울리고 싶은 생각은 조금도 없었다.

그를 향해 내 마음을 전했다.

"사귀자."

내 말에 서시연의 얼굴이 찬란하게 피어났다. 살짝 벌어진 입에서 깊은 기쁨이 느껴졌다.

하지만 아까부터 계속 하늘의 말이 머릿속을 맴돌았다. 떨쳐내려 해도 소용이 없었다. 그의 나직한 목소리가, 그 떨리는 숨결이 조금도 옅어지지 않고 오히려 시간이 지날수록 생생하게 살아났다.

……살아 보고 싶어. 꿈속이 아니라, 내가 사는 이 곳에서. 제운이 사는 이 곳에서.

바닥에 나뒹구는 우산 옆에서 우두커니 고개를 떨구고 있던 작은 소녀. 분명 울고 있었을 그는 내가 그 자리를 완전히 벗어나서도 한동안 그렇게 서 있었을 것임이 분명했다.

"그럼 우리 오늘부……."

"내게 딱 하루만 시간을 더 줄래?"

비에 홀딱 젖어 버린 그의 보라색 낡은 운동화와 치마끝이 머릿속에서 지워지지 않았다.

더 이상 붉은 빛을 띠지 못하는 그건…… 죽었지만 죽을 수 없으니까.

보라색은 신을 향한 기도와 기원을 의미했다. 그와 동시에 죽음과 가장 가까운 색이기도 했다.

"미안. 신경 쓰이는 일이 있어."

"……. 나와 사귀는 일을 미룰 정도로?"

그가 곧게 폈던 검지를 내리며 말했다. 나를 바라보는 눈동자가 차갑게 식었다. 그의 눈을 바라보며 천천히 고개를 끄덕였다. 그 앞에서 당당해지고 싶었다. 다시 바라 본 눈동자에 순간 움찔했다. 한순간을 모두 얼려버릴 만큼 차가웠다.

"혹시……."

목소리가 떨렸다. 흘겨버린 말끝처럼 눈을 아래로 흘겼다. 증거는 없지만 다 알고 있다고 생각했다. 내가 무슨 생각을 하고 있는지. 내가 무엇을 하려 하는지.

"……. 애초에 수능 당일 날 말해 달라고 한 건 아니었으니까."

그가 가벼운 한숨같은 미소를 토해냈다. 괜찮다는 듯 담담하려 애쓰고 있었다.

"수능은 끝났으니까 이제 언제든 답해 주면 돼. 기다릴게."

그가 살짝 우산을 내렸다. 그 바람에 얼굴이 가려 잘 보이지 않았다. 작달비 속에서 그의 목소리가 비에 묻혀 내게 흘렀다.

"단, 너무 기다리게 하지 마!"

비와 함께 내 몸을 적신 목소리는 꽤 단호했다. 목소리가 흔들리게 느껴지는 건 빗소리 때문이라고 생각했다.

서시연이 고개를 들었다. 나를 바라보는 눈동자가 밤하늘의 초승달처럼 휘어 있었다. 하지만 경직되어 보였다.

"……응."

그가 집으로 들어간 뒤에도 한동안 발길을 돌리지 못했다. 하늘을 올려다보았다. 우산에 반이 가려진 하늘은 비 때문에 단호하면서도 잔뜩 흔들리고 있었다. 마치 그의 목소리처럼.

다시 집으로 돌아왔을 땐 사뭇 다른 분위기가 풍겼다. 어질러진 식탁 너머로 무겁게 내려앉은 공기가 온 몸으로 느껴졌다.

현관에 내려놓은 우산 아래로 물이 흥건하게 떨어졌다. 젖은 신발을 벗었지만 여전히 축축하고 눅눅했다. 그건 단순히 양말까지 젖어서 그런 것은 아니었다.

"어서 오렴. 시연이는 잘 바래다줬지?"

엄마가 설거지를 하며 나를 돌아보았다. 내가 조금 전 보았던 그 모습은 정말 꿈인 걸까. 부드럽지만 애틋한 미소. 깊고 퀭한 눈동자. 생기 있게 소녀처럼 웃던 엄마의 얼굴은 어느새 어른의 표정을 짓고 있었다.

"제가 할게요."

"됐어. 이런 건 엄마인 내가 할 일이니까."

내 손 위로 포개진 엄마의 손은 작고 가늘었으며 물이 묻어 있었음에도 거칠었다.

언제부터 그렇게 말 잘 듣는 아들이었다고. 엄마의 그 한 마디 말에 꼼짝도 하지 못했다. 가만히 서서 설거지를 하는 엄마를 바라만 보았다.

엄마가 느긋하면서도 민첩하게 그릇을 씻어내었다. 완벽히 몸에 배인 움직임이었다. 그건 분명 소녀의 미소를 짓던 엄마에게는 낯설고 서툴기만 하던 움직임이었다.

"제운아, 엄마가 전에 했던 말 기억하지?"

행주로 거침없이 계수대에 튄 물을 정리하며 엄마가 말했다. 행주가 지나간 자리가 반질했다. 순식간에 설거지를 끝낸 엄마가 나를 돌아보았다. 퀭한 눈동자와 메마른 입술이 보였다.

"그럼 약속대로 엄마의 비밀을 알려 줄게."

엄마가 나를 스쳐 지나갔다. 그 모습이 마치 슬로우비디오를 보는 듯 머리카락이 흔들리는 것까지 자세히 보였다. 엄마는 미소를 짓고 있었다. 그럼에도 슬퍼 보이는 건 무슨 이유일까.

엄마의 방으로 들어온 것은 오랜만이었다. 언제를 마지막으로 이곳에 들어오지 않은 걸까. 기억이 까마득했다. 하지만 놀라울 정도로 어릴 적 본 것 그대로였다. 침대와 옷장과 화장대가 그대로였고. 하다못해 이불보와 두 개의 베개가 나란히 놓여 있는 것까지. 화장대 위에 올려 진 화장품 종류와 배치까지.

다만 다른 것이 있다면 화장대 위에 먼지가 수북이 쌓여 있다는 점이었다. 익숙하면서도 낯선 냄새가 났다.

"이불이랑 베개……. 여태껏 안 버렸어요?"

협탁 서랍에서 무언가를 찾는 엄마를 보지도 않고 물었다. 엄마가 순간 멈칫했다.

"응. 네 아빠 체온이 남아 있는 것 같아서. 함께 있는 것 같거든."

침대에 다가가 가지런히 정돈되어 있는 이불을 더듬었다. 솜은 한껏 뭉치고 엉켜 있었고 이불보는 지나온 세월을 증명이라도 하듯 여기저기 해져 있었다.

그럼에도 포근한 느낌이 들었다. 단순히 손바닥으로 만지는 것이 전부인데도.

"제운아."

침대 위로 무언가가 놓였다. 그림책이었다. 이게 무슨 비밀인가 싶어 책을 들어 제목을 확인했다. 순간 숨이 멎는 것 같았다.

"이게 엄마의 비밀이야."

정사각형 딱딱한 책표지에 너무도 익숙한 《일곱 색깔 나라와 꿈》이란 제목과 무지개공주 일러스트가 보였다.

엄마를 돌아보았다. 희미하게 올라간 입꼬리와 떨리는 눈동자. 그러면서도 깊었다. 익히 잘 알고 있던 표정이었다. 그 표정은, 그 얼굴은 이제껏 엄마가 내게 보여준 것이었으며 주홍빛 노을 아래서 하늘이 보여준 것이었다.

"엄마의 처음이자 마지막 작품."

엄마가 내 곁으로 다가와 앉았다. 그 바람에 침대가 아주 살포시 흔들렸다. 책 저자를 확인했다. 정소연. 엄마의 이름이었다.

"우리 제운이 7살 생일날. 생일 선물로 주려고 했던 이야기."

머릿속이 아득해졌다. 기억을 거슬러 올라갔다. 빠른 물살을 헤치고 거꾸로 헤엄쳤다. 수많은 기억들 너머 7살 때의 기억으로.

어느덧 아이들의 높게 떠드는 소리가 귀를 울렸다. 그 가운데 나 혼자 무언가를 멀뚱히 바라보고 있었다. 책꽂이에 꽂혀 있는 그림책이었다.

정확히 표지에 적혀 있는 이름을 보고 있었다. 정소연. 엄마 이름이랑 똑같네. 그런 생각을 했다. 그 이름이 정말 우리 엄마 이름이란 사실은 알아채지 못한 채.

"이걸 이제야 주네. 미안해."

"이거 봤어요, 저."

왜 난 정작 중요한 사실을 잊고 있었던 걸까. 엄마를 돌아보았다. 눈이 조금 커져 있었다. 《일곱 색깔 나라와 꿈》은 나만의 비밀이라고 생각했는데 처음부터 나만의 비밀이 아니었다.

"7살 때. 7살 내 생일에."

"응, 그랬구나."

어디서 어떻게 보게 되었는지 엄마는 묻지 않았다. 모든 것을 이미 알고 있다는 표정을 지을 뿐. 그가 온화한 '엄마의 미소'를 지으며 나를 바라보았다. 하지만 그가 보고 있는 것은 내가 아니었다.

"예전에 꿈속에서 어떤 노란 여자아이를 보았다고 말씀드린 적이 있어요."

지금 내가 하는 말을 이해하지 못할 것이었다. 그럼에도 엄마에게 다시 한 번 이야기하고 싶었다. 그건 역시 꿈이 아니었다고. 내가 만들어낸 허구의 존재가 아니었다고.

"단순한 꿈이 아니었어요."

"응, 그랬구나."

엄마가 잠깐 허공을 멍하니 바라보았다. 그러더니 곧 다시 나를 돌아보고는 싱긋 웃어 보였다. 그럼에도 마냥 즐거워 보이지는 않았다. 그건 이번에도 눈썹이 울고 있어서 그런 걸까.

"그 때도 그럴 거라고 생각했어."

"그런데 왜 그 땐……."

"제운아, 넌 엄마가 어떻게 이 동화를 쓰게 되었다고 생각하니?"

엄마의 질문에 말문이 막혔다. 그런 걸 내가 알 리 없었다. 엄마의 미간이 일그러지기 시작했다. 엄마의 울음이 조금씩 커지고 있었다.

엄마가 빤히 나를 바라보았다. 엄마의 검은 눈동자 속으로 빨려 들어갈 것만 같았다. 정적이 나의 대답이라고 판단한 듯 엄마의 눈이 가느다랗게 휘었다. 그런 엄마를 보며 눈만 깜빡였다.

"다시 질문. 제운이가 동화를 쓰고자 한 계기는?"

순간 머리를 한 대 얻어맞은 느낌이었다. 다시 엄마를 보았다. 온화하고 부드러운 미소였지만 역시나 어딘가 모를 슬픔이 숨겨져 있었다.

"엄마도…… 만났어요? 플로로를?"

플로로와의 만남을 공유할 수 있는 존재는 가까운 곳에 있었다. 심장이 뛰었다.

그건 단순히 비밀을 공유할 수 있는 누군가를 만났다는 것에 대한 기쁨이었을까. 혹시 그를 잊는데 도움이 될 수 있는 계기를 발견해서 그랬던 것은 아닐까. 목에서 비릿한 쓴맛이 올라왔다.

"내가 만난 사람은 하얀나라의 사람이야."

엄마의 말에 정신이 들었다. 눈의 하얀나라. 어떠한 온도도 없는 눈이 끊임없이 내리는 나라. 눈이 모든 것을 뒤덮어 새하얀 눈밖에 보이지 않는다는 나라.

그리고 하얀나라는……

"검은나라에서 길을 잃은 적이 있어. 악몽을 꾼다고도 하지. 금방 잠에서 깨면 다행인데 깨어나질 못했어. 내 의지와는 상관없이 그대로 더 깊은 어둠 속으로 들어가고 있었어."

엄마의 말을 따라갈 수 없었다. 많은 물음들이 머리를 맴돌았다. 어떻게 검은나라라는 걸 알았어요? 일곱 색깔 나라에 대해선 어떻게 알게 되신 거예요? 언제부터 알았던 거예요?

하지만 어느 물음도 입 밖으로 꺼낼 수 없었다. 엄마의 눈동자가 너무도 슬펐으므로.

"한참을 어둠 속에서 걷고 있는데 누군가 내 이름을 다급하게 부르는 거야. 뒤를 돌아보는데 너무 놀랍고 무섭고 그러면서도 안심이 되는데. 그게 누구였는지 알겠니?"

고개를 저었다. 엄마가 내게서 시선을 옮겨 허공을 보았다. 마치 꿈을 꾸는 듯 천천히 눈을 감았다.

"하얀나라의 민연후 씨. 머리카락도 피부색도 입고 있는 옷마저 모두 하얗기만 하던 민연후 씨. 검은나라에 갇힐 뻔한 날 구해준 거야. 하얀나라의 민연후 씨가. 나의 왕자님이."

아버지의 얼굴을 잘 기억하지 못한다 해도 목소리와 체온을 잊었다고 해서 이름마저 잊었을 리 없었다. 엄마가 넌지시 한 번 미소를 짓더니 말을 이었다.

"하지만 제운아. 내가 그 동화를 쓴 이유는 왕자님 옆에 있던 한 여성의 마지막 부탁 때문이었어."

엄마는 아버지 옆에 있는 여성의 존재에게 어떤 거부감도 느끼지 못하는 듯 평온한 얼굴로 말을 이었다.

"머리카락도 피부색도 옷도 모두 하얗던 정소연 씨가 내게 한 그 말은 죽어서도 잊지 못할 거야."

엄마의 눈썹이 한 순간 휘었다. 슬퍼하는 건지 안타까워하는 건지 그것이 아니라면 기뻐하는 건지. 도통 알 수 없는 표정이었다.

"뭐라고…… 했는데요?"

"부탁한다고. 그 아이가 무사히 어른이 될 수 있도록. 행복해 질 수 있도록."

아무 말도 할 수 없었다. 엄마가 손가락으로 내 볼을 찔렀다. 일 그려져 있던 엄마의 얼굴이 어느새 풀어져 있었다. 엄마가 나를 보며 생긋 웃었다.

"이해할 수 없다는 표정이네. 차원이 다른데 시간의 흐름이 같다고 생각하니?"

"설마……."

엄마가 서글프게 미소지었다. 그래서 하려던 말을 더 이상 내뱉을 수 없었다. 나를 바라보는 엄마의 눈동자가 한없이 다정하게 흔들렸다. 무척 이기적인 다정함이라고, 생각했다.

"이것이 엄마의 비밀."

하얀나라는 죽은 영혼들의 나라였다.

❄

　수능을 끝낸 고3 교실은 전과 완전히 달랐다. 기묘한 여유와 함께 알 수 없는 긴장감이 혼재되어 있었다. 부산스럽고 고요했으며 공허했다.
　"왜 혼자 오냐?"
　빗물이 후드득 떨어지는 우산을 교실 뒤편에 펼쳐 두었다. 이미 다른 아이들의 우산들로 가득 차 대충 적당한 곳에 던져 두었다.
　"그럼 누구랑 오냐?"
　"당연히……."
　도진을 무시하고 자리에 앉았다. 몸이 무거웠다. 수능이 끝나면 조금이라도 가벼워질 줄 알았다. 그게 몸이 되었든 마음이 되었든. 그런데 더 무거워져 버렸다. 몸이든 마음이든. 내 목 언저리로 겨드랑이가 날아왔다.
　"이 자식! 어젯밤엔 뭘 했기에 또 이러냐? 좋은 거 있음 공유 좀 하자니까!"
　장난 칠 기분이 아니었다. 바싹 붙은 도진의 얼굴을 신경질적으로 밀어냈다. 그제야 심각성을 느꼈는지 도진이 민망한 듯 입술을 삐죽였다.
　"자식, 아니면 아니라고 말을 하면 되지."
　아예 가버릴 거라고 생각한 도진이 옆에 와 앉았다. 상대할 힘조차 없었다. 그저 몸이 무거웠고 정신이 아득했다. 곁눈질 사이로 얼굴이 다가오는 것이 보였다.

"야, 민제운. 근데 너 제대로 대답 한 것 맞지?"

그가 목소리를 잔뜩 내리깔며 말했다.

"아니면 설레서 잠 한 숨도 못 잤냐? 하긴, 나도 민아랑 1일째 땐 그랬지. 이 형님이 그 심정 다 이해한다."

그러다 뭐가 그리 좋은지 도진이 싱글싱글 징그럽게 웃었다. 하……. 작게 한숨을 내뱉은 뒤 자리에서 조용히 일어섰다. 그의 시선이 나를 따라 위로 포물선을 그렸다.

"오늘……. 해 줄 생각이야, 제대로."

그 전에 해야 할 일이 있긴 하지만. 잠시 눈 좀 붙이려 했지만 도진의 태도를 보니 무리일 것 같았다.

"그러냐? 잘 생각했네. 그런데 어디 가려고?"

"……준비 작업."

"뭐? 서프라이즈라도 할라고? 야, 민제운!"

다행히 도진이 날 붙잡지는 않았다. 교실을 나서는데 몸 곳곳이 뻐근했다.

그건 그렇고 어떻게 해야 둘이서 조용히 이야기를 나눌 수 있을까. 서시연 몰래 따로 부를 수는 있을까. 운이 없게도 두 사람이 같은 반이었다.

적어도 하늘과 같이 있는 모습을, 그것도 하늘을 불러내는 장면만큼은 서시연에게 보이고 싶지 않았다. 그건 내 알량한 양심이었을까. 그것도 아니라면 단순한 어리광이었을까.

엄마는 어떻게…… 그렇게 웃어요?

어젯밤 잠들기 전 엄마에게 물었다. 내 물음에 엄마는 무슨 생각을 하는지 한동안 날 빤히 바라보기만 했다. 그러다 물음이 잘못되었다는 것을 깨달았다. 그와 동시에 이제 다시는 엄마의 소녀 같은 밝은 미소를 볼 수 없다는 것도 깨달았다.

몸 속 깊은 곳에서 언어가 되지 못한 감정들이 꿈틀거렸다.

우리 제운이, 재밌는 말을 하네.

아마 그것이 엄마에게서 볼 수 있는 마지막 미소였다. 어리고 철이 없던 엄마는. 웃음이 유독 많아 도통 턱을 다물지 못하던 엄마는. 어느새 완전히 사라져 있었다. 그리고 그것과는 별개로 엄마는 끝내 내 질문에 대답해 주지 않았다.

6반 앞에 다다르자마자 누군가 교실에서 나왔다. 그였다. 이건 운이 좋았다고 해야 할까.

"제, 제운……."

눈앞에 그가 서 있었다. 평소 같은 얼굴이 아니었다. 아침에 조금 차가운 듯한 표정의 그도. 오후에 찬란한 미소의 그도. 노을 아래 부드러운 미소를 짓고 있는 그도. 까만 밤하늘처럼 희미해질 대로 희미한 웃음을 띠고 있는 그도 아니었다.

"사실 어제 주고 싶었는데……."

하늘이 내게 종이가방 하나를 건넸다. 잔뜩 일그러진 미간과 입꼬리. 내 눈을 당당히 바라보지 못하는 눈동자. 떨리는 목소리와 손끝. 잠깐 고민하다 그의 손목을 잡고 어딘가로 끌었다.

"무슨…… 일이야, 제운?"

옥상에 올라오는 건 정말로 오랜만이었다. 우연히 비밀번호를 알게 되어 아주 가끔, 사람들이 없는 곳을 찾아 올라오곤 했다. 이를테면 내 생일날 같은.

"신경 쓰여서."

스스로 누군가를 데리고 오게 될 줄이야. 내 앞에 서 있는 하늘을 바라보았다. 등 뒤에서 비가 주룩주룩 내리고 있었고 그는 여전히 울 것만 같은 표정으로 날 바라보고 있었다.

"너……."

바닥에 나뒹구는 우산 옆에서 우두커니 고개를 떨구고 있던 모습이 떠올랐다. 그 때 그의 표정은 보지 못했다. 그럼에도 어떤 표정을 짓고 있을지 적어도 어떤 감정을 느끼고 있을지 그 때는 몰랐는데 알고 싶지도 않았는데 시간이 지날수록 가슴 속에서 선명히 떠올랐다.

한동안 내리는 빗소리만 들렸다. 만일 조금 나은 상황에서 이 비를 바라보았다면 이 빗소리를 들었다면. 조금은 시원하게 느껴졌을까. 아름답다 생각했을까.

마음이 아팠다. 누군가 심장을 쥐고 흔드는 것처럼.

"할 말 없으면 갈게."

하늘이 나를 지나쳐 가버리려고 했다. 눈자위가 붉었고 눈 주위가 잔뜩 부어 있었다.

 순간 화가 치밀었다. 그를 낚아채 벽으로 몰았다. 두 팔 아래 갇힌 작은 소녀를 내려다보았다. 떨군 고개는 미세하게 떨리는 어깨와 달리 완강했다. 최대한 화를 죽이며 말했다.

 "왜 죽으려고 했어?"

 왜…… 나는 지금 그를 안아서라도 춥지 않게 해 주고 싶단 생각을 하고 있는 걸까.

 "이제껏 얼마나 죽으려고 한 거야?"

 이대로 안아주면 따뜻하려나. 따뜻하다 느끼면 죽으려는 생각을 다시는 하지 않으려나.

 지금 내가 어떤 표정을 짓고 있는지 알 수 없었다. 다만 나를 가만히 올려다보는 하늘의 얼굴에서 표정이 좋지 않다는 것을 느낄 수 있었다.

 너의 웃는 미소가 좋았는데. 모순 없이 웃는 그 미소를 한 번 더 보고 싶었을 뿐인데.

 "……제운."

 이제는 그가 곧잘 지었던 미소들마저 머릿속에서 흐릿했다. 모습들이 뒤죽박죽 섞여 머릿속에서 이상한 형상이 되었다. 그가 손끝을 뻗어 내 뺨을 만졌다. 부드럽기만 하던 손길이 소름 돋도록 차갑게 느껴졌다.

 "웃어 줄래?"

 뜬금없는 부탁에 당혹스러웠다. 아니, 이건 두려움이었다. 종잡을 수 없는 행동과 말들이 도저히 그를 이해할 수 없게 만들었다. 정체를 알 수 없는 그가 무서웠다.

"이걸 주고 싶었다는 건 핑계. 제운에게 인사하러 온 거야."

끝까지 의도를 더듬을 수 없었다. 몸에 힘이 풀렸다. 그대로 그를 가두고 있던 두 팔을 거두었다. 추운 날씨 때문인지 파리해진 입술이 움찔거리며 벌어졌다.

"Adiau."

작은 틈이 생기자 작은 하늘이 너무도 쉽게 내게서 벗어났다. 문이 닫히며 하늘의 모습도 서서히 사라졌다.

하늘이 가버린 그 자리에 그가 놓고 간 종이가방이 보였다. 이 빗속에도 조금도 젖지 않은 그것의 안을 확인했다. 그 안에 겉이 빳빳하게 굳어 있는 무언가가 보였다. 흔한 종이포장조차 없이 투박하게 랩으로 감싸여 있는 그것은,

손으로 직접 만든 햄치즈 샌드위치였다.

서시연과 함께 하교했다. 하늘색 우산 아래 서 있는 서시연의 얼굴은 생기가 넘쳤다. 발그스레한 볼과 붉고 도톰한 입술이 그를 더욱 아름답게 만들었다.

"수능 끝나면 밝은 낮에 하교할 줄 알았더니. 완전 아쉽네."

말하는 것과 달리 말투도 표정도 모두 한껏 들떠 있었다.

"수험표 보여주면 9000원에 먹을 수 있는 곳이 있어. 블로그 찾아보니까 맛도 괜찮다더라. 아이스크림도 있다니까 다 먹고 꼭 아이스크림도 챙겨 먹자."

휴대폰을 보며 앞장서는 그를 잠깐 바라보았다. 처음 만났을 땐 나보다 머리 하나는 컸던 아이. 초등학교 시절까지만 해도 나와 비슷했던 여자아이. 지금은 나보다 작았고 힘도 약할 것이었다. 그럼에도 그 때와 전혀 달라지지 않은 것이 있다면 그건 그의 강함과 밝음이었다.

"서시연."

그가 뒤를 돌아보았다. 갑자기 내게 달려와 안겼다.

"좋아해, 좋아해, 정말로 좋아해. 줄곧 좋아했어, 제운아."

이번만큼은 내가 먼저 말하려고 했다. 욕심 많은 서시연은 그마저도 자신이 가져가 버렸다.

"전에 내가 꿈이 하나 있다고 했지? 너 없이는 이루어지지 못하는 내 꿈."

그가 내 품에서 말들을 쏟아냈다. 마치 어린아이가 부모의 품에서 투정을 부리듯. 자신의 서운함과 섭섭함을 모두 알아달라 힘껏 호소하듯.

"너와 같은 대학에 들어가 너와 같은 직업을 가지고 같은 꿈을 꾸며 같은 곳을 바라보며 살고 싶어. 앞으로도 영원히 너와 함께 하고 싶어. 친구가 아니라 그 이상의 존재로서! 모든 면에서 너의 첫 번째가 되고 싶어. 네 모든 걸 가지고 싶다고!"

내 품에서 빠져나가려는 그를 힘껏 안았다. 지금 그의 얼굴을, 시선을 정면에서 바라볼 자신이 없었다. 어떤 대답이 옳은 대답인 것인지는 여전히 알 수 없었다.

다만, 이번만큼은 정답이기를. 간절히, 간절히 빌었다.

"시연아, 내 첫 번째가 되어 줘."

"응, 당연하지!"

강하고 당찬 서시연이 행복하다는 감정을 조금도 숨기지 않고 내 가슴에 마음껏 묻혔다. 그의 강렬한 마음이 내 심장으로 곧바로 전해지는 것 같았다.

같은 우산 아래 우리는 한 마음이 되었다. 그렇게 길었던 짝사랑이 결실을 맺었다.

그런데 왜 하늘은 저렇게 서글프게 우는 걸까.

7장. 하늘, 일곱 색깔 무지개빛

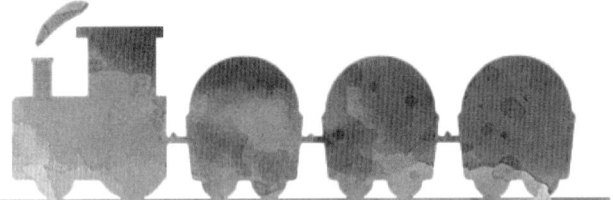

비는 며칠을 더 내리고서야 겨우 잠잠해졌다.

완전히 그친 것은 아니었다. 곳곳에서 어떤 이들은 비가 더 많이 내리게 해 달라고 어떤 이들은 더 이상 내리지 않게 해 달라고 각자의 소망대로 각자의 소원을 아무렇게나 빌고 있었다. 간절하게든 무심하게든.

그렇다면 신은 누구의 기도를 들어 주어야 할까. 누구의 기도를 들어 줄까.

"너 지금 같은 학교 커플이라고 자랑하는 거지? 내가 그 때 불러낸 것에 대한 복수지? 그치?"

수능이 끝나고 반의 경계가 완전히 허물어졌다. 자습일지언정 진행되던 수업도 더 이상 없었다. 3학년 학생들은 시간과 상관없이 4층에 한해서 자유롭게 돌아다녔다.

서시연이 우리 교실에서 자주 보이는 것은 그 이유였다. 이제는 그가 내 자리 옆에 앉아 있는 것이 당연하게 여겨질 정도였다. 그의 입가에 붙은 과자부스러기를 익숙하게 손으로 털어주었다.

"너도 같은 학교 여자애랑 사귀었으면 됐잖아."

"오오오! 더욱 더 민아가 보고 싶어졌어!"

"하긴, 그 애가 같은 학교였으면 너를 좋아했겠냐? 가끔 보니까 가능했던 거지."

"야, 서시연! 우리 민아 진짜로 나 좋아하거든!"

나를 만나러 왔지만 도진과 이야기하는 시간이 더 길었다. 상관없었다. 두 사람의 티키타카를 듣고 있으면 어릴 때로 돌아간 것만 같았으므로. 가슴 속에서 둥글둥글한 무언가가 가볍게 간지럼을 태웠다. 퍽 포근했다.

"야, 그런데 너희 잊지는 않았지?"

도진이 중요하다는 듯 강조하며 말했다. 그다지 떠오르는 것이 없어 도진을 쳐다만 보았다. 서시연도 마찬가지인 듯 고개를 갸웃거렸다.

"야, 이 서운한 커플아! 어떻게 그걸 잊을 수가 있어?"

도진이 섭섭한 듯 소리쳤다. 영화를 보는 다른 아이들이 조용하라 아우성쳤다. 하지만 도진은 아랑곳하지 않았다.

"내가 그렇게 말했는데!"

"장난 좀 친 거야. 물론 제운이는 진짜 까먹은 것 같지만."

"그래서 서운한 거라고, 이 서운한 커플아!"

이제 겨우 정신 차렸냐? 너 평생 나한테 고마워해야 할 거다.

서시연과의 관계를 전할 때 도진은 늘 그랬듯 배팅연습을 하며 기쁜 듯 웃었지만 조금은 과장되어 보이는 웃음에서 쓸쓸함이 느껴졌다.

"내일 다 같이 레인보우랜드에 가기로 한 것 말이야!"

도진이 절망한 표정으로 소리쳤다. 그러고 보니 그런 말을 했던 것도 같았다. 그가 주머니에서 자신의 수험표를 꺼내 보였다. 몹시 너덜너덜했다.

"우리에게는 사랑스러운 수험표가 있으니까!"

"넌 도대체 이걸 얼마나 쓰고 다닌 거야?"

"쓸 수 있는 건 다 써야지, 후회 남지 않도록!"

"이것 때문에 시험 봤지?"

"당연한 거 아니냐? 아직 멀었구만, 서시연."

셋이 함께이던 예전의 생활로 완전히 돌아왔다. 줄곧 바라온 모습이었다. 그리우면서 포근한 느낌이 들었다. 창밖으로 보이는 하늘과는 반대였다.

"어쨌든! 내일 10시 레인보우랜드 앞. 잊으면 안 돼!"

도진이 상당히 들떠 말했다. 레인보우랜드라. 언제 마지막으로 갔는지 기억조차 나지 않았다. 아마 아버지가 살아계셨을 적에 가고 그 뒤로 가지 못했다.

내 기억 속에 흐릿하게 남은 레인보우랜드는.

"요즘도 하겠지? 레인보우 퍼레이드!"

"그게 있어야 레인보우랜드니까."

"캬~ 그 멋진 장관을 또 볼 수 있겠구만."

색색깔로 물든 밤하늘이 아름답게 빛나는 모습이었다. 그 광경에 입을 다물 수 없었다. 누군가 내게 손을 내밀었다. 내게 뻗어오는 두 개의 다른 손을 물끄러미 바라보았다. 그 때 더 큰 손이 내게 무엇이라 말하는 소리가 얼핏 들리는 듯 했다.

그 순간 울린 종소리에 내 앞에 있던 큰 손이 사라졌다.

"야, 서시연. 이제 그만 너네 반 가라. 이러다 아주 우리 반에서 졸업장 받겠다?"

서시연이 도진을 노려보더니 스르륵 일어섰다. 나도 따라 일어섰다. 그가 도진에게 다짜고짜 주먹을 날렸다. 도진이 아프다면서 얼굴엔 미소가 멈추지 않았다.

흐르지 않을 것 같던 시간이 너무도 쉽게 흐르고 있었다. 그게 아쉬우면서 퍽 기분이 나쁘지는 않았다.

교실을 나서며 서시연이 투덜거렸다.

"우는 어떻게 나이를 먹어도 바뀌는 게 하나도 없냐? 예나 지금이나 한 대 때려주고 싶어!"

그 말에 '매번 때렸잖아'라고 말하려다 그만두었다.

"근데, 민."

그를 내려다보았다. 나를 올려다보는 표정이 조심스러웠다.

"아줌마는 요즘 어떠셔? 전에 뵀을 때 뭔가 무리하고 계시다는 느낌이 너무 들어서."

세심한 그가 고마웠다. 돌이켜보면 그는 항상 엄마를 신경 써 주고 걱정해 주었다. 어쩌면 나보다 더.

"무리하고 계셔. 어느 때보다."

수능도 쳤으니 알바를 하겠다는 나의 말에 엄마가 진심으로 화를 냈다. 등록금 정도는 본인 혼자서도 충분하다며. 그것 때문이 아니라는 내 말은 엄마의 희미한 미소에 묻혔다.

거칠고 야윈 손으로 엄마가 내 머리를 쓰다듬었다. 그저 이 순간을 즐기라며. 아이들은 그런 것 생각 안 해도 된다며.

"언제 한 번 아줌마 일하시는 곳에 찾아갈까?"

서시연이 나를 빤히 바라보았다. 그러더니 갑자기 등을 손바닥으로 세게 때렸다. 맞은 곳이 얼얼했다. 13년이 지나도 그의 힘은 여전했다. 아니, 시간이 지날수록 파워 업이 되고 있었다.

"이젠 꿈쩍도 안 하네?"

"……충분히 아파."

서시연이 깔깔대며 웃어 댔다. 가식 없이 웃는 그가 좋았다. 그의 옆에 있으면 어쩌면 나도 정말 행복해 질 수 있을지도 모른다는 생각마저 들었다.

아니, 행복해져야 했다. 나의 소중한 사람들을 위해서라도.

"아줌마는 네가 성공해서 호강시켜 드리면 돼. 아줌마도 그걸 위해서 지금 희생하고 계시는 거니까."

그가 웃음을 누그러뜨리며 말했다. 잔잔한 미소를 지으며 하는 말이 꽤 진지하게 마음에 와 닿았다. 그의 말은 항상 옳았다.

"나도 옆에서 열심히 도와줄 테니까. 지금은 즐기자고!"

그가 코를 찡긋거리며 웃었다. 남들을 이끄는 리더 성향인 만큼 다른 이들이 '애교'라 말하는 아양은 조금도 떨지 않았다. 시원스럽고 찬란한 웃음은 그의 매력을 가장 돋보이도록 만들어 주는 최고의 무기였다.

"그럼 들어가 볼게! 학교 끝나고 보자."

그가 문 안쪽으로 폴짝 들어가며 말했다. 그리고는 다시 한 번 활기차게 웃었다. 나도 최대한 웃어 보였다.

바로 돌아가려고 했다. 그러다 교실 뒤쪽 쓰레기통 아래 떨어진 것들이 보였다. 뜯지도 않은 슈크림빵과 크림빵과 한껏 밟힌 페스츄리빵이었다.

되도록 교실 안을 보지 않으려 노력했다. 하지만 내 의지와 상관없이 눈이 그를 찾고 있었다.

"제운아!"

갑자기 서시연이 다가와 나를 붙잡았다.

"매번 데려다 주지 않아도 돼. 나 그런 걸로 서운해 하지 않는다는 것 알잖아."

서시연은 머리가 좋은 아이였다. 그리고 머리보다 더 좋은 것이 눈치였다. 때문에 이따금 다른 사람들에게 '영악'하다는 말을 곧잘 듣고는 했다.

상관없었다. 그가 영악하든지 말든지. 예전에도 그랬고 지금도 마찬가지였다.

"내가 원해서 하는 거야."

지금 내게 있어 첫 번째는 서시연이었다.

깊은 새벽. 평소에도 쉽게 잠들지 못했지만 이상하게 더 잠이 오지 않았다. 불면증은 최근 들어 더욱 심해졌다.

그 때마다 엄마가 쓴 《일곱 색깔 나라와 꿈》을 읽곤 했다. 혹시나 하는 마음에서였다. 하지만 만나지 못했다. 헛수고일 것을 알면서도 책상 위에 두었던 그림책을 손에 들었다. 고요한 정적 아래 표지에 적힌 엄마의 이름을 내려다보았다.

정소연.

분명히 엄마의 이름이었고 본인이었다. 그럼에도 왜 이렇게 낯설게 느껴지는 걸까.

첫 장을 펼쳤다. 곧바로 색색이 아름다운 무지개 나라가 펼쳐졌다. 그 가운데 유난히 빛나는 아름다운 공주가 서 있었다.

무지개 나라 공주는 하늘색 긴 머리에 빨주노초파남보의 무지개빛 화려한 드레스를 입고 있었다. 공주의 하늘색 긴 머리카락이 바람에 아름답게 휘날렸다. 즐거운 듯 나무와 새들을 바라보는 표정에 미소가 잔뜩 머금어져 있었다.

공주답게 품위가 있으면서도 공주답게 해맑은 미소였다.

그 미소는 어디선가 본 적이 있었다. 또렷하게 떠올리기 위해 눈을 감았다. 아득한 기억 저편에 누군가가 나를 보고 손을 흔들었다.

흐릿한 실루엣 사이로 누군가의 목소리가 들렸다.

제운아, 저 사람이 레인보우 공주님이야. 어, 여기 본다! 제운아 손 흔들어 봐! 공주님, 여기요! 여기 좀 봐 주세요!

젊은 시절의 엄마였다. 한참 아래에서 보이는 엄마는 길고 풍성한 검은 머리칼을 한 갈래로 높이 묶었다. 흰 티에 청반바지를 입고 빨간색 크로스백을 매고 있었다. 정확하지는 않았다. 무언가 다양한 빛에 의해 왜곡되어 있었으므로.

다만 너무도 해맑고 밝은 엄마의 미소에 나도 모르게 엄마의 얼굴을 계속 쳐다보게 되었다.

엄마 말고 레인보우 공주님을 봐야지, 제운아.

엄마가 내 손을 멋대로 잡아 흔들어댔다. 엄마가 바라보는 쪽을 나도 바라보았다. 그 곳에 단색의 옷을 입은 사람들이 줄을 지어 지나가고 있었다.

빨간색 병정 옷을 입은 근위병들이 맨 앞을 호위하고 그 뒤에 주홍색 드레스와 턱시도를 입은 사람들이 춤을 추었고 그 뒤를 노란색 옷을 입은 아이들이 둥글게 뛰어 다녔다.

그리고 그 뒤에 시선을 사로잡는 누군가가 마차 위에 서 있었다. 사람들을 향해 연신 손을 흔드는 그는 화려했고 아름다웠다.

우리 제운이도 나중에 커서 저런 신붓감을 데려오렴.

아냐, 우리 제운이는……

무엇이 그토록 시선을 사로잡았는지는 알 수 없었다. 다만 온 감각이 그에게 집중되어 정작 주변의 다른 것들은 아무것도 들리지도 보이지도 않았다.

무지개빛 머리를 흩날리고 파란 하늘빛의 드레스를 입은 레인보우 공주님. 푸른빛 나뭇잎으로 만든 왕관을 쓴 그는 너무도 아름답게 미소를 짓고 있었다. 하늘에선 가지각색의 폭죽이 하늘을 수놓았다. 그건 정말 장관이었다.

지금 돌이켜보면 다른 사람들은 탈을 쓰거나 과한 화장으로 얼굴을 덮고 있었다. 하지만 레인보우 공주님만큼은 탈이나 과한 화장이 없었다. 분명 동화에서나 볼 법한 옷을 입고 있는데도 전혀 이질감이 없는 그는 정말로 이 세계에 실존하는 인물처럼 보였.

눈을 깜빡이는 것조차 잊고 그를 바라보았다.

눈을 감고 싶지 않을 거야. 그러면 사라질까봐 무서울 거야.

한순간에 주변의 풍경이 변했다. 분명 수없이 많은 사람들 사이에 있었는데 내 주변엔 아무도 없었다. 내 앞에 보라색 마법사 로브를 입은 한 사람이 서 있을 뿐이었다.

하지만 눈을 안 감을 수는 없어. 걱정하지 않아도 돼.

입꼬리가 둥글게 휘어 있었다. 그럼에도 어떤 표정을 짓고 있는지 조금도 알 수 없었다. 보이는 그 표정은 그렇게 그려져 있을 뿐이었으므로.

다시 눈을 떴을 때는 그 전과 다르겠지만. 그래도 완전히 다르지는 않을 테니까.

내 머리 위로 손을 얹었다. 무척 크고 따스했다.

누군가가 너를 향해 미소 짓고 있을 거야.

그게 누구에요? 그렇게 묻고 싶었다. 그가 나를 보는 것인지 아니면 내 옆 어딘가를 보고 있는 것인지 그것도 아니라면 내 뒤를 보고 있는 것인지 조금도 알 수 없었다. 내게 보이는 그 눈으로 보고 있는 것이 아니었으므로.

정신을 차렸을 땐 이미 그가 사라지고 없었다. 어느새 다시 수많은 사람들 가운데 있었고 아빠에게 목마가 태워진 채로 퍼레이드를 구경하고 있었다. 이미 저만치 가버린 레인보우 공주님을 향해 엄마가 내 손을 흔들었다.

눈을 떴다. 눈앞에 무지개 가운데서 《일곱 색깔 나라와 꿈》 속 무지개 공주님이 미소를 짓고 있었다.

왜 지금 그 때가 떠올랐는지 알 수 없었다. 머리가 지끈거렸다. 머릿속에서 조금 나직한 여자아이의 목소리가 멋대로 울렸다.

어쩌면 정말로 많이 좋아질지도 모르는 사람. 어쩌면 벌써 많이 좋아하고 있는지도 모르는 사람.

기억 속 그가 나를 향해 말했다. 부드러운 말투와 눈짓과 함께. 그리고…….

제운에게서 '소중한 동지'라는 말을 듣기 전엔 그저 한 번 더 만나고 싶은 존재였고. 제운에게서 '소중한 동지'란 말을 들었을 땐 나도 소중하게 대해 주고 싶은 존재였고. 지금의 제운은 내게 있어 없어서는 안 될 존재.

그는 반짝이는 햇살을 그대로 간직하고 있었고.

너무도 너무도 너무도 너무도. 소중한 사람!

너무도 따스하고 아름다운 미소를 짓고 있었다.

늘.

응, 왜 제운?

기억 속 그의 표정은 그 때 그대로였지만 그 때만큼 기쁘지 않은 건. 가슴이 아려오는 건.

늘 지금처럼 웃어 줄래? 모순이 없는 따뜻함만이 있는 그런 미소를, 늘, 지어 줘.

그와의 관계가 변했기 때문일까.

그럼 너도 웃어 줘, 제운. 조금 더 밝게 조금 더 크게 조금 더 즐겁게.

기억 속에서 엄지손가락이 내 입술을 훑었다. 마른침이 삼켜졌다. 목으로 넘어온 그건 너무 쓰고 텁텁했다.

분홍색 맨투맨 티셔츠에 검은 타이즈 위로 청반바지를 입은 서시연은 아침 일찍부터 기운이 넘쳤다. 반만 묶인 단발이 평소보다 더 힘차게 찰랑거렸다.

잠깐 그쳤다 생각한 비가 그날 아침 다시 한 방울씩 떨어지기 시작했다.

"좋았어, 내가 입으라고 한 대로 입었군."

서시연이 약속장소에 도착하자마자 나를 위아래로 훑었다. 그러더니 만족스럽다는 듯 고개를 끄덕이며 미소를 지었다.

"그런데 또 비가 내리네. 비 한 번 징하게 온다."

서시연이 하늘에서 떨어지는 빗방울을 흘깃 바라보며 말했다. 우산을 쓰기에도 애매한 양이었다. 수능 때보다는 밝았으나 여전히 어두웠다. 한참 하늘을 올려다보는데 손에 따뜻한 느낌이 들었다. 내려다보니 그가 내 손을 잡고 있었다.

"왜? 싫어?"

무심한 듯 물어보는 볼이 살짝 발그스레해 보였다. 손바닥에 미세하지만 미끈거리는 무언가가 느껴졌다. 긴장했구나. 손바닥의 땀만큼 미세한 미소가 지어졌다. 살짝 고개를 저었다.

"그럴 리가."

서시연이 안심한 듯 환한 미소를 지었다.

사귀기 전에는 마냥 강하고 활발하고 시원시원하고 제멋대로인 아이라고 생각했다. 사람들을 자신의 뜻대로 잘 움직였으며 항상 당찼으므로. 하지만 그는 제법 많이 상냥했고 의외로 소심한 구석도 있었다. 고민을 곧잘 하고 부끄러운 듯 두 뺨을 붉히기도 했다.

"너 손 완전 크다. 예전에는 나보다 작았는데."

그런 그가 사랑스럽다고. 내 옆에서 웃고 있는 그가 사랑스러워야 한다고. 그렇게 생각했다. 지하철역까지 손을 마주 잡은 채로 걸었다.

"아, 그러고 보니 너 어제는 몇 시에 잤어? 나랑 통화하고 바로 잔 것 맞지?"

잠깐 고민하다 고개를 끄덕였다. 시선을 돌려 다른 곳을 보았다. 늘 그랬듯이 다른 화제로 자연스럽게 넘어갈 것이라고 생각했다. 하지만 이번엔 달랐다. 볼에서 작은 통증이 느껴졌다.

"벌써부터 거짓말 하려 드네! 내가 그것도 모를까봐?"

서시연이 내 볼을 꼬집은 채 자기 눈앞으로 당겼다. 나를 보는 눈이 가늘게 옆으로 찢어져 있었다.

아주 잠깐 그가 '서시연'임을 망각한 내 잘못이었다. 손을 잡고 있던 손마저 풀어 내 볼을 양쪽으로 잡아 당겼다. 마음만 먹으면 쉽게 풀 수 있었겠지만 가만히 두었다.

"눈 밑에, 다크서클이, 이렇게, 진한데! 어제보다 더 하잖아! 밤에는 아무 생각 말고 편히 자라니까?"

왜 화를 내는지 이해할 수 없었다. 그냥 조금 늦게 잠든 것뿐이었다. 일찍 침대에 누웠다 하더라도 불면증 때문에 쉬이 잠들 수도 없을 터였다.

"어라? 전혀 반성하는 눈치가 아니네? 내가 왜 이렇게 화를 내는지 모르겠어?"

"그냥 잠이 안 와서."

"민제운!"

말을 이을 수가 없었다. 그가 갑자기 슬픈 표정을 지었으므로. 서시연이 나를 빤히 쳐다보았다. 꼬집고 있던 볼을 서서히 놓아 주었다. 도대체 왜 갑자기 그런 표정을 짓는 건데. 당황하고 있는 사이 그가 미간을 잔뜩 일그러뜨리며 말했다.

"사귀는 사람끼리는 사소한 비밀조차 없어야 하는 거야. 그러니까 거짓말은 당연히 안 돼."

비밀…….

순간 장면들이 몇 개 스쳐 지나갔다. 너무 순식간에 지나쳐서 제대로 알아보지도 못할 장면들이. 다만, 마음이 무거웠다. 그에게서 시선을 돌렸다.

그와 사귀고 나서 먹고 이야기를 나누는 것이 아닌 먼 곳으로의 데이트는 처음이었다. 옷은 간편한 차림새였지만 평소 안 하던 화장까지 곱게 한 그였다. 지금 여기서 이런 어이없는 이유로 싸울 수는 없었다.

"딱히. 거짓말 한 적도 없고 비밀을 만들고 싶지도 않아."

플로로와의 이야기라면 이미 예전에 들려주었다. 그걸 단순히 어느 동화책에 나오는 이야기라고 생각하고 그렇게 치부한 건 서시연 그였다.

"그럼 대답해 줄 수 있어?"

걸을 때마다 서시연의 머리칼이 찰랑거렸다. 그 움직임은 당차고 단호한 그의 말투와 잘 어울렸다.

"너는 왜 웃으면서 울어? 대체 뭐가 그렇게 슬픈 거야?"

순간 질문을 이해할 수 없었다. 하지만 깊은 내면 어딘 가에서는 제대로 이해한 듯 마음을 옥죄었다.

"안녕, 난 도진이 여친 윤민아라고 해."

윤민아는 여전히 당찼다. 하지만 '당참'이라고 하면 서시연도 지지 않았다.

"안녕, 난 서시연. 이쪽은 내 남친 민제운. 우도진이랑 셋이서 소꿉친구야. 혹시 우도진에 대해서 알고 싶으면 언제든지 연락해. 특히 약점 같은 것."

강한 캐릭터끼리 만나 서로 기 싸움이라도 하면 어쩌나 하는 걱정을 아주 잠깐 했다.

"정말? 연락할게! 번호 알려 줘."

"어? 폰케이스 완전 귀엽다. 아, 그립톡도! 요즘 이거 완전 많이 보이던데."

하지만 오히려 성격이 비슷해서인지 두 사람은 금방 친해졌고 마치 처음부터 친했던 것 마냥 꼭 붙어 다녔다. 두 커플이었지만 네

명의 오랜 친구들인 것처럼 자연스럽게 입구를 지나쳐 레인보우랜드 안으로 들어섰다.

개장하자마자 들어와서 그런지 아직은 그다지 사람들이 없었다. 지금 이 순간이 놀기에 가장 최적이지만 사람들이 모이면 언제나 서로의 의견이 갈리기 마련이었다.

꿈과 환상의 나라, 레인보우랜드는 무지개를 모티브로 한 놀이공원인 만큼 일곱 가지의 테마로 나뉘어 있었다. 세 사람이 각자 어디를 먼저 가고 어디를 가지 않을 지를 놓고 열띤 논쟁을 펼쳤다.

"레인보우랜드는 당연히 정열의 빨강이지!"

도진이 당연하다는 듯 외쳤다. 하지만 서시연과 윤민아는 도진의 말을 무시한 채 안내지를 정독했다.

"노랑은 아이들이 가는 곳이니까 패스. 썰매 타러 온 것도 아니니까 눈썰매장도 패스."

"유령의 집도 들르지 말자."

"그렇지? 거기 애들도 들어가는 곳이라 좀 유치하기도 하고."

"레인보우랜드는 빨강이라니까? 민아야, 그렇지? 야, 서시연. 내 말 안 들리냐? 어-이! 야호?"

세 사람, 아니 두 여성이 의견을 조율하는 동안 조용히 주변을 둘러보았다.

화려한 꽃들과 나무들로 장식되어 있는 이 곳은 조금 전 우리가 있던 세계와 다른 세계처럼 보였다. 꽃들은 그렇다 치더라도 나무들의 색도 다양했다. 어떤 것은 인공적으로 만든 것이었지만 그럼에도 현실감이 넘쳤다. 한 번도 본 적이 없는 신비로운 새들과 동물들이 살 것 같았다.

곳곳에 배치되어 있는 안내판도 '레인보우'랜드에 맞게 다양한 색깔로 알록달록했다. 정열의 빨강나라. 축제의 주홍나라. 희망의 노랑나라…….

다시 주변을 둘러보았다. 파도의 파랑나라. 마법의 보라나라. 눈의 하얀나라. 어둠의 검은나라. 내 생각이 맞았다. 레인보우랜드의 무지개는 일반적인 무지개가 아니었다.

"어? 제운이는 보라나라에 가고 싶어?"

정신을 차리고 뒤를 돌아보았다. 서시연이 나를 올려보고 있었다.

"가고 싶으면 말을 해야지. 보라나라는 안 가려고 했는데 보라나라도 들러야겠다."

가지 않아도 상관없었다. 하지만 불현듯 새벽에 떠오른 기억이 생각났다.

보라색 마법사 로브를 걸친 그 사람. 가면 같은 무언가를 뒤집어써 진짜 얼굴과 표정은 절대 보여주지 않던 신비한 존재. 마치 꿈처럼 다가온 그는 역시 꿈같은 말만 늘어놓았다. 그럼에도 크고 따뜻한 손을 지니고 있던 그를 아주 잠깐 다시 만나고 싶다는 생각이 들었다.

고개를 저었다. 그건 정말로 나의 꿈일 뿐이라고. 그렇게 생각했다.

순간, 윤민아가 나를 보고 미소를 지었다. 다시 그를 보았다. 그는 다른 곳을 보고 있었다. 아무래도 착각한 모양이었다.

"좋아, 그러면 실내에 있는 주홍나라부터 가자!"

윤민아가 서시연의 팔짱을 끼고 앞장섰다. 서시연과 윤민아의 뒤를 도진이 뒤따랐다. 그리고 나도 그들 뒤를 따라 걸었다.

마냥 행복한 하루가 될 것이란 생각은 애초에 하지 않았다. 하지만 무언가 어긋난 느낌이 들었다. 그럼에도 그들의 뒤를 좇을 수밖에 없었다.

"꿈과 환상의 나라 레인보우랜드에 오신 것을 환영합니다. 지금 여러분이 계신 곳은 축제의 주홍나라, 축제의 주홍나라입니다. 다양한 놀이기구를 체험하시고 기쁨을 마음껏 누리시길 바랍니다."

일곱 나라를 모두 관통하는 '드림카'를 타고 주홍나라로 들어왔다. 주홍나라는 회전목마와 바이킹 등 롤러코스터가 아닌 놀이기구들이 있는 실내공간이었다.

우리들이 가장 먼저 탄 것은 '나의 라임오렌지나무'였다. 이름이 그럴 뿐 원작과는 아무런 상관이 없었다. '나의 라임오렌지나무'에서 내리자마자 곧바로 다음 것에 올라탔다. 그것의 이름은 '군자란'이었고 그것을 타며 다음은 '노을이 내려앉은 마을'이라고 아이들이 외쳤다.

"여기는 이름들이 참 독특해."

"그게 레인보우랜드의 재미 중 하나잖아."

오렌지색 아이스크림을 할짝거리며 서시연과 윤민아가 말했다. 그들은 튤립을 모티브로 만든 것 같은 주황색 벤치에 앉은 채였다.

"어, 이거 맛있다. 완전 상큼해! 도진아, 너도 먹을래?"

윤민아가 도진에게 아이스크림을 내밀었다. 그걸 도진이 냉큼 받아먹었다.

"오, 진짜. 완전 상큼해! 꼭 우리 민아 같다."

"아이~ 또 그런다."

내가 뭘 보고 있는 건가 싶어 시선을 돌렸다. 그러다 서시연과 눈이 마주쳤다. 그가 조금은 어색하게 미소를 지었다.

"너도 먹어 볼래? 내 건 홍시 맛이야. 이거 맛이 독특한데 나름 괜찮아."

"……됐어."

"그래? 알았어. 나중에 먹어볼 걸 하고 후회하지 마."

"어."

아무렇지 않은 척 대화를 이어나가려 했지만 뜻대로 되지 않았다. 관계가 서먹해진 건 전적으로 내 탓이었다. 그러므로 관계를 다시 회복시키기 위해서는 내가 노력해야 했다. 용기를 내어 다시 고개를 돌렸다.

"아까 내가……."

"우리 이제 빨강나라로 가야 하지 않아? 그 전에 점심 먹고 이동할까? 배고프지 않아?"

"응, 좋아."

"뭐 먹을까? 나 완전 배고픈데."

"넌 항상 배고프잖아."

서시연에게 말을 하려고 했다. 하지만 도진이 나보다 먼저 치고 나왔고 도진의 말에 두 사람이 강하게 동조했다.

……. 상관없으려나. 다음에 하지 뭐.

우리는 점심을 먹기 위해 다시 드림카에 올랐다. 마치 양과 구름 모양을 뒤섞어 놓은 것처럼 보이는 그것에 오르며 생각했다. 꿈. 일곱 색깔 나라를 모두 관통하는 유일한 것.

점심을 먹은 뒤 곧바로 빨강나라로 이동했다. 오후가 되면서 사람들이 급격히 늘었다. 무엇이든 하나를 타려면 오래 기다려야 했다. 이 상황을 보고 가장 절망한 사람은 도진이었다.

"뭐야? 왜 이렇게 사람들이 많아?"

"우리 같은 사람들이 한둘이겠어? 수능 끝나고 다들 놀러 온 거지. 기본적으로 이쯤되면 많기도 할 테고."

9회말 2아웃에서 역전홈런을 당한 것 같은 표정으로 서있는 도진을, 서시연과 대화를 나누는 그를, 그의 여자친구인 윤민아가 흥미로운 표정으로 지켜보았다.

"내가 뭐랬어! 역시 빨강나라부터 왔어야 한다니까!"

"여기부터 오면 실내 놀이기구를 못 타잖아."

"왜 못 타? 타면 되지!"

"자극적인 걸 먼저 타서 전혀 재미없게 느껴지잖아. 난 그런 거 싫어!"

윤민아와 잠깐 눈이 마주쳤다. 그가 빙그레 미소를 지었다. 깜짝 놀라 시선을 피했다. 미소가 자못 섬짓했기에. 진정하고 다시 그를 돌아보았다. 윤민아가 도진에게 다가가 그를 위로했다.

이번에도 내 착각인 걸까.

"이제부터라도 줄 서서 타면 되지. 줄 서는 것도 놀이공원의 묘미라고!"

"나 위로해 주는 거야? 역시 우리 민아밖에 없어."

도진의 표정이 윤민아 앞에서 순식간에 부드럽게 풀렸다. 저런 모습이야 전에도 봤고 오전 내내 봤지만 볼수록 신기했다.

"타고 싶은 거 있어?"

"빨강나라라면 당연히 그거지!"

그들에게서 시선을 돌리다 서시연과 눈이 마주쳤다. 그가 서둘러 고개를 돌렸다.

"전장의 기사!"

"전장의 기사!"

그가 활기차게 말했다. 시작부터 어긋나 있던 그 무언가는 시간이 갈수록 더 어긋났다.

"올, 서시연! 뭘 좀 아네. 이것만큼은 마음이 통했어!"

도진이 서시연에게 다가와 어깨로 그의 어깨를 툭 쳤다. 대수롭지 않게 여겼지만 무언가 마음속에서 작게 울컥거리는 것을 느꼈다. 도진과 눈이 마주쳤다. 또 이유를 알 수 없이 마음이 덜컥거렸다.

"제운이랑 내가 기다릴 테니까. 민아랑 둘이서 다른 것 구경하고 와. 차례 되면 연락할게."

도진이 다짜고짜 나를 끌고 '전장의 기사' 쪽으로 향했다. 조금이라도 빨리 가서 줄을 서야하는 것은 알겠지만 발걸음이 매우 조급했다. 더 이상 서시연과 윤민아가 보이지 않게 되었을 때 도진이 걸음을 늦추었다.

"야, 민제운."

내 이름을 부르는 목소리가 낮게 깔렸다. 얼굴에는 어떤 웃음기도 보이지 않았다.

"너 서시연이랑 무슨 일 있었냐?"

안개처럼 내리는 비가 얼굴에 떨어져 차가웠다. 그래서 온통 붉은 빛으로 가득한 이 공간이 차갑게 느껴졌다.

"아까 점심 먹을 때도 그렇고 둘이서 대화를 거의 안 나누던데? 시선조차 안 마주치잖아."

"……별로."

도진의 말에 레인보우랜드에 오기 전 일이 떠올랐다. 그가 왜 그런 질문을 했는지 아직도 알지 못했다. 잘 웃지는 않더라도 운 적은 없으므로.

"그런데 왜 애 얼굴이 저러냐? 기운이 전혀 없잖아!"

"야, 너도 내가 울고 있다고 생각해?"

답답한 것은 나였다. 줄곧 내 안에서 톱니바퀴가 어긋나 삐걱대었다. 잘 돌아가지 않는 그것을 억지로 돌리다 생채기만 더해졌다. 그를 돌아보았다. 당황했는지 콧구멍이 커져 있었다.

"여기 오는 길에 그러더라. 왜 웃으면서 울고 있냐고."

"그게 뭐야?"

"그러니까."

앞에 보이는 커다란 놀이기구를 보았다. 기울기가 상당하고 하늘을 향해 몇 바퀴를 도는 그 놀이기구는, 이곳에서 가장 빠른 롤러코스터였다. 그리고 가장 인기 있는 놀이기구였다. 그만큼 가장 줄이 길었다.

"빨리 와. 아님 저거 포기하든가."

잠깐 주춤하더니 도진이 곧장 내 옆으로 달려왔다. 여전히 얼굴에는 웃음기가 전혀 없었다.

왜 다들 그런 사소한 일에 신경을 쓰는 걸까. 그런 건 그냥 넘겨버리면 그만이었다. 실제로 내가 눈물을 흘리면서 우는 것도 아니었으므로.

"그래서 넌 뭐라고 대답해 줬는데?"

어깨만 으쓱해 보였다. 대답할 의무는 없다고 생각했다. 무시하고 계속 걸어가자 우도진이 내 앞을 막아 세웠다. 하…… 정말 이게 뭐라고.

내리는 비 때문이었을까. 얼굴이 차갑게 식는 것이 느껴졌다.

"웃으면서 우는 건 그들이라고."

도진이 이해가 안 간다는 표정으로 날 바라보았다. 하지만 그런 표정을 지어야할 사람은 바로 나였다.

"엄마랑, 꿈속에서 만난 어떤 여자애."

여기까지 말하다 잠깐 주춤했다. 하지만 비밀이 없어야 한다고 말한 건 서시연이었다. 뭐라고 했는지 물어본 건 우도진이었다.

"그리고 그 아이."

⁂

안개처럼 내리던 비가 굵어졌다. 결국 우리는 '전장의 기사' 하나만 겨우 타고 다시 실내로 들어와야 했다.

빨강나라에서 가장 가까운 곳에 위치한 실내는 주홍나라와 검은나라였다. 두 나라 중 어느 곳으로 갈 지는 뻔했다. 어둠의 검은나라로 들어서며 우도진이 무척 아쉬워했다.

"더 타야 하는데."

"그래도 '전장의 기사' 탔잖아. 거기는 그것만 타도 돼."

"안 돼! '백 송이의 장미'랑 '탱고춤'도 타고 싶었단 말이야."

"도진아, 우리 저거! 저거 같이 하자!"

서시연에게 갖은 투정을 부리던 그를 윤민아가 데리고 갔다. 그들 끝에 스크림이나 좀비, 조커 같은 마스크를 파는 가게가 보였다.

누군가 내 옷깃을 잡아당겼다. 서시연이었다. 얼굴이 창백했다.

"어디 안 좋아?"

"아, 아니……."

그를 빤히 내려다보았다. 불안한 눈동자와 창백해진 얼굴. 바싹바싹 마르는 입술하며. 그가 연신 마른침을 삼켜댔다. 아무리 이해할 수 없어도 이대로 가만히 있을 수도 없었다.

"너……."

"응, 왜?"

"먹고 싶은 것 있으면 얘기 해. 솜사탕? 아이스크림? 츄로스?"

나를 보는 눈이 옆으로 가늘게 찢어졌다. 그러더니 가늘게 미소를 지었다. 그 미소를 보니 아주 조금 마음이 놓였다.

너 내가 여러 번 말했지? 울리지 마라, 진짜.

그건 조금 전 도진의 당부 때문만은 아니었다. 서시연은 내 여자친구였고 여자친구를 울리고 싶지 않은 건 당연한 일이었다.

"넌 내가 돼지로 보이지? 그런 거지? 아무리 그래도 그렇지 점심 먹은 지 얼마나 됐다고."

"많이 먹는 건 사실이잖아."

"뭐, 물론 밥과 디저트는 따로지만……. 응? 뭐? 그래서 내가 돼지라고?"

"말한 적 없어."

서시연이 미소를 지으며 내게 주먹을 날렸다. 그러면서도 내 옷자락을 잡고 있는 손은 놓지 않았다. 평소의 모습으로 조금은 돌아온 것 같았다.

그 순간 찰칵거리는 사진기 소리가 들렸다. 소리가 들린 곳으로 고개를 돌리자 휴대폰을 들고 있는 도진이 보였다.

"이런 게 나중에 다 추억이 되는 거야. 그런고로 우리도 찍어 줘!"

도진과 윤민아가 좀비 마스크를 쓴 채 좀비처럼 포즈를 취했다. 얼굴이 가려 표정은 보이지 않았지만 좀비와는 조금도 어울리지 않게 활짝 웃고 있는 그들이 눈에 보이는 듯했다.

 이후에도 한동안 두 사람은 서로의 사진을 찍어주고 각자의 사진을 보며 즐거워했다. 이제야 어긋난 것이 서서히 맞물려 가는 느낌이었다.

 그냥 이대로만 지속되기를.

 "여기 온 이상 유령의 집 들어갈까? 그래야겠지?"

 다들 주홍나라나 하얀나라로 갔는지 생각보다 검은나라에는 사람들이 별로 없었다. 검은나라는 단계별로 옅은 회색-짙은 회색-검은색, 세 채의 유령의 집이 있었다. 우리는 유령의 집 등급이 나뉘는 입구에 서 있었다.

 "간다면 검은색."

 "당연히 검은색이지."

 "유령의 집이니까 이번에는 커플끼리 따로 가자."

 "콜!"

 도대체 누구랑 대화하고 있는 거야. 우리의 의사는 안중에도 없는 우도진과 윤민아가 서로 말을 주고받더니 유령의 집 검은 단계를 향해 걸어갔다.

 "아! 우리 먼저 갈 테니까 천천히 따라 와. 우리 먼저 나와서 기다리고 있을 테니까."

 잠깐 뒤를 돌며 음흉하게 웃은 뒤 다시 걸어갔다. 말릴 새도 없이. 딱히 말릴 이유도 없지만.

 두 사람이 가버리고 서시연을 다시 보았다. 여전히 내 옷자락을 꼭 잡고 있는 그가 큰 키에도 불구하고 아주 잠깐 어린아이처럼 보였다.

빤히 그를 내려다보았다. 그러다 손을 잡았다. 당황한 듯 눈이 두 배로 커진 서시연이 나를 보았다. 그의 손은 예상한대로 뜨끈했고 축축했다.

"왜? 싫어?"

"……그럴 리가."

서시연이 시선을 피하며 볼을 붉혔다. 손을 잡아 당겼다. 강하게만 느껴졌던 그가 힘없이 내가 이끄는 대로 따라왔다.

"검은색으로 간다."

"뭐?"

"다른 곳으로 가면 알게 되잖아. 우도진이."

그가 잠깐 고민했다. 안절부절 못하는 서시연이라니. 의외이면서도, 아주 조금 귀엽다는 생각이 들었다. 하지만 곧 결단을 내릴 것이었다. 내가 아는 서시연이라면.

"좋아! 검은색으로 가자! 대신 손 놓지 마, 절대로! 무슨 일이 있어도 나 혼자 두면 안 돼, 알았지? 진짜 손 놓으면 안 된다?"

"알았어."

대략 10분 후 검은색으로 칠해진 크고 묵직한 나무문을 열었다. 그 안은 정말 아무 것도 보이지 않는 암흑이었다. 서시연이 내게 바싹 달라붙었다. 그에게 의지가 되는 존재라니 기분이 좋았다.

손을 꼭 잡고 앞으로 향했다.

"어, 엉……. 그렇게 막, 무지막지하게, 막, 놀래키는 건 또 뭐야…….."

난감했다. 이토록 유령을 무서워할 줄이야. 언제나 당당하고 강한 모습만을 보여주었기에 조금도 생각하지 못했다.

"뭐야? 너 지금 우는 거야?"

13년 간 알아오면서 그가 우는 모습을 처음 보았다. 그건 도진도 마찬가지였다.

"너 유령 무서……."

"여기 앉아 있어. 마실 것 좀 사 올게."

서시연을 벤치에 앉혔다. 그가 벤치에 그려진 유령에 한 번 놀라고는 자리에 앉았다. 뒤에서 키득키득 거리는 소리가 들렸다. 잠깐 우도진을 패주고 갈까 고민했다. 그러다 그런 생각이 들었다.

울리지 말라고 했는데 울렸다.

그 말이 이런 경우에도 적용되는 것이 아니라는 건 알고 있지만 그렇다 하더라도 울린 건 사실이었다.

서시연을 진정시킬 무언가가 필요했다. 이럴 땐 따뜻한 음료가 도움이 되었다. 그런데 간식으로 먹을 것들은 꽤 있는데 정작 음료수를 파는 곳이 보이지 않았다.

꽤 멀리 걸어와서야 겨우 작은 카페를 발견했다. 검은나라고 커피랑 초코음료, 밀크티와 블랙티 밖에 팔지 않았다. 그가 좋아하는 건 에이드 종류였지만 초코라떼 두 잔과 아메리카노 두 잔을 주문했다.

사실 둘만 남게 된 기회를 살려 서시연과 이야기를 나누려고 했다. 그런데 대화는커녕 제대로 걸을 수도 없었다. 들어가기 전 조금은 눈치 채고 있었지만 이 정도로 무서워할 줄은 몰랐다.

손에 들려 있는 검은색 종이캐리어를 살폈다. 검은색 플라스틱 뚜껑 표면에 물방울이 고인 것이 언뜻 보였다. 걸음을 서둘렀다.

"아니라니까!"

"아니긴. 밤에 무서우면 이 오빠한테 전화해라. 내가 너보다 세 달이나 먼저 태어난 오빠 아니냐. 어디에 있든 달려가 줄게!"

"필요 없거든! 어? 제운이다. 민!"

아무리 시간이 좀 걸렸다지만 다녀온 사이에 분위기가 완전히 달라져 있었다. 조금 전까지 정신을 못 차리고 훌쩍이던 서시연이 평소처럼 웃으며 도진과 장난을 치고 있었다.

그리고 한 발짝 뒤에서 윤민아가 그들을 바라보고 있었다. 도진과 함께 썼던 좀비 마스크를 뒤로 숨긴 채.

"왜 이렇게 늦었냐? 이 형님이 서시연 잘 달래놨다. 너무 고마워 안 해도 돼."

도진이 어깨를 툭 쳤다. 마음 깊은 곳에서 무언가 울컥하고 올라왔다. 마치 정전이 된 듯 눈앞이 깜깜해졌다.

정신을 차리자 서시연의 손목을 잡고 다짜고짜 끌고 가고 있었다. 아프다고 놓아달라는 서시연의 말을 무시한 채. 내 걸음은 도진에 의해 제지되었다. 도진이 우리에게 달려 와 나와 서시연을 끊어 놓았다.

"너 갑자기 왜 그래?"

도진이 내게 말했다. 하지만 그의 말은 내게 닿지 않았다. 오직 서시연밖에 보이지 않았다.

"사귀는 사람끼리는 사소한 비밀도 없어야 한다며?"

내 말에 서시연이 당황했다.

"제운아, 그건 숨기려고 한 건 아닌데……. 어찌됐든 결과적으로는 속인 게 되는 건가? 하하, 내가 말해 놓고. 미안."

어색하게 내뱉는 웃음소리에 가슴이 답답해졌다. 이런 걸 바란 것이 아니었다. 이런 걸 원해서 그와 사귄 것은 더욱 아니었다.

"야, 민제운! 뭘 그렇게 쪼잔하게 구냐? 그럴 수도 있지. 이런 건 애교지 않냐?"

그를 한 번 쳐다보았다. 딱히 그에게 해 주고 싶은 말이 없어 다시 서시연을 돌아보았다. 그렇게나 당당하고 당차던 그가 내 눈치만 살폈다.

"솔직히 여자친구가 유령 같은 거 무서워하면 괜찮다거나 지켜주겠다거나 달래줘야 할 것 아냐? 이게 그렇게 정색할 일이냐?"

"우, 그게 아니라."

어디서부터 어긋난 걸까. 조금 전 어긋난 것이 겨우 맞아지고 있었는데. 사실은 전혀 아닌 모양이었다. 오히려 완전히 어긋나 버렸다. 고칠 수 없을 정도로. 마음을 진정시키고 싶어 둘러본 주변은 온통 검은 것 투성이었다.

검은 그림자, 검은 저승사자, 검은 스크림, 검붉은 피를 흘리는 갖은 귀신들과 좀비들. 그리고 우리를 향해 뻗어 있는 검은 손과 어디를 둘러보아도 지켜보고 있는 검은 눈들.

마음이 더 어두워졌다. 마치 짙은 검정색 유화물감으로 온 몸이 두껍게 칠해지는 것만 같았다.

"우도진."

"왜? 뭐?"

"이건 서시연과 나 사이에 문제야. 넌 니 여친이나 챙겨."

마치 내가 아닌 듯. 의식이 흐릿해지며 마음 속 깊이 어둠이 내려앉았다. 그래서 내가 무슨 말을 내뱉는지 자각하지 못했다.

"좋아하는 사람이 따로 있다고 해서 사귀는 사람한테 상처주지 말고."

서시연과 우도진이 나를 동시에 돌아보았다. 그리고 우리들 한 발짝 뒤에서 윤민아가 지켜보고 있었다. 우도진이 서둘러 뒤를 돌아보았다. 당황한 기색이 역력했다.

"야, 민제운!"

돌이켜보면 정말로 어렸다. 어리고 어리석고 유치해서 해도 되는 말과 해선 안 되는 말조차 구분하지 못했다.

"니 눈엔 서시연만 보이지?"

"야, 너야말로 아직 하늘같은 그런 애 하나 못 잊어서 서시연 상처

입혔잖아! 너부터 니 여친 잘 챙기고 그런 말 해!"

"여친도 따로 있는 놈이, 오지랖 그만 부려. 아니다, 너 지금 날 통해서 대리만족 느끼는 거지? 겁쟁이니까. 자신감? 그딴 건 너나 갖는 게 어때?"

내가 뱉어놓고선. 내가 말해놓고선. 나조차 놀랐다. 내가 그렇게 생각하고 있었다니.

문득 정신을 차리고 주변을 둘러보았다. 우리 둘 사이에서 난감해하는 서시연과 얼굴이 발갛게 달아오른 우도진이 보였다. 그들의 표정을 보고 다시 깨달았다.

평화를 깨는 건 항상 나라는 사실을.

내가 빠져주는 것이 좋겠단 생각이 들었다. 내가 있으면 서시연도 우도진도 그리고 윤민아도 불편할 터였다. 그들에게서 뒤돌아섰다. 그리고 떠나려는데 윤민아가 끼어들었다. 아주 태연한 얼굴로.

"하늘? 아까 분명 하늘이라고 했지? 나 걔 알아. 같은 중학교 나왔거든."

왜 그는 지금 이런 상황에서 그런 말을 했을까. 나를 비롯해 다들 얼이 빠진 표정으로 윤민아를 돌아보았다. 하지만 그는 아랑곳하지 않고 말을 이었다.

"이 세상엔 빨주노파보휜검의 일곱 가지 나라가 있다고 막 이야기하고 다녔는데. 다들 레인보우랜드를 다녀와서는 그걸 현실이라 믿는 것 같다고 했어."

윤민아가 나를 돌아보았다. 비웃는 듯한 그 표정에 무시하고 가려고 했다.

"요즘도 그래? 요즘도 그런 미친 소리 하고 다녀?"

완벽히 나를 향한 물음이었다. 그가 다 안다는 듯한 표정으로 날 돌아보았다. 순간 그의 눈동자가 빛났다.

"아님 더 심해졌나? 요즘은 뭐래? 무슨 또 신박한 미친 말 해?"

"……!"

잘못 본 것이 아니었다. 그의 눈동자가 보랏빛으로 빛나고 있었다.

"자! 오늘 우리 목표는 퍼레이드까지 보는 거잖아? 그렇기엔 아직 시간이 좀 남았고."

'윤민아'가 천연덕스럽게 미소를 지으며 우리를 한 사람씩 돌아보았다. 두 사람은 그저 멍하니 그런 '윤민아'를 바라보기만 했다.

"이 대로면 어색해서 민제운은 가고, 민제운이 가면 우리 셋도 어색해 지겠지? 유지하고 있던 균형이 깨져버리니까."

아랫입술을 잘근 물었다. 그의 의도를 전혀 알 수가 없었다. 도대체 무슨 생각으로 지금껏 우리와 함께 다닌 거지. 언제부터 '윤민아'였던 거지. 그런 생각을 하고 있는데 그가 내게 다가와 귓속말로 속삭였다.

"민제운. 조금만 더 양전히 서시연 옆에 있어. 그러면 네가 듣고 싶어 하는 걸 들려줄 테니."

 반항할 수 없었다. 그의 말을 따라야 했다. '윤민아'가 내게서 조금 떨어지며 싱긋 웃었다.

 "그게 하늘에 대한 것이든 무엇이든."

 묻고 싶은 것이 많았다. 잠깐의 어색함과 민망함을 참아내서라도. 몸 안에 있는 열기를 내뱉었다. '윤민아'를 다시 보았다. 싱긋 웃고 있는 얼굴에 소름이 돋았다.

 "……미안. 내가 오버했다."

 무언가를 느낀 건지. 아니면 그대로 서먹해진 채로 관계를 끝내 봐야 좋을 것이 없다고 판단한 건지. 그것도 아니라면 누군가의 영향인 건지. 조금 전까지 벌게져 있던 도진의 얼굴이 평상시의 얼굴로 돌아와 있었다.

 "됐어."

 도진이 뒤통수를 긁으며 윤민아에게로 다가갔다. 시선으로 그를 좇다 뒤에 그가 있음을 느꼈다. 서시연을 돌아보았다. 입을 삐쭉 내밀며 민망한 표정을 짓더니 이내 웃어 보였다.

 "미안. 솔직히 무섭다고 이야기 할 걸. 괜히 허세 좀 부렸다가 일만 커졌네. 담부턴 무엇이든 숨기지 않을게. 정말! 다 말할게! 그러니까 화 내지 마."

 계속 그를 바라볼 수 없었다. 그제야 아직 내 손에 음료 네 개가 들려있다는 사실을 깨달았다. 그에게 초코라떼 하나를 건네고서는 바로 시선을 돌렸다.

"……나야말로. 미안."

우리의 상황을 지켜보던 '윤민아'가 다시 끼어들었다. 그가 캐리어에서 초코라떼 하나와 아메리카노 하나를 꺼내며 말했다.

"그럼 마법의 보라나라로 가볼까? 거기도 들르기로 했잖아."

'윤민아'가 방글방글 웃었다. 잔뜩 휘어져 잘 보이지 않는 눈동자는 여전히 보랏빛으로 빛나고 있었다.

마법의 보라나라는 마법, 마술, 마녀와 관련된 것들로 즐비했다. 한쪽에선 마녀가 검은 독에 무언가를 넣고 끓이고 있었고 다른 한쪽에선 빗자루를 타고 날아다녔다. 또 다른 한쪽에선 트럼프 카드들이 장식되어 있었고 보랏빛 불꽃과 빛들이 여기저기에서 쏘아지고 있었다.

마녀든 마법사든 모두 검보랏빛 로브를 입고 있었다. 실제로 마녀와 마법사로 변장한 이곳 직원들도 그런 옷을 입고 돌아다니며 사람들에게 마술을 보여주었다.

"자, 아무거나 뽑아서 친구들끼리만 공유하세요. 저는 절대 보여주지 마시구요."

근처에서 마술 시연을 끝낸 한 마술사가 다짜고짜 우리에게 다가와 카드를 내밀었다. 여기서는 당연한 일이었으므로 우리는 당황하지 않고 그의 지시를 따라 서시연이 카드 한 장을 뽑았다.

하트 9.

마술사가 보이지 않게 잘 가린 뒤 우리에게만 보여 주었다. 그리곤 주머니에 넣었다. 마술사가 카드에 대고 이상한 주문을 외운 뒤

맨 앞장을 펼쳐 보였다.

하트 9.

예상한 결말이었지만 역시 예상한대로 놀라웠고 도진의 입에서 연신 '오-' 감탄사가 흘러 나왔다. 그 옆에서 서시연과 '윤민아'가 물개처럼 박수를 쳐댔다. 마술사가 몹시 만족스러운 표정으로 인사를 하고 떠났다.

"의외로 보라나라가 제일 재미있을지도."

"그러게. 속임수라는 걸 알고 있는데도 엄청 신기해!"

서시연과 윤민아가 서로의 팔짱을 낀 채 앞으로 걸어갔다. 그에게서 시선을 떼지 않았다. 아무리 생각해도 그의 의도를 파악할 수 없었다. 그를 '그'라고 인정하고 싶지도 않았다.

일몰 시간이 되자마자 레인보우랜드 가득 행진곡이 울려 퍼졌다. 도진과 서시연이 그토록 기다리는 레인보우 퍼레이드가 시작된 것이었다. 우리는 서둘러 파랑나라로 이동했다. 파랑나라를 가로지르는 큰 풀장에 다리가 생기는데 이 다리 위로 퍼레이드가 진행되는 모습이 가장 멋있기 때문이었다.

빨강나라부터 시작해서 순차적으로 진행되는 만큼 파랑나라까지 오는데 시간이 걸렸다. 그럼에도 벌써 많은 사람들이 퍼레이드를 구경하기 위해 파랑나라에 모여 있었다.

우리도 인파에 뒤섞여 그들 가운데 섰다. 도진과 서시연이 뒤꿈치를 들고 목이 빠져라 서서 앞을 보았다. 잘 보이지 않는지 몸을 이리저리 움직였다.

"아직인가?"

"이제 빨강나라를 지나고 있을 거야."

"그런데 이번 퍼레이드 테마가 뭐야?"

사람들 사이에 파묻힌 '윤민아'가 태연하게 말했다. 조금도 앞이 보이지 않을 텐데도 가만히 서 있을 뿐이었다.

"꿈!"

그와 눈이 마주쳤다. 빙긋 웃는 얼굴이 못마땅했다.

"꿈? 꿈과 환상의 나라라서 꿈인가? 뭔가 이번엔 성의 없이 정한 듯?"

"아냐. 이번 테마가 역대급이야. 모든 색깔의 나라를 연결할 수 있는 건 꿈밖에 없으니까."

'윤민아'의 말을 오직 나만이 이해할 수 있었다. 하지만 티를 내지 않았다. 그저 퍼레이드가 시작되어 두 사람이 퍼레이드에 집중하기를 기다렸다. 그래서 그와 조용히 대화할 수 있도록.

잠시 후 형형색색의 폭죽이 터지면서 하늘이 갖은 색깔로 번쩍였다. 동시에 사람들도 다양한 색으로 물들었다. 붉은색, 푸른색, 노란색, 검은색, 그리고 하얀색. 색과 색들이 뒤섞여 또 다른 색을 만들어 내기도 했다. 기억 속 그날처럼 이 장면만으로도 충분히 장관이었다.

사람들이 불꽃놀이를 구경하느라 여념이 없을 때 멀리서부터 행진곡 소리가 커지기 시작했다. 소리가 가까워짐에 따라 사람들의 함성소리와 열기가 더해졌다.

"꺄~ 레인보우 공주님!"

드디어 파랑나라에서의 퍼레이드가 시작된 모양이었다.

퍼레이드는 '꿈'이라는 테마에 맞게 행진곡부터 몽환적인 느낌이 들었다. 그 외에는 모두 예전에 본 장면과 비슷했다.

맨 앞줄에 붉은 병정 옷을 입은 근위병들이 줄을 지어 행진을 했다. 그 뒤를 주홍색 드레스와 턱시도를 입은 사람들이 춤을 추었고 다시 그 뒤를 노란 옷을 입은 아이들이 둥글게 뛰어다녔다.

아니, 예전과 다른 점이 하나 더 있었다. 무지개빛 마차 위에 올라선 레인보우 공주님의 모습이었다.

무지개빛 긴 머리를 하고 하늘색 드레스를 입었으며 푸른 나뭇잎의 왕관을 쓰고 있는 그는, 인자하면서도 해맑은 미소를 지어 보이지 않았다. 잠에 취한 듯 몽롱한 표정을 한 채로 몸을 유연하게 움직여 보였다.

환상적으로 쏟아지는 불꽃들과 몽환적인 음악소리 그리고 그의 눈짓과 몸짓은 정말로 이 곳이 현실이 아니라 꿈처럼 여기게 만들었다.

레인보우 공주님이 우리의 바람과 달리 금방 지나쳤다. 그 뒤로 보라색 옷을 입은 마녀와 마법사가 등을 지고 뒤따랐다. 그들 뒤로는 머리부터 발끝까지 하얀 사람들이 고개를 숙인 채 따라왔고 그 뒤로 각종 유령과 귀신, 좀비들이 주변 사람들에게 겁을 주며 뒤따랐다.

그 순간 행진곡이 격정적으로 변화하였고 그에 맞춰 그들이 서로 뒤섞이기 시작했다. 마치 차원과 차원을 교차하는 것처럼. 그 퍼포먼스 역시 장관이었다. 주변 환성소리가 더욱 커졌다.

"넌 그 때도 지금도 눈을 감지 못하는구나."

폭죽소리와 사람들의 함성소리, 행진곡 때문에 귀가 멍멍할 정도였다. 하지만 그 사이에서 작은 목소리임에도 그의 소리가 귀에 꽂혔다. 옆을 가만히 내려 보자 '윤민아' 아니, '그'가 나를 응시하고 있었다. 그의 눈동자는 아까보다 더 짙은 보라색으로 빛나고 있었다. 그러다 한순간 갖가지 색이 스쳐 흘렀다.

마치 무지개처럼.

"그 아인 눈을 뜨는 것을 두려워했지."

그를 가만히 보고 있으니 정말 이 곳은 꿈 속이 아닐까란 생각이 강하게 들었다. 그만큼 현실감이 느껴지지 않았다.

"그리고 눈을 뜨는 것도 눈을 감는 것도 두려워하는 한 아이가 있지."

마치 수수께끼처럼 이야기를 하는데도 모두 이해할 수 있었다.

"자, 약속을 들어줄 시간이 되었구나."

윤민아의 목소리 위로 그 때의 목소리가 겹쳐 들렸다. 근엄하면서도 어딘가 조금은 가볍게 느껴지는 모순적인 목소리. 남자인지 여자인지 아이인지 어른인지 모르겠는 알 수 없는 목소리.

"넌 내게서 무엇을 듣길 원하지? 하늘이란 아이에 대해? 아니면 나에 대해? 아니면 일곱 색깔 나라에 대해? 그것도 아니라면 이 세계의 숨겨진 비밀에 대해?"

잠깐 고민했다. 궁금한 것들이 많았다. 이를테면 당신은 누구인지, 언제부터 윤민아 속에 있었는지. 윤민아란 사람은 실제로 존재하기는 하는 건지. 그리고 왜 하필 나인지. 그에 대해 왜 그렇게 말했는지. 그와도 만난 적이 있는지.

하지만 정작 입 밖으로 나온 질문은 그것과는 전혀 다른 물음이었다.

"왜 두려워하죠?"

"그건 너도 잘 알지 않느냐? 사라질까봐 그런 거지."

그가 당연하다는 듯 어깨를 가볍게 으쓱하며 대답했다.

사라지지 않을 사랑이면 좋을 텐데.

누군가 심장을 쥐고 있는 듯 가슴이 답답했다. 조금 전 서시연과 도진에게 화를 냈을 때와는 달랐다. 나를 지그시 바라보던 그가 나지막이 미소를 지었다.

"나 자신도 스스로를 알지 못하는데 하물며 남을 알 수 있을까, 남이 나를 온전히 이해해 줄 수 있을까?"

나긋하고 태평하게 들려오는 말이 무척이나 따뜻했다. 마치 나를 품어 안는 듯 포근한 느낌마저 들었다.

"오직 단 하나, 이어질 수 있는 건 꿈뿐이야."

"어째서 꿈에서는 이어질 수 있는 거죠?"

"꿈이기 때문이지."

이번에도 수수께끼 같은 말인데도 모두 이해가 되었다. 정확히 머리가 아니라 가슴으로 이해된 것이었다. 처음 겪어보는 일이었지만 조금도 거부감이 들지 않았다.

오히려 지금 이 순간 가장 신경이 쓰이는 건 아까부터 계속 파도에 물밀듯이 떠오르는 그였다. 그건 미칠 듯한,

후회였다.

그가 뒤꿈치를 들어 내 머리를 쓰다듬었다. 분명 윤민아의 손인데도 크고 따뜻하게 느껴졌다.

"어떤 선택을 하든 힘들 거야. 하지만 깨달아버린 마음은 쏟아진 물처럼 마구 흘러내릴 테지."

혹여 이 상황을 도진이나 서시연이 본다면 충분히 오해할 수 있는 상황이었다. 그럼에도 움직일 수 없었다. 아니, 정확히 조금도 거부하고 싶지 않았다.

"많이 힘들 거야. 너뿐만 아니라 여기 있는 이 아이들 모두 힘들겠지."

도진과 서시연을 돌아보았다. 여전히 퍼레이드에 정신이 팔린 듯 시선이 온통 멀어진 레인보우 공주님께 꽂혀 있었다. 이쪽은 조금도 신경 쓰지 않았다.

"그래도 걱정하지 말거라. 왜냐하면······."

"누군가가 나를 향해 미소 짓고 있을 테니까."

내 말에 그가 잠시 놀란 표정을 지었다. 그러더니 곧 입술에 인자한 미소를 머금었다.

"나는 언제든 어디든 있는 존재. 그러니 보이지 않는다고 두려워

말거라."

 내 머리를 쓰다듬던 손을 거두며 걱정스러운 듯 그러면서도 사랑스러운 눈빛으로 나를 바라보았다.

 그가 보이지 않는다고 두려워 한 적은 없었다. 애초에 그를 찾은 적도 없었으므로. 하지만 하늘이 보이지 않아 불안했던 적은 있었다. 그렇게 생각하면 그의 말이 전부 틀린 말은 아니었다.

 내가 미세하게 웃어보였다. 그가 조금은 안심한 듯 내게서 시선을 거두었다.

 문득 정신을 차리고 보니 퍼레이드의 행렬이 완벽히 지나간 뒤였다. 그럼에도 가슴에 남은 여운에 하늘을 올려보았다. 그리고 발견했다. 옅어지는 불꽃 사이로 보이는 무지개, 빨주노초파남보의 평범하고 상식적인 무지개가.

 마음 저 깊은 곳에서 무언가가 꿈틀거렸다. 그건 제법 시원한 웃음이었다. 삼키지 않고 그대로 뱉어냈다.

 "하하–"

 내게 있어 무지개는 이제 빨주노파보흰검이었다.

8장. 하늘, 어둠 속 별 하나 반짝이는

만일,

  내 모든 잘못을 용서해 달라고 빈다면. 너는 고개를 끄덕여 줄까.

  아침에도 오후에도 노을이 질 때도 밤에도 새벽에도. 모든 순간 네가 보고 싶다고 말한다면. 너는 미소를 지어줄까.

  이해하지 못할 모습까지 모두 알아가고 싶다고 말한다면. 너는 내 품에서 눈물을 흘려줄까.

  그의 말은 사실이었다. 한 번 깨달아버린 마음은 주체할 수 없을 만큼 쏟아져 내렸다.

  정답이 있을 것이라고 생각했다. 이제껏 수없이 풀어온 종이 위 문제들처럼. 하지만 그 생각 자체가 오답이었다. 그저 수많은 가능성과 최선의 선택만이 있을 뿐이었다.

  영원히 그치지 않을 것 같던 비가 그쳤다. 오랜만에 올려 본 아침 하늘은 눈부시도록 차고 투명했다.

  "또 보고 싶다, 퍼레이드. 그치? 완전 예뻤잖아. 퍼레이드 때 하늘에 핀 무지개도 진짜 예뻤고. 정말 환상적이었어."

아침에 눈이 일찍 떠졌다. 아니, 애초에 잠들지 못했다. 그런 김에 일찍 집을 나섰다. 헛것을 본 것이라 여겼다. 나를 기다리고 있었다고 생각되는 환영은 눈을 아무리 깜빡여도 사라지지 않았다.

내가 하고픈 말이 무엇인지 알기라도 한 것처럼 그는 주말 내내 어떤 연락도 받지 않았다.

"왜 그렇게 봐? 나 뭐 이상해?"

그가 코를 찡긋거리며 웃었다. 아무 일도 없었다는 듯 아무 문제도 없다는 듯. 평소와 다름없는 밝고 당찬 모습에 오히려 당황했다.

"수능 끝난 게 어제인 것 같은데. 이제 곧 12월이야."

주말 동안 그가 어떤 생각을 하고 어떤 결론을 내렸는지 알 수 없었다. 하지만 나와는 전혀 다른 결론을 내린 것이란 사실은 느낄 수 있었다. 그렇다 하더라도.

"서시연."

서둘러 그를 불러 세웠다. 순간 그가 울 것 같은 표정을 지었다. 하지만 곧 평소처럼 미소를 지어 보였다. 아니, 그렇게 웃으려고 노력했다. 입꼬리 끝이 미세하게 떨렸다.

"할 말이 있어."

"우리 오늘은 학교 끝나고 뭐 할까?"

"그게 중요한 게 아냐."

"사귀는 사람과 무엇을 할지 고민하는 게 중요한 게 아니면 뭐가 중요해?"

말해야 했다. 조금이라도 일찍 내 생각을 전해 마음을 정리할 시간을 주는 것이 내가 그에게 해 줄 수 있는 최선의 배려였다.

"있어. 훨씬 중요한 이야기야."

진지하게 들어주었으면 하고 바랐다. 처음으로 전하는 내 진심이었으므로. 하지만 서시연은 조금도 들으려 하지 않았다. 그는 자신이 하고자 하는 말만 기계적으로 내뱉었다. 시선도 마주치지 않은 채.

"아~ 오늘 진짜 날씨 좋다. 비가 그치니까 속이 다 시원하네. 그치, 제운아?"

두껍고 단단한 벽이 느껴졌다. 조금씩 내게서 멀어지는 서시연을 도저히 붙잡을 수 없었다.

잠시 고민하다 뒤따라 걸었다. 한 사람의 얼굴이 계속 떠올랐다. 앞서 걸어가고 있는, 현재 내 여자친구의 얼굴이 아니었다. 착잡했다. 내가 꼬아버린 것이지만 해결할 방법이 생각나지 않았다.

"민제운!"

서시연이 갑자기 내 앞으로 성큼성큼 걸어왔다. 나를 향해 치켜든 얼굴에는 어떤 미소도 보이지 않았다.

"우리 사귄 지 얼마 되지도 않았어. 고작 열흘이야, 열흘. 원래 모든 커플들이 투닥거리면서 사귀는 거라고. 한 번 부딪혔다고 끝내고, 막 그런 생각하는 건 아니지? 앞으로 서로 맞춰 가면 되는 거잖아. 안 그래?"

어떤 미소와 다정함이 없는 당참이 익숙한 듯 낯설었다.

"나보고 자신의 첫 번째가 되어달라고 한 건 바로 너야."

검지로 내 가슴팍을 찔렀다. 하지만 아픈 곳은 마음 깊숙한 어느 곳이었다.

"뱉은 말에 책임을 져, 민제운."

그가 내 옆에 나란히 섰다. 심호흡을 크게 한 번 내쉰 뒤 다시 나를 올려다 본 표정은 한결 산뜻해 보였다.

"있지, 나 주말동안 예전부터 보고 싶던 웹툰을 봤는데 말야."

그것이 소름 돋았지만 어찌할 도리가 없었다.

학교까지 걸어서 20분 정도 걸렸다. 가깝지도 멀지도 않은 그 거리를 서시연과 나란히 걸었다. 생각해 보면 사귀고 나서 매일 함께 걷던 길이었다. 사귀기 전에도 중학교 때 우도진과 함께 셋이서 매일같이 함께 걸었다.

그럼에도 서시연이 하는 이야기들이 조금도 귀에 들어오지 않았다. 음소거를 한 듯 주변의 어떤 소리도 들리지 않았다.

내 마음과는 달리 날씨가 너무 화창했다. 공중을 떠다니던 잿빛 먼지를 말끔히 씻어낸 하늘은 눈을 제대로 뜨지 못할 정도로 눈부시게 반짝거렸다.

지금쯤 그의 마음도 이 하늘과 같을까. 나와는 달리 모든 것을 다 정리해 버렸을까. 그래서 개운해 진 걸까. 그럼에도 내 말에 기뻐해 줄까. 그 때처럼 웃어준다면 좋을 텐데.

서시연 옆에서 습관처럼 따라 짓던 미소를 입술에 머금지 못했다. 서시연의 미소도 조금도 진실되게 느껴지지 않았다. 그저 서시연의 가방에서 레인보우 공주님만이 공허하게 웃을 뿐이었다.

"2교시 때 너희 반으로 갈게. 생각정리 잘 하고 있어."

6반 앞에서 헤어졌다. 열린 문틈으로 교실을 훑었다. 어디에도 보이지 않았다.

우리 반 교실로 오니 예상대로 창가에서 도진이 나를 발견하고 반갑게 눈짓을 해댔다. 오늘따라 입술이 헤벌쭉 더 찢어져 있었다.

"오! 웬일이냐? 일찍 왔네. 서시연 효과가 드디어 나타나는 건가?"

도진의 말을 흘려 들으며 자리에 앉았다.

"야, 민제운. 우리 민아랑 나 어제 뭐했는지 아냐? 허브아일랜드에 다녀왔지롱! 거기서 사진 잔뜩 찍었는데 함 볼래? 우리 민아 완전 예뻐. 민아가 완전 예쁜 원피스 입고 왔는데 말이지."

신경 쓰지 않으려 했지만 짜증이 치밀었다. 겨울이 다 되어 가건만 한여름 아지랑이가 피어오르는 찜통 더위 속에 나홀로 갇혀 있는 것만 같았다.

"그런데 서시연은?"

"2교시 때. 아니다, 안 올 지도."

"면접이라도 준비하나? 뭐, 됐다. 어쨌든 이 사진 좀 봐. 우리 민아 완전 예쁘지?"

그는 진심으로 행복해 보였다. 그의 이 행복까지 깨고 싶지 않았다. 그렇지만 내가 원하는 대로 되지 않을 터였다. 과거에도 그래왔고 현재도 마찬가지였다. '그'의 말에 따르면 미래 역시.

"이거, 이거. 허브밭에 있는 건데. 우리 민아 향기가 더 좋을 것 같지 않아? 실제로도 그랬다니까! 무슨 향수라도 뿌린 거였을까?"

"……미안하다."

"응? 뭐가?"

내가 그들에게 할 수 있는 말은 사과밖에 없었다.

요즘 자주 옥상으로 올라왔다. 서늘한 철문에 기대어 하늘을 올려보았다. 난간 쪽으로 가고 싶었지만 그러다 아이들이나 선생님들에게 들키면 성가셨다.

머리 위로 막힘없는 하늘이 펼쳐졌다. 하늘은 언제 그랬냐는 듯 구름 하나 없이 깨끗했고 맑았다. 가슴이 저리도록 눈이 부셨다. 손을 뻗었다. 하늘이 멀리 있어 조금도 닿지 않았다.

하늘이 결석했다. 이제껏 지각 한 번 하지 않은 그였다.

이유는 아무도 알지 못했다. 어디가 아픈 것인지 아니면 단지 학교에 오고 싶지 않은 것인지 혹은 그 둘 다 인건지. 다만 분명한 것은 그 이유에 나도 포함되어 있을 것이란 사실이었다. 자꾸만 숨 쉬는 것이 버거웠다.

하늘의 집을 알고 있었다. 집으로 찾아갈까. 그래도 될까.

웃어 줄래?

하지만 그는 날 만나주지 않을 것이라 생각했다.

 Adiau.

왜 다른 말은 알아듣지 못했으면서 그 말은 알아들은 거냐고. 답답한 마음에 손바닥으로 머리를 거칠게 헝클어뜨렸다.

그 때 누군가 이곳으로 다가오는 발소리가 들렸다. 내가 알기로 이곳의 비밀번호를 아는 사람은 경비실 아저씨와 우도진 그리고 그. 문 쪽을 서둘러 살폈다. 끼이익- 귀에 거슬리는 쇳소리를 내며 문이 조금씩 열렸다.

"왜 여기 있어?"

"……너야 말로."

난 도대체 뭘 기대했던 거지. 누군지 확인하자마자 실망감이 밀려왔다.

"나야, 우가 너 여기 있을 거라고 해서."

서시연이 싱긋 웃었다. 그가 문을 잠근 뒤 내 옆에 다가와 앉았다. 꼭 하지 말라는 짓을 몰래 하는 어린아이처럼 잔뜩 상기된 표정을 하고선.

"여기 있는 것 걸리면 선생님들 뭐라고 하시려나? 원래 이런 애였다고 생각하면 어쩌지? 그래도 괜찮겠다. 추천 받을 건 다 받아서 썼으니까."

걱정된다는 말투와는 달리 표정은 몹시 들떠 보였다. 돌이켜 보면 그의 이런 표정을 보는 건 오랜만이었다. 적어도 근 3년 동안은 전혀 보지 못했다.

"추울 거라고 생각했는데 의외로 시원하네. 답답하던 마음이 뻥 뚫리는 것 같아……는 거짓말이고. 그래도 조금은 괜찮네."

그가 조금 짓궂게 웃어 보였다. 꼭 초등학생 때의 그를 보는 것 같았다.

바람에 머리가 흔들렸다. 어깨에 닿지 않을 정도로 짧은 생머리는 '살랑'이 아니라 '찰랑'였다.

"서시연."

그는 나와 함께 하기 위해 3년 간 열심히 공부를 했다. 그렇게 노는 것을 좋아했는데 조금도 놀지 않았다. 나와 도진과 함께 하는 시간까지 포기했다. 우리나라에서 가장 들어가기 어렵다는 S대에 들어가고 S대 로스쿨까지 들어가는 것을 목표로 했고 실제로 이룰 수 있는 수준으로까지 만들어 냈다.

모두 다 나 때문에.

지금도 그는 이토록 간절히 나를 원한다는 눈빛으로 날 바라보고 있었다. 그럼에도 말해야만 했다.

"중요한 말이야. 들어 줘."

서시연의 표정이 순간 서늘했다. 다시 돌아본 얼굴은 평소와 같았다. 아랫입술을 살짝 깨물었다. 더 이상 지체해선 안 되었다. 나 스스로를 위해서라도. 그리고 그를 위해서라도.

"미안해. 아무래도 난 널……."

"왜? 또 나 뽑아 놓고선 하늘에게 가려고? 분명 전에 그러지 말라고 했잖아."

 미소가 조금도 담기지 않은 얼굴은 상당히 날카로웠다. 항상 둥글게 휘어 있던 눈매에 원망이 가득 서렸다.

 "이번엔 가만히 있지 않을 거야, 절대로."

 그가 내 옷깃을 잡았다. 잔뜩 구겨지도록 온 힘을 다해. 손이 바들바들 떨렸다.

 "하늘이 널 좋아하는 것보다 네가 하늘을 좋아하는 것보다, 내가 널 좋아하는 마음이 훨씬 더 크니까."

 너무도 애절한 목소리. 그의 마음은 어쩌면 나보다 더 진심인지도 모른다는 생각이 들었다. 하늘을 올려보았다. 투명하고 화창한 하늘은 우리 상황과 조금도 어울리지 않았다.

 "아직 우리 헤어지지 않았으니까 여전히 사귀는 사이야. 그렇다면 비밀이 없어야겠지?"

 오히려 먼저 그에 대해 이야기를 꺼낸 사람은 서시연이었다. 그조차 당당해서 서시연답다는 생각을 아주 잠시 했다.

 "네가 하늘을 계속 신경 쓰고 있다는 건 알고 있었어. 나와 사귀기 전부터 사귀고 나서도 계속 티를 팍팍 냈으니까."

 원망할 법도 한데 전혀 원망의 말투가 아니었다. 차분하면서도 당당하게 그러면서도 담담하게. 그가 몹시 냉정하게 우리의 문제를, 나의 문제를 짚어 나갔다.

 "다른 곳에 그다지 흥미를 못 느끼는 네가 웬일로 이 아이에게는 흥미를 느껴서 의외라고는 생각했어. 하지만 정말 단순히 호기심이라고 생각했어. 그 애가 워낙 독특하니까."

'독특하다'란 그의 평가에 수긍할 수밖에 없었다. 하지만 그는 단순히 '독특'한 것만은 않았다. 어쩌면 다른 사람들의 시선이 평범하지 않은 건지도 몰랐다.

"하지만 예쁜 것도 아니고 다른 매력이 있는 것도 아니잖아. 이상한 말만 하고 아침이랑 오후랑 사람이 막 바뀌고. 너도 어렵지 않게 곧 그 애의 실체를 알게 될 것이라고 생각했어. 그러면 당연히 호기심이 혐오감으로 바뀔 것이라고 생각했어. 그냥 관심이 떨어져 나가는 것만으로도 전혀 상관 없었고."

서시연의 눈빛이 어느 때보다 날카롭게 빛났다.

"가까이 다가가기엔 꺼림칙한 아이니까. 앞뒤가 다르고 언제 또 변할지 모르잖아. 진짜인지 우연인지 어쨌든 그 애한테 관여해서 좋지 않은 일을 당한 애들도 있고. 그런 거 무섭잖아."

너, 정말…… 무섭다…….

그 추측은 완전히 맞아떨어졌다. 실제로 그렇게 생각했고 하늘에게 직접 말하기까지 했다. 그런데 왜 이제 와서 이런 감정이 다시 생겨버린 걸까. 계속 그와 다시 한 번 대화를 나누고 용서를 빌고 싶다는 생각만 간절했다.

하늘의 미소가 너무도 보고 싶었다.

서시연의 이야기를 묵묵히 들었다. 담담하던 말투에 점차 감정이 차올랐다.

"그런데 왜 아직도 그러고 있는 거야? 예전처럼 다른 아이들에게 그랬던 것처럼 신경 쓰지 마. 무시해 버려. 그런 꺼림칙한 아이 일로 날 자꾸 신경 쓰이게 하지 말라고."

얼핏 그를 보다 놀랐다. 너무 차가워서. 너무 섬뜩해서.

"그런 이상한 애한테 질투 나게 하지 말라고! 아……."

자신의 상황을 눈치 챘는지 서시연이 표정을 서둘러 수습했다. 정말 문자 그대로 '수습'이었다. 나를 보며 웃어 보였지만 끝내 그 미소는 완벽히 일그러졌다.

"아까도 말했지만 나 절대 너 포기 안 해. 하늘과 넌 고작 몇 달이지만 난 13년이야. 더구나 그딴 애한테 지고 싶지 않다고. 그 아이를 향한 감정은 그저 호기심일 뿐이야. 그러니까 빨리 정리해. 알았지, 민?"

서시연이 서둘러 자리에서 일어섰다.

겉으로 보이는 그는 항상 보아온 모습 그대로였다. 그만이 소화할 수 있는 똑 단발 스타일과 살짝 줄여 몸매를 돋보이게 한 교복과 웃을 때면 주름지는 코와 눈 밑 볼 살에 살짝 파인 보조개도. 밤하늘 초승달처럼 잔뜩 휜 눈꼬리도. 뺨에 옅은 홍조도. 그리고 적당하게 벌어지는 입술과 그 입술 사이에 살포시 보이는 혀도.

"조금 전 학교에 왔어. 교실에 얌전히 있을지는 모르겠지만."

하지만 너무도 낯설었다. 그가 나를 내려다보았다. 눈동자에 항상 깃들어 있던 찬란한 빛이 어디에도 없었다.

"난 도서실에 가 있을 테니까. 연락해. 꼭."

학교 옥상에 덩그러니 홀로 앉았다. 하늘을 올려다보았다. 여전히 우리의 상황과 어울리지 않는 하늘이었다.

그런데 '우리'는 누구를 말하는 거지?

교실에는 여느 때처럼 불이 꺼져 있었고 영화가 틀어져 있었다. 보는 사람은 극히 드물었다. 밀린 잡담이라도 나누는 듯 떠들고 있는 아이들 사이에서 가장 신나 있을 것이라고 생각한 도진이 홀로 우두커니 엎드려 있었다.

"왜 그러고 있냐?"

마침 비어 있는 도진의 옆자리에 앉았다. 도진이 부스스 몸을 일으켰다. 그가 잠이 덜 깬 듯 흐릿한 시선으로 날 바라보았다.

"서시연이랑은 이야기 잘 했냐?"

창문으로 하늘을 더듬었다. 당연하게도 하늘이 잘 보이지 않았다. 블라인드가 굳게 쳐져 있었으므로.

"너 완전히 정리하고 서시연이랑 사귄 게 아니었어?"

말투가 냉소를 머금고 있었다. 왜 이렇게 되는 일이 없을까. 돌이켜보면 내가 원하는 일이 쉽게 풀린 적은 단 한 번도 없었다. 아니, 그 전에 내가 원하는 대로 된 적도 없었다. 아주 어렸을 때부터. 날 우롱이라도 하듯 끝끝내 내가 원하는 것과 다른 방향으로 진행되었다.

"나는 안 되는 모양이다."

그래도 이번만큼은. 당신께서 직접 내게 그렇게 말씀해 주셨으니 한 번만 더 바라보기로 했다.

"좋아하는 사람은 따로 있는 채 다른 사람과 사귀는 것."

내 말에 도진의 얼굴이 붉으락푸르락 거렸다. 그 모습에 평소 같으면 조금 장난이라도 쳤겠지만 지금은 그럴 만한 심정도 상황도 아니었다.

"왜 또 시비야!"

"진심이야. 너를 존경하고 싶을 정도로."

분명 좋아했다. 하지만 더 이상 좋아하지 않는다고 생각했다. 그래도 예전으로 돌아가기를 선택했다. 동경이든 뭐든 상관없었다. 그와 있는 것이 편하고 좋았던 것은 사실이었으며 그가 나를 좋아한다고 말해주었으므로.

아니었다. 진실은 내가 기대했던 것과는 너무도 달랐다.

"나 대체 어떻게 반응해야 하냐?"

"그냥 들어 줘."

내 말을 그대로 들을 것이라고 생각하지 않았다. 큰 의미를 두고 한 말은 아니었다. 도진이 나를 빤히 보더니 두 팔을 꼬았다. 눈까지 지그시 감아 보였다. 한시도 가만히 있지 못하는 도진이 두 팔을 팔짱끼었다는 것은 진지하게 이야기를 듣겠다는 신호였다.

"뭐해? 말 해."

주변이 시끄러웠다. 영화를 보든 수다를 떨든 잠을 자든 딴 짓을 하든 우리를 신경 쓰는 사람은 아무도 없었다. 도진이 가까이 몸을 기울였다. 오늘 처음으로 막힌 숨이 트이는 느낌이었다.

"처음엔 그냥 시선을 빼앗겼어. 그런 적이 처음이라 확실히 호기심을 가졌던 것 같아. 그러다 우연히 다른 사람과 공유할 수 없는 비밀을 공유하게 됐어."

나마저도 꿈이라고 생각한, 내가 가상으로 만들어 낸 것이라고 생각한 그의 존재. 그가 실존하는 인물임을 알게 되었을 때의 그 쾌감은 아마 평생 잊을 수 없는 경험일 터였다.

"소중한 동지라고 했던 이유가 그거구만."

"그래, 소중한 동지. 그 이상도 그 이하도 아니라고 생각했어."

플로로에 대한 비밀만을 공유한 사이라고 생각했다. 하지만 그를 대하는 내 마음은 걷잡을 수 없이 커져갔다. 그건 아마도.

"그런데 봐버렸어. 그 미소를."

모순 없이 따뜻하기만 한 그 미소를 한 번 더 보고 싶었다. 플로로가, 엄마가 지어주기를 간절히 원했던 그 미소를 그래도 계속 지어주기를.

……

난 언제까지 자신에게도 거짓말을 하려는 걸까. 머리를 거칠게 헝클어뜨렸다.

앞머리 사이로 진지한 얼굴의 도진이 얼핏 보였다. 창문 쪽을 바라보았다. 블라인드 사이로 늦가을의 햇살이 미세하게 반짝이고 있었다. 꼭 스탠드 불빛 아래서 눈을 감고 있는 것처럼.

언제까지 눈을 감지 않고 버틸 수 없었다.

"아니다. 다 핑계야."

솔직했다면. 하늘처럼 나도 나 자신의 진정한 모습을 알아가려 노력했다면.

"처음부터 계속 신경이 쓰였어. 하루 종일 그 아이만 생각났어. 처음부터 그냥 좋았던 거야."

이전부터 계속 방과 후 그 놀이터에 있었던 그를 그날이 되어서야 발견했다. 발견해 버렸다. 봐 버렸다. 이전으로는 결코 돌아갈 수 없었다.

자리에서 벌떡 일어섰다. 그 때까지 도진은 가만히 팔짱을 그대로 유지한 채였다.

"고맙다. 덕분에 정리가 됐어."

곧바로 6반으로 향했다. 수능 이후 닫히지 않는 문틈으로 그를 찾았다. 체구가 작은 그가 아이들에 묻혀 있는지 잘 보이지 않았다. 내가 문 앞에서 두리번거리자 한 아이가 다가왔다.

"시연이라면 반에 없어."

"알아. 늘이는?"

"응? 누구? 누리? 설마 하, 하늘?"

교실 안을 훑었다. 그는 교실에 없었다. 그대로 아무 미련 없이 가려는데 내 앞에 있던 여자아이의 얼굴이 슬쩍 보였다. 눈이 튀어나올 것 같았다.

매점 쪽으로 향했다. 혹시 길이 엇갈릴까 잘 더듬어 왔건만 그는 어디에도 없었다. 다른 아이들도 거의 없었다. 하이에나처럼 매점 앞을 어슬렁거리는 3학년 아이들 몇 명이 전부였다. 하긴 엄연히 수업시간이었다. 발걸음을 돌렸다.

도대체 어디에 있는 거야. 언제든 어디든 있다고 했으면서. 이 마음이 식기 전에 만나고 싶었다. 그래서 전하고 싶었다. 지금 이 마음과 감정을 온전히.

"이것들이 수업시간 중인 것 몰라? 얼른 교실로 돌아가!"

학생부 선생님이 허락된 장소 외의 장소에서 어슬렁거리는 아이들을 단속했다.

수업 중에 돌아다닐 수 있는 범위는 3학년이 있는 4층이 전부였다. 1층에 있는 매점은 그 범위에 들어가는 곳이 아니었다. 그렇다면 역시 있을 만한 곳은 교실이나 4층에 있는 미술실과 도서실뿐이었다.

교실엔 없었고 미술실은 잠겨 있을 것이었고 도서실도 아니었다. 도서실에는 서시연이 있으므로. 그가 있을만한 곳을 천천히 더듬었다.

내가 학교에서 그를 본 곳은 교실과 체육관과 매점 앞과······.

Adiau.

순간 쿵- 낭떠러지에라도 떨어지듯 심장이 내리꽂혔다. 곧바로 건물 밖으로 나가 하늘을 올려다보았다. 묵직한 심장을 안고 학교 건물을 돌며 옥상 난간을 살폈다.

날아오르는 줄 알았다.

그만큼 간절하게 하늘을 올려다보고 있었고 두 팔을 벌리고 있었다. 몸도 가벼워 보여 바람만 제대로 잘 불면 정말 날아오를 것 같았다.

무엇에라도 홀린 듯 한걸음에 옥상에 도착했다. 돌이켜 보면 어떻게 그렇게 빨리 건물 밖에서 옥상에 다다랐는지 의문이었다. 그만큼 간절했던 건지도.

그가 난간 밖으로 발을 내딛었다. 바람이 강하게 불어와 휘융- 휘융- 이상한 소리를 냈다. 난간이 삐그덕 거렸고 그의 몸도 함께 삐그덕 거렸다. 그럼에도 시선은 하늘에 고정되어 있었다. 그 시선은 무척이나 안정적이었다.

"저 하늘 어딘가에 나의 진정한 모습이 있을 텐데. 아무리 봐도 모르겠어, 정말."

가슴이 저려왔다. 바람이 불었다. 길고 검푸른 머리가 뒤로 흩날렸다. 바람이 간지러운지 그가 나지막이 미소를 지었다. 미소 너머로 푸른 하늘이 보였다. 아직 그런 슬픈 미소를 짓기에 햇살이, 하늘이 너무 밝고 눈부셨다.

"어쩌면 진정한 색이란 애초에 없던 걸지도 몰라. 그래서 시시각각 바뀌는 건지도. 그래서 이토록 불안한 건지도."

"아, 안 돼……."

붙잡아야 했다. 그가 취할 행동을 나는 알고 있었다. 난간을 잡고 있던 한 쪽 손마저 풀어 팔을 뻗었다. 그의 몸이 휘청거렸다.

"아!"

그 때와 달리 내 몸이 조금도 움직이지 않았다. 그대로 하늘이 내 시야에서 사라졌다.

Adiau.

눈부시게 빛나는 청명한 하늘 아래 그가 남긴 마지막 슬픈 미소와 말만이 내 가슴을 가득 메웠다. 눈앞이 캄캄했다.

✦

하늘사건은 신속히 처리되었다. 옥상 문을 제대로 잠그지 않은 경비아저씨의 책임으로 끝이 났다.

경비아저씨의 잘못이 아니었다. 그럼에도 아무 말도 하지 못했다. 사건 현장에 있던 유일한 목격자인 나에 대해서는 다음날 우리 학교까지 친절히 출장을 오신 상담전문 선생님과 간단한 면담이 있을 뿐이었다.

"왜 그 때 그곳에 있었는지 말해 줄 수 있나요?"

"……하늘은 어디에 있나요?"

교무실 안 면담실에서 상담이 진행됐다. 작은 테이블이 한 개. 한쪽에 커피메이커와 갖은 차 종류들이 놓여 있는 것이 전부인. 조명이 과할 정도로 밝았고 고작 하나 있는 작은 창은 굳게 닫혀 있었다.

"징후를 예측하고 막으러 간 건가요?"

그 때 일이 잘 생각나지 않았다. 우연히 옥상 난간에 올라있는 하늘을 보고 어떻게 그렇게 한순간에 옥상으로 갈 수 있었던 건지도 알 수 없었다. 하지만 정작 옥상으로 올라가서는 아무 것도 하지 못했다. 아랫입술을 지그시 깨물었다.

"하늘 학생과 친했나요?"

"지금 어디에 있죠, 늘이는?"

선생님이 한숨을 옅게 내쉬었다. 그 한숨이 길지는 않았지만 조금 서늘했다. 하지만 지금 한숨을 내쉬어야 할 사람은, 답답한 사람은 나였다.

하늘이 옥상에서 떨어진 날. 하늘이 구급차에 실려 간 것까지는 알고 있었다. 간신히 숨을 내뱉고 있었다고. 하지만 그 뒤로 어떤 소식도 없었다. 그가 어디를 얼마만큼 다쳤는지. 어느 병원에 있는지. 생명에는 지장이 없는지. 정작 중요한 사실을 아무도 궁금해 하지도 가르쳐 주지도 않았다.

"하늘 학생이 전에 무슨 말을 하진 않았나요? 힘들었다거나 울었다거나 누구를 원망한다거나."

조심스러운 듯 잔인하게 내뱉는 선생님의 말에 마음이 찢어졌다. 숨을 내쉴 때마다 통증이 느껴졌다. 어디를 둘러보아도 차가운 콘크리트 벽만 보였다. 작게나마 숨통이 트일 곳은 아무데도 없었다. 미세하게 쓴웃음이 지어졌다.

"제가…… 떨어뜨린 건지도 모르겠습니다."

'어쩌면' 정도가 아니었다. 하늘을 떨어뜨린 건 그의 아버지도 그를 괴롭히던 다른 아이들도 아니었다. 나였다.

선생님이 자리에서 일어섰다. 그제야 취조같은 상담이 끝났다.

"좀 더 진정되면 이곳으로 꼭 오도록 해요. 분명 도움이 될 거예요."

"……하늘은 지금 어디에 있나요?"

선생님이 종이를 하나 내밀고서 자리를 떴다. 그 작은 밀실에 홀로 우두커니 앉아 있었다. 눈앞에 조금 전 선생님이 내민 종이를 바라보았다. 명함이었고 그곳에 선생님의 연락처와 상담실 주소가 적혀 있었다. 지금 내게 필요한 건 이런 것이 아니었다.

시끄러웠다. 소리가 날 만한 것은 주변에 아무것도 없는데 귀가 먹먹할 정도로 소란스러웠다. 귀를 막아도 조금도 나아지지 않았다. 숨이 턱턱 막혔고 속이 매스꺼웠다.

걱정스런 선생님들의 시선을 피해 교무실을 빠져 나왔다. 무거운 고개를 겨우 들었다. 그 앞에 서시연이 서 있었다.

"괜찮아?"

무시하고 지나쳤다. 서시연이 쫓아왔다.

"여친인데 그런 말도 못 해? 그런 모습을 봐 버려서 충격을 받은 건 알겠지만."

빨리 걸었다. 귀가 계속 시끄러웠다. 이제는 현실인지 아닌지도 구분가지 않을 정도였다. 시야가 덜컹거렸다. 서시연이 내 팔을 붙잡고 당겼다.

"걔가 혼자서 떨어진 거잖아. 네가 죄책감 가질 필요 없어."

돌아서 본 눈동자는 처음 보는 눈빛을 하고 있었다. 미간에 잔뜩 힘이 들어가 있었고 눈동자의 동공이 잔뜩 작아져 있었다.

"왜 걔한테 그렇게 집착해?"

숨소리가 거칠었다. 팔이 바들바들 떨리고 있었다.

"여친인 나보다 걔가 더 소중해?"

한껏 날카로운 목소리가 가슴에 날아와 박혔다. 서시연을 돌아보았다. 역시 낯설었다. 어디를 보아도 내가 알던 그가 아니었다.

나는 이제껏 환상을 보았던 걸까. 그것이 아니라면 그가 내게 환상만을 보여준 걸까. 자조 섞인 한숨이 내쉬어졌다.

"당연하잖아. 좋아하니까."

정신이 아득했다. 마치 구름 속을 걷는 듯 꿈속인 듯 주변은 흐릿했다. 하지만 주변과 대조적으로 내 마음은 또렷했다.

"아냐! 그럴 리 없어! 날 좋아한다며! 그래, 걔가 이상한 저주 같은 것을 걸어서 그런 걸 거야. 그렇지 않고선……."

"정말 그렇게 생각해?"

서시연이 당황한 건지 어이없는 건지 모를 표정으로 날 쏘아보았다. 하지만 내 눈엔 다른 사람이 보였다. 안개인 듯 구름인 듯 무언가에 흐릿하게 가려진 하늘이 나를 보고 웃고 있었다. 그러면서 울고 있었다.

"하지만…… 그렇지 않고서는 이 상황을 이해할 수가 없잖아……."

간헐적으로 떨리는 음정에서 경멸이 느껴졌다. 나 또한 그에게서 경멸을 느꼈다. 다시금 쓴웃음이 지어졌다. 잔뜩 올라간 오른쪽 입꼬리가 끝내 떨렸다.

"서시연."

진작 전했어야 했다. 그래서 좀 더 빨리 제자리를 찾았어야 했다. 나는 서시연이 아니라 하늘의 옆에 있어야 했다. 그 때처럼.

"우리 끝내자. 미안하다."

나의 잘못된 선택으로, 나의 오답으로 두 사람을 죽였다.

"싫어! 절대로 싫어! 내가 왜 그래야 하는데? 이제 겨우 시작인데. 이렇게나 널 좋아하는데!"

서시연이 소리를 날카롭게 내질렀다. 그 소리는 절규에 가까웠다. 그럼에도 그를 위로해 주고 싶은 마음은 조금도 들지 않았다.

"내가 널 좋아하지 않으니까."

"아냐, 그럴 리 없어!"

서시연이 매달리며 소리쳤다. 눈동자에 맺힌 눈물이 일렁였다. 잠시 그를 바라보다 이내 그의 손을 뿌리쳤다.

"……미안하다."

여전히 눈앞이 흐릿했고 귀는 시끄러웠다. 산소가 희박해 숨이 막혔고 겨울에 들어서 온 세상에 찬 기운이 흐르는데도 온 몸에 식은땀이 흘렀다.

하늘은 가까운 종합병원에 있었다. 매일을 찾아가 요구한 끝에 오늘 아침 수학선생님께서 나를 조용히 부르셨다. 내내 손톱이 박혀 붉게 달아오른 손바닥에 겨우 피가 도는 느낌이었다. 그대로 달려 학교를 나왔다.

다행히 아래가 화단이었고 등으로 먼저 떨어졌다. 더욱이 하늘은 몸이 가벼워 나뭇가지의 완충으로 충격이 많이 완화되었다. 다만 머리에 뇌진탕 소견을 보였고 전신 타박상에 갈비뼈가 네 개 정도 부러져 위급한 상황이었다고.

아니, 그저 기적이라고 할 수밖에 없었다.

수술이 다급했으나 보호자에게 연락이 되지 않았다. 간신히, 정말로 간신히 보호자로부터 동의를 받고 수술이 진행되었다. 수술이 시작되자마자 하늘의 보호자는 학교 측으로 이 말을 전했다고 한다.

이제 내가 알아서 할 테니 신경 쓰지 마시오.

종합병원까지 버스로 40여분이 걸렸다. 창밖으로 무수한 풍경이 지나갔지만 그 어떤 풍경도 이목을 집중시키려고 갖은 노력을 한 현수막과 마케팅도 내 눈에 들어오지 않았다.

하늘을, 그저 하늘이 보고 싶었다. 아무리 창밖으로 하늘을 올려다보아도 높은 빌딩들에 가려 잘 보이지 않았다. 도시의 자랑이고 자부심인 높이 솟은 마천루가 오히려 도시를 망치고 있었다.

진동이 울렸다. 누군지 직감했다. 받지 않았다. 잠시 진정되었던 진동이 다시 울렸다. 그대로 전원을 꺼버렸다. 어차피 내가 원하는 사람에게는 연락이 올 수 없으므로. 이제 더 이상 진동이 울리지 않는데도 귀가 시끄러웠다. 가슴이 답답했고 숨을 쉴 때마다 가슴에 통증이 일었다.

아직 10분은 더 가야 하늘이 있는 병원에 도착할 수 있었다. 시간이 더디게 흘렀다. 가까운 병원이라더니. 거짓말이었다. 잘 보이지 않는 하늘도, 드문드문 보이는 하늘도 눈부시도록 아름다웠다. 하늘이 위험한 이 순간에도. 모순적이었다.

병실 앞에 도착했다. 환자의 이름이 적힌 곳을 보니 모두 차 있었고 하늘은 창가 왼쪽 침실이었다. 문만 열고 들어가면 하늘과 만날 수 있었다. 그렇게 바라고 바랐던 하늘이 몇 미터 앞에 있었다. 더는 지체할 수 없었다.

"습, 후……."

심호흡을 한 번 하고 문을 열었다. 크지 않은 공간에 환자와 보호자들이 있었다. 나를 확인하는 다른 사람들의 눈길이 느껴졌다. 곧 자신과 관련된 사람이 아님을 눈치 챈 시선들이 무심하게 거두어졌다.

그 순간까지 움직이지 않는 시선이 하나 있었다. 창가 왼쪽 침실에 누운 작은 소녀. 작은 소녀는 창가 쪽에 시선을 둔 채 가만히 누워 있었다.

"……안녕."

그에게 다가갔다. 그는 미동도 하지 않았다. 어른들 틈 사이에 있는 그는 정말 작은 아이 같았다. 마침 시간도 오후였다. 아이처럼 발랄하고 순수한 미소를 짓던 그가, 오후의 찬란한 미소를 짓던 그가 너무도 그리웠다.

침대에 누워있는 하늘의 작은 팔뚝에 두꺼운 링거바늘이 꽂혀 있었고 얼굴은 핏기 하나 없이 핼쑥했고 창백했다.

"이제야 와서 미안해."

하늘의 시선이 그제야 내게로 힘겹게 옮겨졌다. 무표정한 눈동자는 무척 아득했다. 그런 그를 바라보기가 힘들었지만 시선을 피하지 않으려 노력했다.

"늘, 네가 상처받을 걸 알면서 했던 모든 말과 행동들을 사과할게."

꼭 운무가 가득한 호수 위의 햇살을 보는 듯 했다.

"약속을 지키지 않은 걸 사과할게. 정말로 미안해."

하늘을 먼저 피한 건 나였다. 약속을 어긴 것도 나였다. 하늘이 무엇을 가장 무서워하는 줄 알면서 그 짓을 행했다. 하늘이 어떤 모습이든 아름답다고 했으면서 어느 순간 무섭다고 생각했다. 하늘은 항상 그대로였는데. 그저 내가 그를 바라보는 시각이 바뀐 것뿐이었는데.

심장이 욱신거렸다. 그건 죽어가던 심장이 다시 뛰면서 느끼는 통증이었다.

"그리고…… 나도 살아 보고 싶어. 늘, 네가 사는 이 곳에서."

이제는 '웃는'다기 보다는 '우는' 쪽에 가까울 것이란 생각이 들었다. 그만큼 얼굴이 잔뜩 일그러지고 있었다.

"늘, 너와 함께."

고개를 푹 숙였다. 이제 와서 내 마음을 전해 봤자 한심스러웠다. 하늘을 만나면 모든 것이 다 해결될 것이라 생각하다니. 근본적으로 해결되는 것은 아무것도 없었다. 과거의 일은 지울 수 없으므로.

"제운."

얇게 떨리는 하늘의 나직한 목소리에 정신이 번뜩 들었다. 고개를 들자 하늘이 창백한 입술을 벌리며 무슨 말을 하려고 하고 있다. 서둘러 그에게 몸을 숙여 바투 다가갔다. 말소리에 호흡이 많이 섞여 무척 희미했다.

"먼저 날 찾아와 줬어."

가늘게 떨리고 힘이 없었지만 말투는 분명 오후의 하늘이었다.

"마지막 인사까지 하고 떠난 내게 먼저 인사를 건네 줬어."

아득한 눈동자가 흔들리기 시작했다. 미세하지만 활기차게 미소를 짓고 있다고 생각했다. 그 미소는 분명 정오의 미소였다. 아니, 하늘의 미소였다.

"고마워, 제운."

창으로 찬란한 오후의 햇살이 스며들어왔다. 도저히 참을 수 없었다. 처음 느껴보는 감정이었으나 당황하지 않았다. 가슴이 벅찼다. 이불 끝으로 살포시 나와 있는 하늘의 손을 꼭 움켜쥐었다.

"늘, 좋아해."

"나도. 나도 좋아해, 제운."

혹시 뒤에 또 다른 말이 붙을까봐 한동안 긴장한 채 하늘의 입모양에 집중했다. 하지만 하늘은 날 향해 웃어줄 뿐이었다. 그를 끌어안을 수 없는 이 상황이 원망스러웠다.

하늘의 손을 더욱 꼭 움켜잡았다. 이제는 어떠한 상황이 와도 내 마음이 방해받거나 변할 것 같지 않았다. 아니, 반드시 지키고 싶었다. 하늘의 미소와 내 마음을.

"빨리 나아, 늘."

움켜쥔 이 손을 다시는 놓고 싶지 않았다.

"제운."

하늘의 부름에 몸이 먼저 반응했다. 그에게 바싹 고개를 대었다.

"나, 살아도 돼? 꿈속이 아니라 내가 사는 이 곳에서. 제운이 사는 이 곳에서."

"응, 당연하지."

고개를 끄덕였다. 그가 없는 이곳에서의 삶은 내가 더 이상 생각하고 싶지 않았다. 하늘이 나를 빤히 바라보았다. 파리한 작은 입술이 천천히 열렸다.

"그럼 웃어 줘. 조금 더 밝게 조금 더 크게 조금 더 즐겁게."

마음이 저려왔다. 하늘의 미소가 아련했으므로. 이렇게 가까이 있는데도 멀게 느껴졌다.

"제운이 웃어주면 금방 나을 것 같아. 살 수 있을 것 같아."

고개를 끄덕였다. 하늘의 손을 양손으로 꼭 부여잡았다. 그렇게 하지 않으면 감정에 휩쓸릴 것만 같았다. 6인실 병실은 제법 시끄러웠고 복잡했다. 하지만 어느새 하늘의 목소리를 제외하고는 아무 소리도 들리지 않았다.

"삽화를 다시 그렸어. 전에 그렸던 것보다 훨씬 정성들여 그렸어. 다음에 올 때 가지고 올게."

계속 시끄럽던 귀도 강한 통증이 느껴지던 가슴도 막혀오던 숨도 모두 나아져 있었다.

"늘, 다시 봐 줄래?"

원망스럽기만 하던 머리 위 맑은 하늘도 아름답게 느껴졌다.

하늘이 방긋 웃으며 고개를 끄덕였다. 핼쑥하고 퀭한 얼굴에 어느새 발그레 생기가 돌고 있었다. 하루 빨리 건강한 하늘이 보고 싶었다. 아이처럼 생기가 넘치던 이 시간의, 오후의 하늘이 보고 싶었다.

조금은 가벼워진 마음으로 병실을 나섰다. 떠날 때 하늘이 환하게 미소를 지어 주었다. 그걸로 족했다.

어디야?

그제야 전원을 켠 휴대폰으로 부재중 전화와 문자를 확인했다. 대부분 도진과 서시연이었다.

서시연 울고 있는데, 너 뭔 짓 했냐? / 야, 이 미친! 어디야? / 어디냐고, 이 개새끼야!

부재중 대부분은 서시연이었고 문자의 대부분은 도진이었다. 뒤로 갈수록 욕이 심해졌다. 아주 잠깐 답장하려다가 그만두었다. 굳이 욕을 사서들을 필요는 없었.

서시연과 도진에게 또 다시 상처를 주었지만 이상하리만큼 마음이 가벼웠다.

"비켜주세요! 응급환자입니다! 비켜주세요!"

병원을 나서려는데 정문에서 구급대원들과 간호사들이 이동식 침대에 눕힌 환자를 어딘가로 급히 데리고 갔다. 환자는 의식없이 침대가 흔들리는 대로 힘없이 흔들렸다. 시간이 멈춘 듯 그 자리에 우뚝 섰다.

하늘을 보고 나서야 겨우 나아졌는데. 그만 다시 숨이 막혀 왔다. 아니, 숨을 쉬는 것을 잊을 뻔 했다.

"비켜주세요! 응급환자입니다! 비켜주세요!"

그대로 멀어지는 응급환자를 좇았다. 눈을 뗄 수 없었다.

"학생, 비켜줄래?"

눈을 뗄 수 있을 리가 없었다.

"학생? 이 분을 알고 있니? 이 학생도 현장에서 같이 온 거야?"

"아니오. 현장에서 같이 온 사람은 아무도 없어요."

소리가 멀어졌다. 아침까지 계속 시끄럽기만 하던 내 귀에. 이제 겨우 잠잠해졌다고 생각한 내 귀에. 더 이상 아무 소리도 들리지 않았다.

"학생, 이 환자랑 아는 사이니?"

주변의 소리가 좀먹어가고 시야도 흐릿해졌다. 꿈이라고 생각했다. 꿈이길 간절히 바랐다. 지금 이동식 침대에 누워있는 파리한 이 사람을 모를 수가 없었다.

엄마였으므로.

"민아!"

"민제운!"

어떻게 알고 왔는지 병원으로 도진과 서시연이 달려왔다. 서시연의 눈이 벌겋게 부어있었고 우도진이 내 상태를 다급히 살폈다. 둘 다 숨을 거칠게 헐떡였다.

"아줌마는?"

엄마는 조금 전 수술을 마치고 회복실에 있었다. 의식이 돌아오려면 시간이 걸릴 것 같다는 것이 수술을 끝낸 의사선생님의 소견이었다.

"야, 민제운! 왜 말이 없어?"

"우, 그러지 마. 지금 가장 힘든 건 제운이야."

도진은 여전히 내게 화가 난 상태였지만 의외로 서시연은 전과 다르지 않았다. 다른 것이라고는 부은 눈뿐이었다. 둘의 상태를 계속 살폈다. 하늘이 이 병원에 있다는 사실은 모르는 것 같았다.

늘이 땐 아무 관심도 없더니.

내 앞에서 걱정하는 척 하고 있는 둘을 보고 있자니 가슴 깊은 곳에서 울컥하고 날카로운 무언가가 치밀어 올랐다.

하늘의 사고가 났을 땐 태연하게 하루를 보내던 둘이었다. 그런데 우리 엄마가 쓰러졌다니까 바로 달려왔다. 지금 그나마 이 둘에게 고마운 것이 있다면.

"나를 걱정해 주는 건 고마운데."

하늘이 떨어진 날. 정신이 나간 내게, 상황을 수습하러 온 선생님

외에, 제일 먼저 달려온 건 도진이었다. 평소 엄마의 몸 상태를, 건강을 나보다 더 걱정하던 것도 서시연이었다. 하지만 그 뿐이었다.

"진심으로 나를 걱정한다면."

그저 오랫동안 함께 지낸 친구로서 걱정해 주는 것뿐이었다. 그건 단지 당위성에 지나지 않았다. 우도진과 서시연은 내가 무엇을 소중히 여기는 지에 대해서는 상관하지 않았다. 의견이 다른 건 이해하려 하지 않았다.

"심사가 뒤틀릴 것 같으니까 제발 가 줘."

순간 서시연의 얼굴이 매섭게 일그러졌다. 그러더니 곧 '착한' 표정을 지었다. 불과 얼마 전까지만 해도 순간적으로 보인 그 얼굴이 신경에 거슬렸을지도 몰랐다. 그리고 결국 잘못 본 것이라 치부하겠지.

"제운아, 지금 많이 힘든 건 알겠는데. 이럴 때일수록 혼자 있는 것보단 다 같이 있는 것이 좋아. 왜, 그 때도 그랬잖아. 그러니까 이번에도 그 때처럼 우리한테 의지해."

12년 전 유치원 졸업을 앞두고 초등학교 진학 면담이 있던 그날. 내 손을 잡아 준 그들의 손이 거짓되었다고까지 생각하지 않았다. 하지만 어느 순간 우리는 각자의 생각이 너무도 커버렸다. 더 이상 그들의 존재가 내게 위로가 되지 않았다.

"그만 가 줘, 제발. 부탁이야."

13년이란 세월은 아이들에게 있어서 무척이나 긴 세월이었다. 강산도 변하는데 익숙함 뿐이던 얄팍한 관계가 변하지 않는다는 건 불가능에 가까웠다.

무언가를 느꼈는지 우도진이 서시연을 데리고 가버렸다. 복도를 따라 서시연과 도진이 말다툼하는 소리가 울렸다. 무슨 소리를 하는지 알아들을 수는 없었지만 평소에 투닥거리는 것과 많이 다르다는 것은 알 수 있었다.

그 뒤로 며칠이 지났다. 엄마는 깨어날 기미를 보이지 않았다. 하늘이 너무 보고 싶었다. 하늘이 있는 병실로 달려갔다. 그는 오늘도 반갑게 그리고 다정하게 나를 반겨 주었다.

"제운, 무슨 일이야? 좋지 않아 보여."

"응, 좋지 않아."

마음대로 할 수만 있다면 하늘의 품에 안기고 싶었다. 그 품에서 위로받고 싶었다. 하지만 그럴 수 없었다. 침대 옆 작은 철제의자에 앉았다. 하늘이 나를 향해 손짓을 했다.

"무슨 일인지는 모르겠지만 이리 와. 쓰다듬어 줄게."

그는 처음부터 내 마음을 꿰뚫어보기라도 하는 것 같았다. 그것이 불쾌하거나 무서웠던 적은 없었다. 그에게 머리를 내밀었다. 그가 머리를 부드럽게 쓰다듬어 주었다. 기분이 퍽 나쁘지 않았다. 아니, 좋았다.

"다음엔 꼭 안아서 위로해 줄게. 제운이는 응석쟁이니까."

"······응."

하늘이 퇴원하면 가장 먼저 하고 싶은 일은 그 작은 어깨를 내 품에 가득 안는 것이었다. 내 곁에 하늘만 있으면 된다고 잠깐 생각했다.

하지만······. 그의 손길이 너무도 부드럽고 다정해서 밤새 억눌렀던 감정이 꼼지락 올라왔다. 그래서 그만 어리광을 부렸다.

"엄마가 일어나지를 않아. 오늘 중으로 의식을 되찾지 못하면 위험하대."

잠깐 멈칫하던 하늘의 손길이 더욱 부드러워지는 것을 느꼈다. 그 작은 손이 크고 따스했다.

"불안해. 무서워. 일어나지 않을까봐. 다신 눈을 뜨지 못할까봐."

"괜찮아. 하늘이 저렇게 아름다운걸. 하늘이 저렇게 미소를 짓고 있는 걸. 괜찮을 거야, 제운."

나긋하게 읊조리는 목소리가 마음을 부드럽게 안아주었다.

내 등 뒤로 스며들어오는 늦은 노을이 눈부시게 반짝였다. 수능 날 내린 작달비가 지나간 하늘은 언제 그랬냐는 듯 찬란하고 아름답게 빛났다. 청명하고 평화롭게 보이는 하늘을 보고 있으면 정말 아무 일도 일어나지 않을 것 같았다.

하지만 붉은 금빛을 띤 저 노을은 왜 평소처럼 아름다워 보이지 않는 걸까.

"······응."

그를 의심하는 건 아니었다. 그럼에도 꺼지지 않는 불씨가 계속 타오르는 것처럼 불안이 가시지 않았다.

우우웅-

"제운, 문자 왔어."

확인하지 않으려고 했다. 하지만 하늘의 재촉에 메시지를 확인했다. 서시연이었다.

"나 걱정 말고. 가도 돼, 제운."

가지 않으려고 했다. 계속 하늘 옆에 있고 싶었다. 하지만 내게 무슨 문자가 왔는지 알고 있는 것처럼 하늘은 단호했다.

"……응. 가 볼게."

"제운, 내 이름."

"어? 어, 응. 또 올게, 늘."

"응, 기다릴게, 제운."

하늘이 미소를 지었다. 평소 노을이 진 하늘 아래서 짓던 바로 그 미소였다. 하지만 평소보다 더 다정하게 느껴졌다. 방문을 나서려는 내게 하늘이 입모양으로 무언가를 말했다.

걱정 마.

미세하지만 미소가 지어졌다. 작게나마 남았던 불안이 사라졌다. 그건 분명 하늘이 가진 힘이었다.

병실을 나서자마자 전화를 걸었다. 그는 병원 앞에 있는 편의점에 있었다. 곧장 그곳으로 향했다.

"제운아! 민! 여기야, 여기!"

묘하게 서시연이 들떠 있었다.

"줄 게 뭔데?"

"조금 있다가. 지금 주면 그것만 받고 나 바로 버릴 거잖아."

서시연이 코를 찡긋거리며 웃고선 내게 붕어빵을 건넸다. 붕어빵은 아직 바삭거렸고 김이 모락모락 나고 있었다. 내가 받아들지 않자 서시연이 내 앞에서 붕어빵을 치웠다.

"착각하고 있는 것 같아서 말하는데 우리 안 헤어졌어. 내가 헤어진 적 없거든."

냉소적인 미소와 함께 말했다. 말투에 원망과 슬픔이 숨김없이 뒤엉켜 있었다.

"그런고로! 우리 주말에 어디 놀러가자. 또 고기 무한리필집 가는 것도 좋고. 그 뒤 저녁에 같이 아줌마 뵈러 병원에 오자."

서시연의 시선이 내게 엉겨 붙었다. 간절한 바람과 원망과 서운함과 슬픔과 비굴함이 뒤섞인 시선이었다.

"너희 집에서 단 둘이서만 시간을 보내는 것도 좋고."

단지 내 마음이 변해서 그런 걸까. 아무리 보아도 눈앞의 서시연은 이제껏 내가 알던 그가 아니었다. 낯설었다. 소름이 돋을 정도로.

"……대답해 줄 거라고 생각 안 했어. 널 13년이나 보아 왔는걸. 자, 전해 줄 것."

서시연이 한숨을 내쉬며 하얀 에코백에서 반으로 접힌 갈색 서류봉투를 꺼냈다. 그걸 받아 들었다. 봉투는 가벼웠고 안에 무언가가 들어 있었다.

"아줌마가 우리 엄마랑 도진이 아줌마한테 부탁해 놓았더라고.

만일 자신이 잘못되는 날에 이걸 너에게 주라고 하셨대."

온몸에 강한 소름이 돋았다. 정확히 어떤 부분에서 그런 건지는 알 수 없었다. 그저 이상한 위화감이 느껴질 뿐이었다. 서시연이 내 얼굴 앞에 자기 얼굴을 들이댔다. 너무 눈이 부셔 제대로 쳐다보지도 못했던 얼굴이 아무렇지 않았다.

"제운아, 나 아직 널 놓아준 것 아니니까. 조금 더 기다려 줄 테니까. 그러니까······."

짜증이 밀려왔다. 그냥 그 자리에서 서시연이 전해 준 봉투를 뜯었다. 그 안에 썩 기분이 좋지 않은 크기의 무언가가 들어 있었다. 조심히 꺼내었다. 통장과 도장이었다. 그걸 보자마자 서시연이 반색했다.

"어머. 아줌마, 멋지다! 이런 걸 준비해 놓으시다니!"

"······뭐?"

조금 전 온몸에 소름이 돋은 이유가 또렷한 형체로 다가왔다.

"그렇잖아. 최악의 상황을 예상하고 미리 이런 준비까지 해 두시다니."

이질감이었다. 사고관, 가치관의 차이. 서로가 서로를 절대로 이해할 수 없는 간격. 서시연과 나 사이에는 너무도 두터운 이질감이 존재하고 있었다. 13년 간 눈치 채지 못한, 그 이질감을 이제야 깨달은 것이었다.

그럼에도 지금 이 순간 가장 화가 나는 건, 솟구치고 있는 감정의 대상은 눈앞에 그가 아니었다.

"이제야 겨우 웃을 수 있을 것 같았는데."

"제운아, 뭐라고 했어?"

망했다. 그 사람 때문에 모두 망해 버렸다. 서시연의 말버릇처럼. 화산처럼 분출되려는 감정을 억지로 누르며 서시연을 바라보았다. 얼굴에 냉소가 지어지는 것이 느껴졌다. 무엇을 느꼈는지 서시연의 눈동자가 연신 흔들렸다.

"서시연. 너랑 나랑은 진짜 아닌가 보다."

그가 내 말에 무언가 반박하려다가 그만두었다. 감정이 터져 나오기 전에 말을 서둘렀다.

"앞으로 다시는 아는 체도 하지 말자."

그와 함께 했던 수많은 추억들이 떠올랐다. 가슴 저리도록 따뜻하고 미안하기만 하던 그 추억들이 어느새 잿빛으로 바래 있었다.

"좋았던 추억들마저 망가뜨리지 말고."

그 추억들이 더 망가지는 건 지금의 나로서도 슬픈 일이었다. 그대로 거리에 서시연을 버려둔 채 병원으로 돌아왔다. 다행인지 서시연이 전처럼 쫓아오지 않았다.

이성이 조금이라도 남아 있을 때 전화를 걸었다. 다행히 금방 전화를 받았다.

"무슨 일이냐, 이 무심한 개새끼야?"

"야, 우도진. 어쩌면 너한테 마지막으로 부탁하는 걸지도 몰라."

한계였다. 목소리가 떨리고 엇나갔다.

"뭔가 꺼림칙한데? 야, 그거 하지 마."

우도진이 당황해 했다. 내가 무슨 부탁을 하려는지 눈치를 챈 것 같았다.

"너 아무 말 하지 마! 나 지금 민아랑 있단 말이야!"

그의 간절한 부탁에도 말을 내뱉었다.

"서시연한테 전화가 올 거야. 울고 있을 거야. 네가 달래 줘. 그때처럼."

그것이 내가 서시연에게 해 줄 수 있는 마지막 배려였다. 그것이 우도진에게 인생 최악의 배려가 될지언정.

"야, 이 미친……."

그대로 전화를 끊었다. 이젠 정말 한계였다. 손이 부들부들 떨렸다. 나는 곧장 내가 화가 난 대상에게로 향했다.

9장. 하늘, 하얀 눈물 범벅 된

어릴 때 여자아이들이 보는 애니메이션을 잠깐 본 적이 있었다.

눈이 커다란 여자아이가 발랄한 노래에 맞춰 변신하는 장면이었다. 변신을 한 여자주인공은 옷이 달라진 것뿐만 아니라 힘도 무척 강해졌다. 다른 사람이 된 것처럼.

아직 어린 나이임에도 불가능한 일이라고 생각했다. 사람이 어떻게 한 순간에 저렇게 변해. 어린 난 곧 흥미를 잃고 고개를 돌렸다.

한 순간 바뀔 수 있다면 '변신'이란 것을 하고 싶은 사람은 바로 나였다. 나는 변신을 해서라도 엄마가 원하는 대로 잘 웃는 밝은 아이가 되고 싶었다. 그래서 엄마가 웃는 모습을 보고 싶었다. 환하게 웃으며 나를 안아주기를 원했다.

하지만 변신이 불가능하듯 나도 변하지 못했다. 나는 항상 무표정에 어디에도 흥미를 잘 갖지 못하는 그런 아이였다. 그 아이는 그 성향 그대로 성장했다.

그럼 웃어 줘. 조금 더 밝게 조금 더 크게 조금 더 즐겁게.

　하늘과 함께라면 웃을 수 있다고 생각했다. 완전히는 아니더라도 조금이라도 잘 웃고 밝은, 그런 아이가 될 수 있다고.
　그런데 웃게 되더라도 나를 안아 줄 엄마가 없다면 무슨 소용이 있지.
　손에 들려 있는 갈색 서류 봉투를 힘껏 구겼다. 그 안에서 네모난 무언가와 길고 딱딱한 무언가가 고스란히 느껴졌다. 엄마에게로 가는 길은 멀고 추웠다.
　12월이었다.

　엄마는 하얀 병실에서 산소 호흡기를 매단 채 누워 있었다. 마치 잠을 자고 있는 듯 고요했고 이 공간만 시간이 어긋나 흐르는 듯 울렁거렸다.
　파리한 엄마의 얼굴에는 아무런 생기도 없었다. 링거를 맞고 있는 팔은 가늘었고 힘이 없이 축 쳐져 있었다. 늘 보아오던 엄마의 모습. 뚜- 뚜- 뚜- 뚜- 드라마나 영화에서나 들었던 규칙적인 기계음이 귀에 거슬렸다.
　"어, 왜 열려 있지? 학생! 아직 면회시간 아닌데?"
　근처를 지나던 간호사 선생님이 나를 발견했다. 내가 누구인지 안다는 듯 별다른 말은 없었다. 잠깐 고민하다 그곳을 나왔다.

"30분 후에 면회 시작하니까 그 때 와서 엄마 옆에 있어 줘요."

간호사 선생님이 내게 다정하게 손을 들어 인사를 했다.

그대로 화장실로 달려가 세수를 했다. 머리를 식힐 필요가 있었다. 그렇지 않으면 머리든 가슴이든 어디든 고장이 날 것 같았다. 하지만 아무리 찬물로 씻어도 밖으로 나가 찬바람을 맞아도 열은 쉽게 사그라지지 않았다.

우리 제운이는 애기가 벌써부터 이렇게 색기가 넘치면 어떡하잔 거야!

어, 엄마가 나한테 욕해쪄.

욕이 아니라 칭찬이야! 엄마의 특급 칭찬! 우리 제운이 싸랑해~

어린 시절에 올려다 본 엄마는 언제나 밝고 눈이 부셨다.

이 정도는 먹을 수 있지 않을까? 제운아, 아~ 해 봐.

아~ 모야? 매어, 매어!

아직 떡볶이 어묵은 무리인가? 헤헷, 그래도 맛있지 않아? 먹고 나면 또 먹고 싶어질 걸?

철이 없던 엄마는 그만큼 순수했고 아무런 고민도 갈등도 없어 보였다. 언제나 행복해 보였고 웃음이 끊이질 않았다. 마치 엄마의 웃음이 내 것인 마냥, 엄마의 행복이 내 것인 마냥, 기뻤다.

제운아! 여기, 여기 앉아 봐! 그렇지, 우리 제운이 완전 귀여워! 누

가 인형이고 누가 사람인지 모르겠네. 그렇지, 여보?

그런 엄마가 한 순간 변했다. 아버지가 교통사고로 세상을 뜬 날. 엄마는 모든 미소를 잃었고 스스로 밝음과 순수함을 버렸다. 그날 이후 엄마는 내게 전과 같은 표정을 지어주지 않았다.

머리카락도 피부색도 옷도 모두 하얗던 정소연 씨가 내게 한 그 말은 죽어서도 잊지 못할 거야.

뭐라고…… 했는데요?

부탁한다고. 그 아이가 무사히 어른이 될 수 있도록. 행복해 질 수 있도록.

돌이켜 보면 당연했다. 내가 알고 있던 엄마는 그날 아버지와 함께 죽었다.

하늘을 올려다보았다. 까만 밤하늘에 무언가 반짝이는 것이 떨어졌다. 반짝이는 것을 손으로 받았다. 작은 싸라기눈이었다.

병실로 돌아왔다. 엄마가 있는 중환자실 앞에 조금 전 보았던 간호사 선생님께서 서 계셨다. 그가 나를 보더니 다정하게 웃었다.

"여기, 손 소독하고."

손바닥에 차갑고 물컹거리는 액체가 떨어졌다.

"사실 의식이 없는 환자는 면회가 금지인데 아들이고 잘 생겼으니까 특별히 면회시켜 주는 거예요. 그러니까 딱 5분만 있다가 나와야 해요, 알았죠?"

5분이면 충분했다. 간호사 선생님께 꾸벅 인사를 하고 방으로 들어왔다.

 방은 여전히 고요했고 시간이 어긋나 흐르는 듯 위화감이 느껴졌다. 뚜- 뚜- 뚜- 뚜- 엄마의 심장박동을 알리는 기계음이 규칙적으로 들려왔다. 그 소리가 마치 엄마의 울음소리 같았다.

 유치원 상담이 있던 날 말이 되지 못한 엄마의 말들은 간헐적으로 비명 같은 울음소리로 바뀌어 흘러 나왔다. 그 비명 같은 날카로운 울음소리는 내 마음을 인정사정없이 할퀴었다. 그 때 입은 상처가 이제 와서 다시 욱신거리는 것 같았다.

 그날 내 옆에서 내 손을 꼭 잡아주던 도진과 서시연은 이제 없었다. 아무것도 없는 허전한 두 손을 움켜쥐었다. 지금은 그 때와 달랐다. 많은 것이 변했다.

 "엄마."

 엄마에게 다가갔다. 엄마는 잠든 것처럼 가만히 누워 눈을 감고 있었다. 얼굴에도 팔에도 어디에도 생기는 없었다.

 "아버지가 돌아가신 것이 그렇게도 큰 충격이었어요? 스스로를 죽일 정도로?"

 왜 이제껏 몰랐을까. 생기로 가득 차 있던 사람이 한 순간에 생기를 모두 잃었는데. 마치 다른 사람이 된 것처럼.

 꼭 실제로 본 것 마냥 하얀 옷을 입고 하얀 머리카락을 한 정소연 씨가 머리에 선명히 그려졌다.

 "하얀 정소연 씨가 엄마에게 부탁했다고 했죠? 내가 행복해 질 수 있도록 해 달라고."

하지만 달랐다. 머릿속으로 떠올린 그는 '하얀 정소연 씨'가 아니었다. 생기를 잃은 엄마의 모습에 머리만 하얀 것뿐이었다.

진짜 '하얀 정소연 씨'가 보고 싶었다. 그는 내가 알던 모습일까. 내가 바라는 모습으로 나를 반겨 줄까. 혹시 지금 내 눈앞에 있는 엄마는 그의 미련이 형체화 된 건 아닐까.

"엄마는 어떻게든 살아야 했어요. 예전처럼 철없는 짓도 하고 순수하게 웃기도 하면서. 이따금 너무 슬퍼 절망하더라도."

코끝이 겨자를 먹은 것처럼 화끈했다. 목구멍이 자꾸 메어왔다.

"엄마가 행복해야 했어."

목소리가 흔들렸다. 상관없었다. 목소리보다 심장이 더 크게 흔들렸으므로.

"아버지도 죽고 엄마마저 죽었는데 내가 어떻게 행복해?"

지금껏 억눌러오던 감정이 쏟아져 나왔다. 한 번 깨달아버린 마음은 쏟아진 물처럼 마구 흘러내렸다.

"내가 언제 꿈까지 포기해가며 몸까지 망쳐가며 키워 달랬어!"

주먹을 쥐었다. 손바닥이 손톱에 날카롭게 짓눌렸고 피가 주먹으로 잔뜩 쏠렸다.

"왜, 왜……. 가장 좋은 때라면서 다시 오지 않을 순간이라면서. 왜 나와 함께 있어 주지 않은 건데?"

엄마는 여전히 아무 말이 없었다. 당연했다. 엄마는 대답을 할 수 있는 상황이 아니었다.

"다른 걸 바란 게 아냐. 이딴 걸 바란 적 없다고!"

주먹으로 벽을 내리쳤다. 하지만 아픈 건 마음이었다. 12년이 지난 지금 그 때 엄마가 내게 입힌 상처가, 곪아오던 그 상처가, 이제야 터져버린 느낌이었다.

"그냥……. 내 옆에서 웃어주기만을 바랐어. 나를 안아주기를 바랐다고!"

그 때부터 지금까지 그 상처는 줄곧 심해지고 있었다. 눈치 채지 못했을 뿐.

"내가 어디에도 관심이랑 흥미가 없어? 아니야, 모두 날 있는 그대로 보지 않았을 뿐이야."

팔에 힘을 빼자 툭-하고 땅으로 떨어졌다. 심장도 함께 툭- 발끝으로 떨어졌다.

"난 동화가 좋아. 동화처럼 아름답고 순수하고 모두가 다 행복해 질 수 있는, 그런 엔딩을 간절히 원했어."

시야가 흐릿했고 마구 흔들렸다. 뚜- 뚜- 뚜- 뚜-. 들려오는 대답이라고는 귀에 거슬리는 저 규칙적인 울음뿐이었다.

"모두 내가 좋아하는 걸, 내가 관심 갖는 걸, 인정해 주지 않은 것 뿐이잖아."

내게 수없이 많은 것을 던지던 어른들이 떠올랐다. 그들은 자신들의 관심과 이해관계를 내게 강요했고 내가 그들의 기대대로 반응하지 않자 '제운은 도통 어디에도 관심과 흥미를 갖지 못한다'고 멋대로 결론을 내렸다.

엄마를 내려보았다. 여전히 누워 있었고 조금의 움직임도 없었다.

죽은 사람처럼. 엄마에게 바투 더 다가갔다.

"일어나! 일어나라고! 눈 떠, 제발……."

멱살을 잡고 흔들었다. 내가 흔드는 대로 엄마의 얇은 목과 볼품없는 머리카락이 힘없이 흔들렸다. 그건 팔뚝에 꽂힌 줄도 마찬가지였다.

"학생, 무슨 일이야? 진정해요. 진정해, 학생! 학생!"

내가 소란을 피우자 곧장 간호사 선생님께서 달려와 나를 말렸다. 간호사 선생님 등 뒤에서 여전히 조금의 미동조차 없는 엄마의 모습에 화가 더 치밀었다.

"이, 이러면 안 돼요, 학생. 엄마가 일어나지 않아서 답답한 건 알겠지만."

그대로 그곳을 빠져 나왔다. 머리가 어지러웠고 코끝이 시큰했다. 하늘이 보고 싶었다. 이런 모습을 보이고 싶지 않다느니 그런 허세를 부릴 여유가 없었다. 그대로 하늘이 있는 병실로 달려갔다. 같은 병원이라는 것이 내게 있어 유일한 행운이었다.

고작 7분 정도 거리가 7년처럼 길게 느껴졌다.

달려가 침대에 머리를 박았다. 하늘이 내 머리를 쓰다듬었다.

"무슨 일이야? 제운, 얼굴이 너무 안 좋아."

걱정스러운 듯 조심스러운 말투가 사랑스러웠다. 하지만 아무 대답도 할 수 없었다.

"무슨 일이 있었는지 말해주지 않으면 모르잖아. 말해 줘, 제운."

지금 하늘은 어떤 표정을 짓고 있을까. 그럼에도 고개를 들 수가 없었다.

"음……. 그럼 제운이 진정될 때까지 내가 이야기를 들려주도록 할게."

머리 위로 하늘의 부드러운 목소리가 흘러내렸다. 그 목소리를 조용히 듣고만 있었다.

"눈을 뜨자 어긋난 느낌이 들었다. 살짝 일그러진 시야."

뭔가 했더니 하늘이 쓴 《일곱 색깔 나라와 꿈》이었다. 그 이야기라면 처음부터 끝까지 모두 외우고 있었다. 그럼에도 계속 듣고 있었다. 하늘의 목소리로 듣는 《일곱 색깔 나라와 꿈》은 더욱 아름답고 다정하고 따뜻했다.

그의 나직하면서도 부드러운 목소리를 듣고 있으니 조금씩 진정되었고 점차 눈이 감겼다.

눈을 뜨자마자 놀랐다. 사방이 온통 새하얘서. 눈으로 뒤덮인 듯 눈부시도록 새하얀 광경에 넋을 놓았다. 어떤 것도 막힘이 없는 그곳은 지평선의 구분조차 할 수 없었다.

걸었다. 발이 자꾸 눈 아래로 움푹 파여서 다리를 힘껏 들며 걸었다. 걷고 또 걸었다. 걸어도 걸어도 길은 끝이 없었다. 어디를 향하는 건지 알 수 없었지만 계속 걸었다. 이곳이 어디든 내가 어떻게 된 것이든 아무 상관없다고 생각하며.

문득 뒤를 돌아보았다. 돌아본 장소는 신비로웠다. 눈이 소복이 쌓여 모든 곳이 새하얀 그 곳은 춥지도 덥지도 않았다. 하늘에서 하염없이 떨어지는 하얀 눈을 손으로 받았다. 그건 서글플 정도로 몹시 차가웠다.

사방에서 뿜어져 나오는 빛이 너무 강해 눈이 멀 것 같았다. 그럼에도 그곳의 아름다움에 눈을 뗄 수 없었다. 무언가에 홀린 듯 다시 걷기 시작했다.

"아얏!"

어느새 무릎까지 차오른 눈을 파헤치며 걷다 넘어졌다. 아프지는 않았으나 갑자기 당혹스러움과 서러움이 울컥 올라왔다. 눈이 더 쌓인 것이 아니었다. 내 몸이 작아진 것이었다.

"어……."

순간 엄마가 없다는 것을 자각했다. 엄마뿐만이 아니었다. 아무도 없었다. 오직 새하얀 눈뿐. 어떤 것도 없었고 아무런 소리도 없었다. 밀려드는 극심한 두려움에 눈물조차 나오지 않았다.

"엄마……."

다리가 후들거려 더 이상 걷지 못했다. 아무것도 할 수 없었다. 그 자리에서 엄마를 찾는 것 밖에는.

무섭다고 생각하니까 갑자기 추워졌다. 나는 얇은 티셔츠 한 장이 전부였다. 두 손으로 몸을 감싸 안았다. 조금도 따뜻해지지 않았다.

엄마가 너무 보고 싶었다. 코끝이 시큰거렸고 눈두덩이에 고인 눈물이 한껏 일렁였다.

"제운아!"

누군가가 내게로 달려왔다. 나를 안은 목소리에 한 순간 진정되었다. 안심했다. 실제로 따듯한 건 아니지만 포근하다고 느꼈다. 그랬더니 참았던 눈물이 터져 나왔다.

"엄마~"

"그래, 그래. 엄마 여기 있어, 제운아."

엄마가 나를 가볍게 들어 올려 등을 토닥였다. 엄마의 등 너머로 아빠가 보였다. 하얀 머리칼 하얀 피부 그리고 하얀 옷을 입은 아빠가 나를 멍하니 바라보았다.

"왜 네가 여기에……."

아빠의 눈동자와 입술이 잘게 떨렸다. 못 볼 것이라도 본 것처럼.

"여보, 왜 그래? 제운이까지 있으니까 좋기만 하구만."

아빠에게 손을 뻗었다. 하지만 아빠는 여전히 떨리는 눈동자로 날 바라볼 뿐이었다. 그래도 상관없었다. 눈앞에 아빠가 있었다. 기억 속 모습과 조금 다를지언정 내 눈앞에 있는 사람은 분명 내 아버지였다.

"아직 당신한테는 말을 못 해 줬는데."

아빠의 시선이 내게서 엄마에게로 옮겨졌다. 아빠의 눈동자가, 검게 빛나야 할 그 눈동자가 이상할 정도로 투명했다. 아빠의 투명한 눈동자가 천천히 일렁였다.

"여긴 죽은 영혼들의 나라야, 여보."

일곱 색깔 나라 중 죽은 영혼들이 모이는 나라. 눈의 하얀나라.

내가 만난 사람은 하얀나라 민연후 씨와 하얀나라 정소연 씨였다.

"잠깐만, 넌 왜 더 어려진 거야?"
"왜, 여보? 완전 귀엽기만 한데!"
엄마, 아빠가 눈앞에 있었다. 그 둘이 바싹 붙어 나를 내려다보았다. 그런 엄마와 아빠의 얼굴이 부드럽고 다정했다. 다만 아빠의 미간이 조금 일그러져 있었다.
"꺄아!"
아빠에게 손을 뻗었다. 아빠는 미간을 일그러뜨린 채 나를 안아 높이 들어 올렸다.
"다른 차원과 시간의 흐름이 다르다는 건 알고 있었지만 그렇다고 시간이 거꾸로 가기도 한단 거야? 그것도 제운이만?"
몇 번 비행기를 태워주더니 나를 품에 꼭 안아 주었다. 아빠의 품은 엄마의 품보다 훨씬 단단하고 넓었다.
"그건 그렇고 너는 대체 어떻게 여기로 온 거야? 전에도 조금 이상했어. 어떻게 내가 기적처럼 당신에게 갈 수 있었던 거지?"
아빠가 시선을 내게서 엄마에게로 옮겼다. 엄마가 어깨를 으쓱 들어 올렸다.
"또 궁금증 도졌네, 우리 민연후 씨. 그게 그렇게 궁금하세요?"
"그게 그렇잖아. 왜 계속 알 수 없는 일들이 일어나는 거지? 일곱 색깔 나라는 모두 다른 차원에 존재해서 이어지지 않는 것이 아니었나? 그런데 왜 자꾸 이런 일들이 일어나는 거지?"

"민연후 씨!"

엄마가 가볍게 한숨을 내쉬었다.

"답은 당신이 말했잖아. 일곱 색깔이라고. 일곱 색깔이라면 당연히 무지개지!"

아빠가 나를 놓아 주었다. 엄마도 딱히 신경 쓰지 않았다. 바닥이 폭신해서 기분이 좋았다. 그냥 앞으로, 앞으로 기었다.

"무지개?"

"응, 그러니까 꿈이라고, 꿈!"

뒤에서 들리는 엄마아빠의 목소리에 마냥 안심이 되었다. 폭신한 바닥을 손바닥으로 때리기도 하고 주변을 날아다니는 무지개빛 방울들을 만져보기도 했다. 뒤로 뒹굴어 하늘을 보기도 했다. 이상한 하늘이라고 생각했다.

"그러니까 잠깐 즐기자."

엄마가 다가와 나를 들어 품에 안았다. 역시 엄마 품이 제일이었다. 실컷 어리광을 부렸다.

"얼마만의 행복이야. 잠깐이라도 행복을 누리자고."

엄마가 싱긋 웃어 보였다. 왠지 내가 다 기분이 좋아 나도 활짝 웃었다.

"꺄아!"

"봐, 제운이도 그러자고 하잖아."

내 등으로 엄마의 손길이 느껴졌다. 소중한 것을 만지듯 내 등을 토닥이는 엄마의 손길은 다정했고 따뜻했다.

"꿈이라……. 그래, 그것도 좋겠지."

내 곁으로 아빠도 다가왔다. 아빠가 손을 올려 내 머리를 쓰다듬었다. 아빠의 손은 엄마의 손보다 훨씬 컸고 더 따뜻했다. 아니, 어쩌면 내가 그렇게 느낀 건지도.

"꿈이라면, 이왕이면 좋은 꿈이어야지!"

"응, 어차피 자고 일어나면 사라져 있을 꿈이잖아."

자고 일어나면 사라져 있을 꿈?

잘 이해되지 않았지만 불안한 마음에 엄마와 아빠를 끌어안았다. 싫었다. 영원히 엄마와 아빠와 함께 있고 싶었다.

날아다니는 방울들을 쫓아 다녔다. 금방이라도 톡하고 터질 것 같던 그 방울들은 의외로 쉽게 터지지 않았고 또 의외로 쉽게 터지기도 했다. 그것이 재미있어 방울을 안아보고 돌려보고 날려보고 찔러보았다. 방울들이 터질 때마다 은가루같은 무수한 별들을 쏟아내었다.

"하하하, 꿈이어서 그런가. 제운이가 금방금방 크네."

"원래 아이들은 금방금방 크는 거야."

아빠의 어깨 위에 태워져 두 팔을 활짝 펼쳤다. 주변에 작은 것들에도 괜히 신이 나서 잔뜩 웃었다. 그러다 문득 위를 올려보았다.

"어?"

왠지 더 화려하고 자극적인 빛들이 쏟아져 내려야 할 것 같은 그곳엔 하얀 눈뿐이었다. 주변을 둘러보았다. 역시 새하얀 눈뿐이었다. 무언가 이상했지만 곧 근처로 날아온 방울에 잊고 눈 앞을 떠다니는 방울에 집중했다.

평화로웠다. 이곳은 넘어져도 아프지 않았고 배고프지도 않았다. 엄마, 아빠가 항상 근처에 있었고 나를 향해 손을 흔들어 주었다.

"어마, 아바!"

"그래, 제운아. 엄마랑 아빠 여기 있어!"

나를 향해 한없이 따뜻한 눈동자로 미소를 지어 주었다.

"제운이는 분명 크면 엄청 멋있어 질 거야. 아빠보다 키도 크고 간지도 좔좔 흐르고."

"아들바보 나셨네."

"어머, 당신은 아니야?"

"당연히 나도 그렇지. 제운아 다른 건 몰라도 건강하게만 커라."

하지만 지금 이 순간 이렇게 가까운 곳에, 바로 앞에 엄마와 아빠가 있는데. 왜 이토록 그리운 느낌이 드는 걸까. 마음이 욱신거리는 걸까.

"아, 평~화~로워라~."

"민연후 씨, 아저씨 같은 그런 노래 부르지 말아 줄래?"

"이미 아저씨인데 아저씨 같으면 또 어때?"

엄마와 아빠가 저리도 즐겁게 대화를 나누고 웃고 있는데. 왜 불안한 걸까.

엄마, 아빠에게 다가가 엄마의 옷깃을 붙잡았다. 하지만 그것으로는 부족했다. 남은 한 팔로 아빠 다리에 매달렸다. 그래도 무언가 허전한 마음이 채워지지 않았다.

"엄마, 아빠."

왜 자꾸만 아득하게 느껴지는 거지.

"그래, 제운아. 엄마, 아빠 여기 있어."

"어? 그새 또 컸네. 이렇게 금방 크다니. 아쉽다."

내가 크는 게 아쉬워? 내가 크고 나면 어떻게 할 건데? 갑자기 불안감이 밀려 들었다. 엄마와 아빠를 두 팔 가득 벌려 안았다. 그렇게 하지 않으면 안 될 것 같았다.

"나 혼자 두지 마."

왜 그런 말을 했는지 알 수 없었다. 이제껏 엄마와 아빠는 내 곁에서 조금도 떨어진 적이 없었으므로.

"제운아, 왜 그래. 엄마랑 아빠 여기 있잖아. 널 왜 혼자 두겠어."

"나 버리지 마. 내가 잘못했어. 나 두고 가지 마."

"너 두고 안 가. 여기 이렇게 다 같이 있잖아. 제운아, 진정해."

분명 엄마와 아빠가 나를 안아 주고 있는데도 이렇게 가까운 곳에 있는데도. 아무런 체온도 느낄 수 없었다. 어떠한 감촉도 없었다. 숨소리가 들리지 않았다.

"왜 아무도 숨을 쉬지 않아? 왜 머리색도 피부색도 옷도 나랑 달라?"

 내 말에 엄마와 아빠가 당황했는지 내게서 조금 떨어졌다. 그 작은 거리가 어긋나버린 차원의 경계인 것만 같아서 아찔했다.

 "내가 많은 걸 바라는 게 아닌데. 그냥 옆에 있어 주기를 바라는 건데. 왜 그 작은 걸 하나 못 들어 줘?"

 팔이 부르르 떨렸다. 심장이 잔뜩 떨렸으므로. 코끝이 시큰해졌다. 하지만 눈물을 흘리지는 않았다. 엄마와 아빠가 나를 안았다. 어느새 내 키는 엄마와 비슷해져 있었고 아빠의 어깨까지 닿아 있었다.

 생각났다. 엄마와 아빠를 만나기 전 내가 왜 하염없이 길을 걷고 있었는지. 엄마와 아빠를 만나고 싶었다. 묻고 싶었다. 대답을 듣고 싶었다.

 엄마와 아빠를 바라보았다. 하얀 머리카락에 피부도 창백할 정도로 새하얗고 흰옷을 입고 있었다. 내가 수없이 달라지는 동안 엄마와 아빠는 조금도 변하지 않았다. 나를 바라보는 그들의 눈동자는 시종일관 다정했다. 그런 그들을 바라보며 그토록 묻고 싶던 질문을 던졌다.

 "당신들은……. 엄마와 아버지는 행복한가요?"

 "제……운아?"

 쉰 목소리가 났다. 아, 나 지금 변성기구나.

 엄마와 아버지를 돌아보았다. 어느덧 눈높이가 비슷해진 그들과 함께 서 있었다. 엄마가 그렇게 크게만 느껴졌는데 엄마는 조금도 크지 않았다. 아버지를 돌아보았다. 산처럼 크고 넓게만 느껴졌던 아버지는 나와 크게 다르지 않았다. 심지어 외모도 비슷했다.

"아니에요. 헛소리에요."

나 자신을 확인했다. 어린 아이에서 갑자기 커져버린 내 모습에 스스로 당황했다.

"사춘기인가? 사춘기네, 우리 제운이!"

"벌써 우리 아들이 사춘기라고?"

즐거운 건지 흥미로운 건지 놀라운 건지 아쉬운 건지 두 사람이 웃었다. 그들의 웃음에 괜히 김이 새 버렸다.

"자자, 우리 아들이 사춘기가 되었다면 이 아빠랑 할 이야기가 많겠구나."

아버지가 이상한 미소를 지으며 내게 다가왔다. 어깨동무를 하더니 엄마에게서 조금 떨어져 등을 돌렸다.

"내게도 이런 날이 올 줄이야. 하하하-."

아버지가 이런 경박한 사람인 줄은 몰랐다. 난 이제껏 아버지가 말이 없고 조용한 사람인 줄로만 알았다.

"야, 제운아. 이건 남자 대 남자의 대화야."

하지만 무언가에 잔뜩 신이 나고 들떠 있는 아버지의 모습도 나쁘지 않았다.

"너 좋아하는 사람 없냐?"

"네?"

"짜식, 반응 보아하니 있네. 같은 반? 예쁘냐?"

아버지가 말한 '남자 대 남자의 대화'는 상당히 민망하게 이어졌다.

"야동은 어디까지 봤어? 요즘은 야동을 어떻게 보니?"

"아, 아버지……."

"너무 혼자서 끙끙대지 말고 주변 동성친구들과 이야기를 많이 나누렴. 함께 야동을 보는 것도 좋아. 오히려 그게 건강한 거니까."

혼자 신나서 떠드는 아버지의 모습이 민망하지만 그래도 나쁘지는 않았다. 그건 분명 낯선 감정이었지만 전혀 싫지 않았다. 아버지가 갑자기 말을 멈추더니 나를 바라보았다.

"아, 그런데 네가 좋아하는 아이의 이름이 뭐라고 했지? 평범한 이름이었던 것 같기도 하고 외자였던 것 같기도 하고."

그러고 보니 아버지에게서 '좋아하는 사람'이란 말을 들었을 때 분명 누군가가 떠올랐다. 하지만 이상하게 흐릿해서 누군지 알아볼 수가 없었다. 분명 기억 건너편에서 나를 보며 미소를 짓고 있었다. 눈이 부시도록 아름답게.

"아버지 제가 누구라고 했죠, 내가 좋아하는 아이가?"

누워서 물끄러미 하늘만 올려다보았다. 사실 내가 보고 있는 저것이 '하늘'인지도 의심스러웠다. 이곳의 하늘은 내가 누워있는 아래와 다를 바가 없었다.

끝없이 눈으로 뒤덮인 새하얀 공간. 살짝 일그러진 시야에서 눈처럼 하얀 무언가가 하염없이 흩날렸다. 그것은 몸에 닿으면 몹시 차가웠지만 그럼에도 그것으로 가득 찬 이 곳은 조금도 춥지 않았다.

"제, 운, 아~?"

옆을 살짝 돌아보자 엄마의 얼굴이 보였다. 엄마가 히죽히죽 웃고 있었다.

"누구 아들인지 정말 잘~ 생겼다! 내 뱃속에서 이런 아들이 태어나다니 아직도 믿기지가 않네."

엄마가 내 볼을 잡아 늘렸다. 내 눈을 가만 쳐다보다가 한참 뒤에야 웃으며 볼을 놓아 주었다.

"그렇다고 뭘 그렇게 노려보니? 노려보는 우리 아들 눈빛이 너무 색기 어려서 엄마 숨 막혀 죽을 뻔."

"색기……."

그 말을 언젠가 들어 본 듯 했다. 분명 그 말을 듣고 기분이 상했던 것 같은데 잘 기억나지 않았다.

"제운아, 엄마한테 욕한 거 아니지?"

"그, 그럴 리가요."

"꺗! 당황한 모습도 귀여워!"

갑자기 부끄러워져 돌아 누웠다. 엄마가 더 큰 소리를 질렀다. 엄마가 원래 이 정도였던가. 엄마는 내 생각보다 더 요란했고 고주파에 상당히 수다스러웠다.

순간 어떤 장면이 머리를 스치고 지나갔다. 까만 옷을 입고 그 위에 검은 조끼파카를 하나 걸친. 맨얼굴에 짧은 머리를 하나로 질끈 묶었다. 이목구비는 엄마와 닮았으나 피부가 거칠고 눈이 퀭했다.

뒤돌아 엄마를 확인했다. 엄마가 환하게 웃고 있었다. 엄마의 미소가 너무 눈이 부셔 이목구비가 잘 보이지 않았다.

"엄……마?"

"응. 왜, 제운아?"

이상했다. 주변에 있는 눈을 더듬었다. 더듬고 또 더듬었다. 손등으로 떨어지는 눈이 느껴졌으나 조금도 차지 않았다.

"장난치지 마요."

"엄마 지금 아무 장난도 안 치는데?"

조금 전까지 그렇게 차던 눈이었다. 그 전에 딱히 전하지 않아도 엄마와 아빠의 감정이 오롯이 전해지곤 했다.

"그럴 리가."

"왜 그러는데, 제운아? 여보, 여보! 여기로 와 봐요. 제운이가 이상해."

분명 엄마를 더듬고 있었다. 하지만 그 어떤 체온도 느껴지지 않았으며 보이지 않았다. 그저 손 안에 '무언가'가 있을 뿐.

"왜 그래, 소연아?"

"제운이가, 제운이가……."

하늘을 계속 올려다보고 있으면 안 되었다. 아니, 그 전에 이곳에 오래 머물면 안 되었다.

"처음부터 이상했어. 여기는 눈의 하얀나라. 죽은 영혼들의 나라니까.”

아버지의 목소리가 들렸다. 미세하게 떨리는 목소리가 주변에 차분히 가라앉았다. 누군가 내 손을 잡았다. 크고 다정한 손. 아버지였다.

"제운아, 넌 아직 죽지 않은 거야."

누군가 내 어깨를 감쌌다. 아무것도 보이지 않았지만 엄마인 것을 느낄 수 있었다. 아무런 체온도 없지만 왠지 조금은 안심이 되었다.

"살아있는 넌 가야 해."

"여기 있을 거예요."

아버지의 말에 다시 어린 아이로 돌아간 듯 마음이 불안했다. 이 순간을 지키고 싶었다. 내가 이제껏 그토록 바란 순간이었으므로.

"여기에 더 있으면 정말 위험할지도 몰라."

"상관없어요."

그저 엄마, 아버지와 함께 시간을 보내고 싶었다. 다른 이들에게는 지극히 평범한 그 일상을, 일상의 행복을 누려 보고 싶었다. 이제 겨우 그 바람이 이루어지고 있는데 포기할 수 없었다.

"안 돼! 넌 돌아가야만 해!"

"제운아, 그래. 아빠 말이 맞아. 가야만 해. 안 그러면 다음엔 청력이나 목소리까지 잃을지도 몰라."

"상관없어요!"

"제운아……. 제발……. 엄마랑 아빠가 잘못했으니까."

무엇을 잘못했는데요? 날 혼자 둔 것? 어둡고 습하고 적막한 그

곳에 혼자 있게 한 것? 나 혼자 남겨 놓고 다 가버린 것? 고작 통장 하나 남겨 놓고 죽어 버린 것?

가슴이 울렁거렸다. 토할 것 같았다.

"분명 너를 기다리는 사람들이 있을 거야."

"우리 말고도 제운이를 사랑해 주는 사람이 있을 거야."

이런 상황에서까지 그들의 목소리가 너무도 다정해서 무척이나 따뜻해서 도저히 그들의 손을 놓을 수 없었다.

"그런 사람 내게는……!"

순간 머리에 강한 통증이 밀려왔다. 머릿속에서 누군가가 계속 나를 불렀다. 제운. 제운. 제운. 제운……. 각각의 목소리는 마치 다른 사람의 그것처럼 들렸다.

저 하늘 어딘가에 나의 진정한 모습이 있을 거야. 그래서 보고 있었어, 하늘.

안녕, 제운?

제운, 너랑 있을 때면 꿈을 꾸는 것 같아.

그럼 너도 웃어 줘, 제운. 조금 더 밝게 조금 더 크게 조금 더 즐겁게.

목소리가 점차 형체를 띠기 시작했다. 길고 검푸른 머리를 흩날리는 작은 소녀가 나를 바라보았다. 그는 서글프게 미소를 짓기도 해 맑게 웃어 보이기도 했다.

그러다 갑자기 비가 내리는 소리가 들렸다. 빗소리 때문에 다른 소리가 멀어졌다.

 ……살아 보고 싶어. 꿈속이 아니라, 내가 사는 이 곳에서. 제운이 사는 이 곳에서.

빗소리 가운데 애달픈 목소리가 들렸다. 그 말을 듣는 순간 갑자기 울컥 눈물이 쏟아질 것만 같았다. 내가 어떻게 너를 잊었을 수가.

그 때 아버지의 손이 내 머리를 쓰다듬는 것이 느껴졌다.

"이제 네가 좋아하는 사람이 누군지 확실하게 알겠지?"

"우리 아들, 다 컸네."

고개를 끄덕였다. 마음 속을 잠식했던 어둠이 한순간에 사라졌다. 이제 어떠한 망설임도 없었다. 곧 내 몸에서 그들의 감촉이 멀어졌다. 그럼에도 조금도 불안하지 않았다.

"이제는 우리 셋 다 꿈에서 깨어나야 할 시간이구나."

내 앞에 있을 그들을 바라보았다. 모습은 보이지 않았지만 엄마와 아버지가 나를 바라보고 있다는 것이 느껴졌다. 그 눈빛이 다정했다. 그럼에도 안타까움을 숨길 수 없었다. 우리 세 사람 모두 이 순간이 마지막이라는 것을 느끼고 있었다.

"이곳에서 내리는 눈은 누군가를 남겨놓고 먼저 떠난 이들이 흘리는 미련과 슬픔의 눈물이란 말이 있더구나. 눈을 볼 때마다 우리가 널 여기서 기억하고 있다고 생각해 주렴."

"됐어요. 울지 말고 웃어 주세요."

의식이 점차 멀어졌다. 이제 정말 꿈에서 깨어날 시간이었다.

"잘 가렴, 우리 아들. 우린 네 덕에 정말 행복했다."

"네가 크는 모습을 지켜볼 수 있어서 좋았다. 고맙다, 제운아."

아득히 먼 곳에서 나를 향해 손을 흔드는 누군가가 언뜻 보였다. 엄마와 아버지라는 것을 느낄 수 있었다. 그들을 향해 꾸벅 인사를 했다.

짧지만 함께 할 수 있었던 시간에 감사했다. 꿈에서 깨어서도 결코 잊지 않기를.

엄마와 아버지가 나를 향해 환하게 웃어 주었다고 생각했다. 나도 최대한 그들을 향해 웃어 주었다. 죽기 전까지 다시는 만나지 못할 나의 소중한 사람.

덕분에 행복했습니다.

새하얀 풍경 뒤로 눈부심을 느꼈다. 눈꺼풀이 무거웠고 눈가가 촉촉했다. 그래서 눈이 잘 떠지지 않았다. 온몸이 뻐근했다. 불현듯 위화감에 눈을 번쩍 떴다.

새하얀 천장. 딱딱하고 불편한 침대. 뚜- 뚜- 뚜- 뚜- 귀에 거슬리는 규칙적인 기계음.

"선생님! 학생 깨어났어요!"

내게로 다가오는 의사 선생님과 간호사 선생님들을 제치고 그곳을 서둘러 빠져나왔다. 눈앞에 아무 것도 보이지 않았다. 다른 생각은 들지 않았다. 하늘, 오직 하늘의 얼굴만이 떠올랐다.

하늘에게 달려갔다. 문을 열자 내게로 시선이 쏠렸다. 하늘이 있던 침대로 천천히 다가갔다. 웅성웅성. 귀가 울렁거리고 곧 이어 속도 울렁거렸다. 가장 창가 쪽 침대로 다가가 그대로 주저앉았다.

하늘이 없었다.

"학생, 왜 이제 와? 혹시 학생도 어디 아픈 거야? 그 때 아무리 깨워도 일어나지를 않더니……."

"그 학생이라면 애비가 데리고 가 버렸어. 안 그래도 여기 의사쌤들이 그렇게 말리는데도 그냥 마구잡이로 데리고 가서 한바탕 난리 났었어."

하늘이 누워 있어야 할, 누워 있었던 그곳을 손으로 더듬었다. 하지만 어떠한 온기도 느껴지지 않았다.

계속 눈이 내렸다. 굵지 않은 눈송이가 바닥에 떨어져 사르르 녹았다. 내리는 족족 쌓이기만 하던 꿈속의 눈과 달랐다.

하늘이 감쪽같이 사라졌다. 병원에서도 학교에서도 심지어 하늘의 집에서도 완벽히 사라진 뒤였다. 어느 누구도 하늘의 행방을 알지 못했다. 하늘의 흔적을 좇을 때마다 외로웠을 하늘의 모습만 떠올랐다.

하늘을 올려다보았다. 내가 볼 수 있는 하늘은 지극히 일부에 불과했다. 지극히 일부의 겨울 하늘은 퍽 서글펐다.

오늘도 하늘에 대한 어떤 소식도 접하지 못한 채 집으로 돌아왔다. 아무도 없는 집은 익숙했다. 그럼에도 낯설었다. 분명 태어나 계속 살아온 우리 집인데 어디에도 편안함과 안락함이 없었다.

그것도 핑계. 넌 나와 같으니까.

왜 그 말이 떠오른 걸까. 책상 한 귀퉁이에 있는 하얀 무언가가 보였다. 그건 낡은 연습장이었다.

무심코 다가가 연습장을 펼쳤다. 주홍빛 노을을 받으며 부드러우면서도 슬픈 미소를 지어 보이는 하늘과 아무런 모순 없이 따뜻하기만 한 미소를 짓고 있는 하늘의 그림이 그려져 있었다.

책상 앞에 앉았다. 무엇에라도 홀린 듯 무작정 그리기 시작했다. 조금이라도 더 선명하게 기억할 때 그의 모습이 조금이라도 더 흐려지기 전에 그려야만 했다. 기록해야만 했다.

내가 보아온 하늘의 모습을 그리고 또 그렸다. 그릴수록 하늘과의 추억이 선명하게 떠올랐다. 처음 노을이 지던 놀이터에서 만났던 날 내게 지어준 노을의 미소도. 다음 날 학교에서 전날 본 모습과 전혀 다른 모습으로 날 바라보아 당황했던 것도.

빵셔틀 중이던 모습이 신경 쓰여 못 본 체 지나가지 못했던 것도. 플로로에 대한 이야기를 하다 내 품에서 눈물을 흘렸던 것도. 도서관 앞 벤치에서 나누었던 이야기와 먹었던 햄치즈 샌드위치의 맛도.

하늘이 가져 온 자전거를 타고 한강에 갔던 것도. 거기서 들었던 하늘의 이야기와 함께 맞았던 한강의 바람도. 그에게 고백을 했던 그 때의 내 마음도. 너의 대답도. 그 때의 네 모습도. 운동장 스탠드에서 서로 장난을 치며 한껏 웃었던 것도. 쓰레기 분리수거장에서 마주쳤던 때의 네 표정도.

수능 날 작달비 속에서 나누었던 대화도. 네가 보여주었던 절박함도. 옥상에서 떨어지기 전까지의 모습과 병원에서 다시 만났을 때 보여주었던 표정도. 내가 네 병실에 갈 때마다 부드럽게 내 이름을 부르며 반겨주던 것도. 모두.

이토록 선명한데 모든 것이 지나가버린 과거일 뿐이었다.

예상은 했지만 어느 누구도 하늘이 어디에 있는지 모른다는 답변만 돌아왔다. 열혈선생이라도 된 듯 얼굴을 붉히는 수학선생님과 나를 향해 염려의 눈빛을 보내는 담임선생님의 시선 사이로 미끄러지듯 등을 돌렸다.

교무실 문을 닫자 현실감이 밀려왔다. 마지막 희망이 허무하게 사그라졌다. 정신이 아득했다. 시야가 왜곡되며 어지럽게 흔들렸다.

"어이, 민제운. 잠깐 나 좀 보자."

익숙하지만 낯선 목소리를 향해 고개를 돌렸다. 왜곡되고 좁아진 시야로 도진이 보였다. 그의 얼굴은 꽤나 진지했고 웃음기가 전혀 보이지 않았다. 무슨 이유로 나를 부르는지 충분히 알 수 있었다. 고개를 끄덕였다.

아이들이 잘 오지 않는 구석진 복도로 자리를 옮겼다. 도진과 종종 오던 곳이었다. 도진이 허공에 대고 배팅연습을 했다. 늘 보아오던 장면이지만 이질감이 느껴졌다. 그건 모두 분위기탓이었다. 무거운 공기가 나를 묵직하게 짓눌렀다.

"걔랑 사귀기로 했냐?"

도진을 돌아보았다. 나를 보지도 않고 허공에 배팅을 날릴 뿐이었다. 말투가 상당히 빈정거렸다.

"누구는 누구 때문에 여친이랑 헤어졌는데 누구는 새여친이나 사귀고."

아무런 대꾸도 하지 않았다. 딱히 대답을 바라고 한 말 같지는 않았으므로. 주변을 둘러보았다. 언제부터 이곳에 사람들이 있었던 것인지 곁으로는 다가오지도 못할 거면서 많은 아이들이 우리를 에워싸며 구경하고 있었다.

"그런 애가 뭐가 좋다고. 헛소리에 자살까지 하는 그런 미친 년."

신경질적인 말투가 거슬렸지만 아무런 말도 하지 않았다. 지금 이 상황에서 아니라고 해 봐야 변명밖에 안 되므로.

"야, 민제운."

도진을 돌아보았다. 그가 나를 직시하고 있었다. 눈동자는 진지했고 무겁고 몹시 사나웠다.

"내가 서시연 울리지 말랬지?"

역시 아무런 대답도 하지 않았다. 도진의 얼굴이 사납게 일그러졌다.

"야, 민제운!"

화를 낼 것이라 예상했다. 주먹을 날릴지도 몰랐다. 실제로 도진의 주먹이 날아왔고 내 얼굴 바로 근처에서 멈추었다. 주변에 눈치를 보며 서 있던 아이들의 웅성거림이 커졌다.

"때려."

한 대 맞으면 정신이 돌아올지도 몰랐다. 확실히 지금 나는 제정신이 아니었으므로. 근처에서 흔들리는 도진의 주먹이 더욱 단단해졌다.

"으윽!"

그대로 주먹을 날려 나를 칠 것 같던 도진이 주먹을 거두었다. 그와 함께 도진의 시선도 아래로 툭 떨어졌다. 순간 보인 그의 얼굴은 너무도 슬퍼 보였다.

"겨우 널 넘어섰나 했는데 왜 하필 넌 내 최악의 잘못을 따라한 거냐?"

이번에도 아무 말도 할 수 없었다. 무슨 말인지 제대로 파악하기가 힘들었으므로.

"아닌가, 오히려 넌 날 말렸는데 내가 너까지 꼬드긴 건가."

그가 피식 웃었다. 한숨처럼 내려앉은 웃음소리가 서글프게 들렸다. 도진이 다시 나를 보았다. 나를 보는 시선은 흔들리면서도 올곧았다. 입꼬리는 분명 살포시 올라가 있었으나 미간이 잔뜩 일그러져 있었다.

"그 때 날 말릴 거면 확실히 말리지 그랬어. 널 때릴 자격이 없잖아, 나한테는."

여전히 무슨 말을 하는지 이해할 수 없었지만 그가 나를 원망하면서도 원망할 수 없는 모순적인 마음을 느끼고 있다는 것은 알 수 있었다.

"그러니까 서시연 일에 대해서는 나한테 사과하지 마. 젠장!"

도진이 거칠게 제 머리를 쓸었다. 그의 짧은 머리칼이 굵은 손가락이 지나치자마자 원래의 자리로 민첩하게 돌아왔다.

"야, 민제운."

그 순간 강한 이질감이 느껴졌다. 그저 내가 아는 것과 '닮은 것'뿐 전혀 다른 존재란 생각이 들었다. 더 이상 도진은 내가 알던 그가 아니었다.

그 때 무리들 사이에서 누군가가 우리를 향해 걸어왔다. 길쭉한 팔다리에 당당한 걸음걸이. 짧고 단정한 단발이 걸을 때마다 찰랑였다. 상당히 익숙한 걸음과 실루엣. 서시연이었다.

그가 바닥에 신경질적으로 무언가를 내던졌다. 레인보우 공주님 인형이었다.

"젠장, 우리 왜 이렇게 됐냐?"

우도진이 빈 눈동자로 날 바라보았다. 그러게. 우리 왜 이렇게 되어 버렸을까. 어디서부터 잘못 된 걸까. 마음이 차갑게 내려앉았다. 하지만 왜 난 지금 이 상황이 그렇게 절망적이지만은 않은 걸까.

"다신 아는 체 말랬는데 제 발로 찾아와서 미안."

서시연이 나와 도진 앞에 섰다. 말투가 상당히 차가웠다. 투명한 아침의 하늘보다 더욱. 아니, 그의 말엔 이제껏 조금도 느낄 수 없던 분명한 악감정이 들어 있었다.

"그런데 오해 마. 나도 할 말이 있어서 온 거야. 이 말 안 하면 너무 억울해서 그 년보다 먼저 죽어버릴 것 같거든."

주먹이 움찔했으나 겨우 참았다. 서시연이 나를 한 번 쓱 쳐다보았다. 얼굴엔 항상 보아오고 그려오던 익숙한 미소가 조금도 번져 있지 않았다.

"우도진. 우리가 왜 이렇게 됐냐고?"

그가 우도진을 돌아보았다. 그를 보는 눈동자가 냉랭했다.

"네가 처음부터 나를 좋아하지 않았다면 이렇게 안 됐어."

굉장히 공격적인 말투. 서시연의 말을 들은 도진이 얼굴을 찌푸리며 고개를 돌렸다. 도저히 내가 알던 그가 아니었다. 당당하고 눈부시고 아름답던 그가 아니었다.

"아니지, 내가 좀 더 일찍 제운에게 고백했다면 달라졌을까?"

나를 바라보는 얼굴에 소름 돋는 미소가 지어졌다. 그런데 그 미소가 놀라울 정도로 자연스러웠다.

"아니야. 모든 건 우리 사이에 하늘, 걔가 끼어 들어서라고!"

서시연의 목소리가 한층 높아졌고 날카로워졌다.

"걔만 아니었다면 우리 사이 아무 문제도 없었어!"

절규하듯 소리친 그가 내게 다가왔다. 그가 손가락으로 내 가슴팍을 쿡 쿡 찔러댔다.

"그러니까 결국 민제운, 다 네 탓이라고."

반박하지 않았다. 맞는 말이었으므로.

"무슨 그런 이상하고 소름 돋는 미친 애를. 너도 정신 이상한 것 아니야?"

하지만 더 이상 그의 말을 듣고 있을 수 없었다. 인내심이 바닥났다. 서시연의 손목을 잡아챘다. 서시연의 추한 모습도 더는 보고 싶지 않았다.

"맞아. 다 내 탓이야. 그러니까 상관없는 애 욕하지 마."

서시연의 얼굴이 일그러졌다. 어디를 보아도 추했다. 내가 이제껏 보아온 모습은 정말 환상이었고 허상에 지나지 않았다.

"이런 상황에서도 걔를 감싸? 역시 너도 이상해. 걔랑 어울리더니 이상해 진 거야. 미쳐버린 게 틀림없어. 아니면 하늘이 날 향해 저주라도 건 건가?"

비아냥거리는 서시연을 내려다보았다. 어떤 의미에서는 고마웠다. 그에게 남아 있던 일말의 죄책감에서 벗어나게 해 주었다. 만일 이제껏 서시연과 함께 해 온 것이 꿈이라면 그 꿈은 악몽이었다.

"할 말 다 했으면 갈게."

괜히 에너지를 써가며 입 아프게 싸우고 싶지 않았다. 이제 서시연과 뒤에 얌전히 서 있는 우도진은 내게 있어 그런 존재조차 안 되었다. 자리를 피했다. 주변에 몰려 있던 아이들 근처로 가자 그들이 주춤주춤 알아서 물러났다.

"그래. 잘 가라! 이젠 이름도 부르기 싫어. 좋았던 추억? 개나 줘 버려. 그딴 것 필요 없으니까! 우리 꿈에서라도 만나지 말자! 이 개새끼야!"

 뒤에서 날카로운 소리가 날아왔다. 무시하고 그대로 걸었다. 창문 너머로 소복이 쌓인 눈들이 보였다. 하지만 꿈에서 본 것만큼 새하얗지 않았다. 아이들이 죄다 밟아 놓았으므로.

 그럼에도 하늘에서 새하얀 눈이 하염없이 내렸다. 마치 영원히 그치지 않겠다는 듯.

 하얀나라에서 내리는 눈이 누군가를 남겨놓고 먼저 떠난 이들이 흘리는 미련과 슬픔의 눈물이라면. 지금 이곳에서 내리는 눈은 나를 남겨놓고 떠나버린 하늘을 향해 흘리는 내 그리움이었다.

 하늘이 떨어진 곳에 작게 그의 흔적이 남아 있었다. 꺾인 나뭇가지에 눈이 소복하게 쌓였다. 하늘을 올려다보았다. 하얀 눈들이 얼굴에 떨어졌다. 눈가에 떨어진 눈들이 유독 차가웠다.

 꿈에서라도 너와 만날 수 있기를.

 꿈에서라도 너의 웃는 모습을 볼 수 있기를.

 꿈에서라도 네 눈물을 닦아 줄 수 있기를.

 얼굴에 떨어진 눈이 녹아 흐르는 것을 그대로 두었다. 어차피 닦아 줄 사람도 없었으므로.

에필로그. 하늘, 에게

한 남자아이가 나무에 물을 주었어요.

무릎만한 나무는 무럭무럭 자라 남자아이의 키만큼 자랐어요. 남자아이는 제법 흐뭇했어요.

다음 날도 남자아이는 나무에 물을 주었어요.

나무는 무럭무럭 자라 남자아이의 키를 훌쩍 넘었어요. 남자아이는 매우 만족했어요.

다음 날도 남자아이는 나무에 물어 주었어요.

나무는 무럭무럭 자라 하늘에 닿을 듯 했어요. 남자아이는 나무를 올려다보며 무척 뿌듯했어요.

그런데 나무의 끝을 보기 위해 올려다 본 하늘에서 무언가가 떨어지는 것이 보였어요.

"어? 어? 어어?"

그건 다름 아닌 여자아이였어요. 파랗고 긴 머리에 파란 원피스를 입은 작은 여자아이가 나무 위로 뚝- 하고 떨어졌어요.

우지끈-

나뭇가지가 부러지고 여자아이가 땅으로 떨어졌어요. 남자아이는 저도 모르게 몸으로 여자아이를 받았어요. 여자아이가 남자아이 위에서 까르르 웃었어요.

문득 다시 올려다 본 하늘이 무척 눈이 부시다고 남자아이는 생각했어요.

"어머, 내가 부러뜨렸구나."

여자아이가 자기 때문에 부러진 나뭇가지를 주우며 말했어요. 남자아이는 상관없었어요. 조금 슬프기는 했지만 덕분에 여자아이가 다치지 않은 것에 만족했어요.

하지만 여자아이의 생각은 달랐어요.

"미안해."

조금 전 그토록 환하게 웃던 여자아이가 금세 풀이 죽어 울 것 같았어요. 남자아이는 당황해 아무 말도 하지 못했어요.

"걱정 마! 내가 꼭 원래대로 돌려줄게."

여자아이가 어딘가에서 커다란 구급상자를 가지고 왔어요. 붕대를 꺼내 부러진 나뭇가지를 매었어요.

"얼른 나아라!"

마법이라도 부리는 건가 싶어 남자아이는 여자아이가 하는 짓을 바라보았어요. 하지만 특별한 일은 아무것도 일어나지 않았어요.

남자아이가 나무에 물을 주었어요. 다음 날도 그 다음 날도 그 다다음 날도.

여자아이도 계속 나무를 돌보았어요. 부러진 곳에 약을 발라 주기도 하고 호- 입김을 불어주기도 하고 다정하게 쓰다듬기도 했어요.

남자아이는 여자아이가 신경 쓰였어요. 그런다고 부러진 나뭇가지가 붙을 리가 없었어요. 그럼에도 정성껏 나무를 돌보는 여자아이를 탓할 수 없었어요.

그러던 어느 날 남자아이는 깨달았어요. 여자아이는 하늘에서 떨어진 날 딱 한 번 웃고는 지금껏 단 한 번도 웃은 적이 없었어요. 남자아이는 그날 여자아이의 미소가 다시 보고 싶었어요.

하루는 태풍이 불었어요. 남자아이와 여자아이는 강한 비바람에 집에서 꼼짝하지 못했어요.

여자아이는 나무가 걱정스러운 듯 창가에서 떨어지지 않았어요. 여자아이의 표정이 근심으로 잔뜩 일그러졌어요.

남자아이는 그런 그가 걱정되어 여자아이에게 다가갔어요. 그러자 여자아이가 남자아이를 돌아보며 물었어요.

"그런데 너는 왜 웃지 않아?"

갑작스러운 여자아이의 말에 남자아이는 당황했어요. 그러다 발끈 화가 났어요.

"웃지 않는 건 너잖아!"

여자아이의 눈이 커졌다 작아졌어요. 그러더니 남자아이 앞으로 다가왔어요. 싸우자는 것으로 생각한 남자아이가 주먹을 쥐었어요.

"내 이름은 '너'가 아니라 '하늘'이야."

그렇게 말하더니 다시 창가 앞으로 쪼르르 다가가 앉았어요. 남자아이는 어느새 주먹이 풀려 있다는 것을 깨달았어요.

태풍은 며칠 더 이어졌어요. 여자아이는 창가 앞을 떠나지 않았어요. 여자아이의 시선 끝에는 항상 나무가 있었어요.

남자아이는 거울 앞에 섰어요. 그리고 웃어 보았어요. 하지만 웃는 것이 어떤 것인지 알 수 없었어요. 남자아이는 이제껏 웃어 본 적이 없었던 거예요.

미안한 마음이 들었어요. 사과를 해야 한다고 생각했어요.

그런데 창가에 여자아이가 없었어요. 집안 어디에도 없었어요. 남자아이는 여자아이를 불렀어요.

"하늘아! 하늘아!"

"응, 나 여기 있어."

여자아이가 창밖에서 손을 흔들었어요. 어느덧 태풍이 그치고 날이 밝아져 있었어요.

"나와서 이것 좀 봐봐."

무언가 신이 난 듯 여자아이가 밝게 웃으며 말했어요.

밖으로 나와 여자아이의 손에 이끌려 간 곳은 나무 앞이었어요. 여자아이가 부러진 나뭇가지가 있던 곳을 손으로 가리켰어요.

"이것 봐. 나무가 나았어."

여자아이의 손가락 끝에 새순이 피어나고 있었어요. 여리고 여린 연두색의 새순은 무척이나 싱그러웠어요. 남자아이의 마음속에도 새순이 피어나는 듯 했어요.

가슴 속에서 여자아이에게 사과를 해야 한다는 생각이 강하게 울렸어요. 남자아이가 용기를 내어 말했어요.

"미안해."

여자아이가 남자아이를 보더니 환하게 웃었어요.

"그러면 너도 웃어 줘. 밝고 크게."

여자아이의 미소가 너무도 눈이 부셔서 제대로 쳐다볼 수가 없었어요. 남자아이는 찡긋 눈을 찌푸렸어요.

"꺄!"

그 때 여자아이가 비명을 질렀어요. 남자아이가 놀라 눈을 번쩍 떴어요.

"아!"

세상에 이게 무슨 일인가요.

하늘에서 커다란 손이 내려와 여자아이의 몸을 꽉 쥐고 있었어요. 커다란 손 안에서 여자아이가 버둥거렸어요. 하지만 소용이 없었어요.

"하늘!"

여자아이에게 손을 뻗어 보았어요. 하지만 소용이 없었어요. 여자아이는 이미 나무보다 높이 올라가 있었어요. 하염없이 하늘만을 올려다보는데 여자아이가 외쳤어요.

"Ni renkontigos!"

그 말은 여자아이가 더 이상 보이지 않을 때까지 하늘에서 울렸어요. 여자아이가 사라진 그곳에 남자아이와 나무 한 그루만이 덩그러니 서 있을 뿐이었어요.

남자아이가 나무에 물을 주었어요. 달라진 것이 없어 보이는 풍경 속에 달라진 것들이 있었어요.

나무의 새순이 푸른빛을 내며 무럭무럭 자라났어요. 남자아이의 가슴 속에 피어난 새순이 날로 커져 남자아이의 몸을 푸른빛으로 물들였어요.

남자아이가 매일 나무 위로 올라가 하늘을 보며 크게 외쳤어요. 그 말은 하늘을 오르다 이내 흩어졌어요.

그럼에도 남자아이는 언젠가 자신의 말이 여자아이에게 닿을 것이라 믿고 매일매일 외쳤어요.

"Ni renkontigos!"

하늘이 내 곁을 떠나고 7년이란 세월이 지났다. 한 순간도 살지 못할 것만 같던 순간들이 하릴없이 흘렀다.

웬만한 대학교는 모두 갈 수 있다고 교무실에 계신 선생님들이 입모아 소리쳤으나 어느 대학으로도 진학하지 않았다. 하고 싶은 것이 있었다. 그것을 위해 모순적이게도 엄마가 남겨 둔 통장을 사용했다.

졸업을 하자마자 집에서 멀리 떨어져 있는 미술학원을 등록했다. 나는 그림을 그려 기록하는 것을 좋아했다. 그건 내가 스스로 원해서 한 첫 행동이었다. 그리고 하늘이 깨닫게 해 준 소중한 사실이었다.

시간이 지나면 옅어질 것이라 생각했던 하늘과의 추억은 날이 갈수록 더욱 선명해지고 짙어졌다. 그날 불었던 바람의 감촉도 벚꽃잎처럼 흩날리듯 떨어지던 은행잎도. 노랑나라처럼 느껴질 정도로 노랗게 변해가던 온 세상도. 조금도 바래지 않고 뚜렷하고 생생했다. 내가 그린 저 그림보다 훨씬 더.

지금이라면 하늘의 어떤 모습도 진심으로 사랑할 수 있을 것 같았다. 하지만 어디에도 하늘은 없었다.

어떤 생명의 소리조차 들리지 않는 검은 새벽에 누군가 기도를 드려 끝없는 고독과도 같은 어둠 속으로 슬픔을 힘들게 토해 별로 흘려보냈다. 어느새 머리 위로 수많은 별들이 누군가의 눈물처럼 차갑게 내려 미소를 잃은 내 마음을 위로했다.

누군가가 너이기를. 내가 아닌 너이기를.

"여기는 이렇게 그리는 게 더 나아."

"다른 곳은요? 다른 곳도 봐 주세요, 쌤."

생계를 위한 수단은 무엇으로든 상관없었다. 다만 재수생시절부터 다니던 미술학원에서 미대를 졸업하자 정식으로 일해 줄 것을 권해주었다. 익숙한 곳이기도 했고 계속 그림을 그릴 수도 있을 것 같아 흔쾌히 수락했다.

"많이 늘었네."

내 말에 앞에 앉은 여자아이가 신나서 어깨를 들썩였다.

아직 다 그리지 못한 것을 배려해서 자리를 피해 주었다. 내가 떠나자 뒤에서 수군거리는 소리가 들려왔다.

"제운 쌤은 생긴 것과 다르게 그림이 아름답지? 동화 같고."

"아니지. 외모만큼 그림도 아름다운 거지! 그리고 마음씨도 얼마나 착하신지. 전에 갑자기 비왔을 때 나한테 우산 주시고 그냥 가셨다? 자기는 비 맞는 게 더 좋다면서. 와, 비에 젖으신 모습도 어찌나……."

서둘러 강사들의 공간으로 돌아왔다. 강사들만 별도로 쉴 수 있도록 마련된 그곳은 이 학원에서 일하는 것을 수락한 이유 중 하나였다. 조용히 나무의자에 앉아 나만의 시간을 가질 수 있는 소중한 공간이었다.

작업하고 있던 캔버스 앞에 앉았다. 눈앞에 가득 찬 캔버스 위로 노을이 지고 있는 주홍빛 하늘과 구름이 그려져 있었다. 그건 현재 그리고 있는 〈하늘〉 시리즈 중 하나였다.

"제운 쌤, 오늘도 수고하네?"

등 뒤로 누군가의 인기척을 느꼈다. 뒤돌아보니 원장 선생님이었다. 항상 인자한 미소는 오늘도 변함이 없었다.

"참, 전에 출판사에서 제의한 것. 그거 어떻게 하기로 했어?"

구름에 명암을 넣으려다가 움찔했다. 원장 선생님이 가늘게 진절머리를 쳤다.

"보나마나 거절했겠지. 하지만 말이야, 제운 쌤. 신비주의는 아니다? 이렇게 아름다운 얼굴이 있는데 써 먹어야지."

그 때 전화가 울렸다. 출판사였다.

"마침 전화 오네. 제운 쌤, 그러지 말고 수락해. 내가 제운 쌤한테 제의했을 때처럼 쿨하게 수락하라고. 그게 뭐가 어려워?"

"실례하겠습니다."

복도에서도 소리가 울릴 것 같아 그대로 건물 밖으로 나왔다. 건물 밖에서는 겨울의 시작을 알리는 바람이 불고 있었다. 얼굴에 와 닿는 바람이 제법 차고 건조했다.

"여보세요."

"작가님? 전에 제의해 드린 사인회에 대해서 여쭤보려고 전화 드렸는데요."

몇 달 전 고민하다 한 출판사에 동화책 《하늘에게》를 투고했다. 당연히 안 될 것이라 여겼다. 하지만 의외로 답변이 금방 돌아왔고 그 답변은 굉장히 시원시원했다.

좋습니다. 아주, 좋아요. 곧장 진행하도록 하죠.

순조롭게 동화책 《하늘에게》의 출판이 진행되었고 한 달 전 나는 동화작가로 데뷔하게 되었다.

"작가님만 허락하시면 나머지 일정은 저희가 다 알아서 계획하도록 하겠습니다. 사인회 하셔야 해요, 작가님. 정말 저희를 위해서라도 해 주시면 안 될까요?"

담당자의 애원은 꽤 간절했다. 하지만 내게도 이유는 있었다.

"죄송합니다. 지금 이 시기는 저한테도 중요한 시기입니다. 조용히 보내고 싶습니다."

"정 그러시다면 딱 한 군데, 딱 한군데만이라도 안 될까요?"

"죄송합니다. 더구나 그 동화는……. 죄송합니다."

전화를 끊었다. 가슴이 답답했다. 그건 하늘을 떠나보낸 뒤 생긴 내 고질병이었다. 하늘을 올려다보았다. 이미 어둑해진 하늘에 둥근 달이 떠 있었다. 보름달에 가까운 그것이 휘영청 밝았다.

제운아, 나 봤어.

우도진, 서시연과 영원한 이별을 고한 다음 날이었던 것으로 기억

한다. 언뜻 본 것 같기도 한 여자아이가 내게 다가왔다.

하늘의 자리에서 그림을 꺼내서 찢는 거.

애초부터 하늘을 의심한 적은 없었다. 다만, 그가 아무런 말을 하지 않아서 내가 원하는 대답을 해 주지 않아서……. 나는 그냥 섭섭한 거였나?

서시연이 그랬어. 내가 다 봤어.

예전이라면 그 말을 믿지 않았을 것이었다. 하지만 그의 말이 의외로 쉽게 납득이 갔다. 그랬구나. 하지만 그 이상도 그 이하도 아니었다. 이미 서시연은 내게 있어 아무런 감정도 줄 수 없는 존재가 되어 있었다. 다만 그 일로 하늘에게 상처를 준 것만이 내 가슴을 아프게 만들었다.

보는 이 하나 없는 꿈에서조차 한 방울의 눈물도 흘리지 않았다. 영원히 끝나지 않을 새벽 속에서 마지막 그와의 장면을 가슴에 새겼다. 어느새 소리 내어 우는 법을 잊은, 누군가를 축복하는 법마저 잊은, 감정을 잊은 누군가를 위로했다.

누군가가 나이기를. 네가 아닌 나이기를.

아침에 일어나 가장 먼저 하는 일은 휴대폰과 메일을 확인하는 일이었다. 혹시 밤 동안 그에게서 연락이 오지는 않았을까, 하는 마음이었다. 7년 동안 연락처를 바꾸지 않았다. 그것 역시 혹시나 하는 마음이었다.

오늘도 그에게서 온 연락은 없었다. 익숙해질 만도 한데 마음이 텅 빈 듯 공허했다. 포기해야 한다는 생각을 수도 없이 했다. 언제까지고 하늘에게 매어있으면 앞으로 전진 할 수 없다고 생각했다. 그러면서도 포기가 되지 않았다.

조금이라도 그와 닮은 사람이 보이면 발이 먼저 반응해 달려가 그를 붙잡았다. 지나가는 사람들의 대화에서 '하늘'이라는 단어가 들릴 때마다 머리 위 하늘이 아니라 그를 먼저 떠올렸다. 아주 조금 잊히려다가도 하늘에서 내리는 눈만 보면 사무치도록 그리웠다. 내가 이토록 집착이 많은 사람인 줄 몰랐다.

커피 한 잔을 마시며 집을 둘러보았다. 집에 쌓여 있던 장난감 상자를 모두 가까운 사회단체에 기부하고 느꼈던 감정은 후련함이었다. 제법 아쉬운 마음이 들 법도 한데 한결 깨끗해진 거실과 방을 볼 때마다 뿌듯한 감정이 더 컸다.

정리된 거실 탁상 위에 올려 둔 달력을 살폈다. 오늘 날짜에 빨간색 동그라미가 쳐져 있었다. 그건 내가 올해 초에 표시해 둔 것이었다.

12월 7일.

또 한 해가 흘러 그날이 왔다. 더구나 올해는 대설이었다.

"여보세요."

"아, 제운 쌤? 무슨 일이야?"

"오늘 하루 쉴 수 있을까 해서요."

"아, 벌써 그날이야?"

커튼을 젖혔다. 아직 눈이 내리지는 않으나 하늘이 온통 새하얬다. 언제든 눈이 내려도 이상하지 않을 정도로.

"알았어. 잘 쉬고, 내일 보자."

"고맙습니다."

"고맙긴! 힘내고!"

전화를 끊자마자 하늘에서 하얀 무언가가 떨어졌다. 그 눈송이들이 땅에 닿을 때까지 바라보았다. 하늘하늘 떨어지는 이 눈들은 누가 누구를 향해 흘리는 눈물일까.

오전 내내 쉰 다음 천천히 나갈 준비를 시작했다. 마치 의식처럼 샤워를 하고 새로 산 옷으로 갈아입었다. 엄마가 쓴《일곱 색깔 나라와 꿈》도 잊지 않고 챙겼다.

밖으로 나오니 코끝이 제법 시렸다. 눈도 많이 내렸다. 손바닥을 펼쳐 눈을 받았다. 그것이 손바닥에 닿으며 순식간에 녹았다. 녹은 눈이 물방울이 되어 땅으로 또르르 흘렀다.

아주 잠깐 더 하늘을 올려보다 다시 길을 나섰다. 가야 할 곳이 있었다.

버스에 올라《일곱 색깔 나라와 꿈》을 펼쳤다. 이미 끝이 닳을 대로 닳아 있는 그 책은 한 장 한 장 떨어져 나갈 것 같았다.

엄마의 비밀을 듣던 날 내가 말을 잇지 못한 건 단순히 엄마가 내 입을 막았기 때문이 아니었다. 나를 바라보는 엄마의 표정이 슬퍼 보였다. 그러면서도 후련해 보였기 때문이었다. 두 달 뒤 성인이 될 아들을 바라보며 만족하고 있었다.

엄마는 자신의 임무를 다 완수했다고 생각한 걸까. 이제 돌아가도 된다고 여긴 걸까.

창밖으로 하늘을 올려보았다. 하늘에선 여전히 눈이 내렸다. 조금 전보다 더 많은 눈들이 세상을 하얗게 만들고 있었다.

"이번 정류장은 추모공원 하늘문입니다. 다음 정류장은……."

내리려는데 휴대폰 알람이 울렸다. 확인해 보니 일정알림이었다. 액정을 하염없이 바라보았다. 휴대폰 액정에 엄마 기일이라고 쓰여 있었다.

12월 7일. 오늘은 엄마의 일곱 번째 기일이었다.

유독 검은 이 새벽에 아침은 없었다. 미련과 원망이 흘려낸 별들만이 이 어둔 밤하늘을 서글프게 밝혀 꿈에서조차 새벽은 끝나지 않았다.

끝내 이 어둠이 끝날 때까지 누군가의 기도가 그치지 않길.

추모공원 하늘문은 아버지가 계시던 곳이었다. 엄마가 돌아가시고 장소를 개인단에서 부부단으로 옮겼을 뿐이었다.

어릴 때지만 이미 한 번 경험했기 때문이었을까. 그것이 아니라면 더는 내 손을 잡아줄 친구가 없었기 때문일까. 나는 의외로 태연했고 담담했다.

"저 왔어요."

유리문 너머로 밝은 미소를 짓고 있는 엄마가 아버지의 팔짱을 끼고 내 쪽을 바라보고 있었다. 아버지는 뭐가 그리 쑥스러운지 얼굴을 붉히고 계셨다. 그런 엄마와 아빠의 얼굴이 앳되어 보였다. 굳이 나이를 계산해 보지 않아도 사진 속 엄마와 아버지는 현재의 나보다 훨씬 어렸다.

"오늘도 눈이 내려요."

아마 이 사진은 엄마와 아버지가 막 사귈 때 찍은 사진 같았고 아버지가 돌아가셨을 때 엄마가 아버지 단에 놓아 둔 사진이었다. 엄마를 아버지 옆으로 모시고 사진을 바꿀까 잠깐 고민했지만 그대로 두었다.

"어떻게 매년 눈이 내려요? 이제 그만 울어요."

엄마가 돌아가시고 신기할 정도로 한 해도 빠지지 않고 매년 12월 7일이 되면 눈이 내렸다. 이제는 기상청 날씨를 확인하지 않아도 이 날만 되면 다들 우산을 챙기곤 했다. 전날부터 아이들의 표정은 설렘으로 가득했다.

"저는 괜찮아요."

한 번도 엄마와 아버지 앞에서 행복하다고 당당하게 말할 수 없었다. 내가 엄마가 행복하기를 바란 것처럼 엄마와 아버지 또한 내가 행복하기를 바라고 또 바란다는 사실을 알면서도.

나는 7년 내내 행복하지 못했다.

하고 싶은 것이 떠올랐던 그 때도 꿈을 위해 잠도 자지 않고 그림을 그려대던 그날도 대학시절도 꿈을 이룬 지금 이 순간조차도 행복할 수 없었다.

그가 내 옆에 없으므로.

"그러니까 이제 그만 울고 웃어 주세요."

불가능하다는 것을 알고 있었다. 그럼에도 매년 그 말밖에 할 말이 없었다. 웃으려 했으나 올해도 미소가 일그러졌다. 입꼬리는 올라가다 말았고 미간은 계속 일그러졌다.

그 때 휴대폰 진동이 울렸다. 누군지 확인도 하지 않고 전화를 받았다.

"여보세……."

"형! 그거 형 맞죠?"

단번에 누군지 깨달았다. 전화를 걸어 온 사람은,

"그 동화책 말이에요. 그림체며 문체며 딱 형이잖아요. 조카 녀석이 보고 있던 걸 뺏어서 작가명 바로 확인했잖아요. 그랬더니 떡하니 '민제운'이라고 쓰여 있고. 왜 말 안 해줬어요?"

차선호. 대학교 동기였다. 정말 진지하게 전화를 끊어버릴까 고민했다. 그는 말도 많고 시끄러웠다. 그 수준이 우도진보다 한 수 위였다.

"대체 언제 동화작가가 된 거예요? 알았으면 오랜만에 동기들 모여서 데뷔기념 파티라도 해줬을 텐데."

하지만 차선호는 내게 전화를 끊을 틈을 주지 않았다.

"근데 내용 너무 슬픈 것 아니에요? 애들이 보는 동화인데. 형, 동화 순수하게 좋아하는 건 줄 알았는데 완전 배신감 느꼈잖아요. 내 조카, 형 동화보고 완전 대성통곡 했어요. 그거 달래느라 얼마나 힘들었는 줄 알아요?"

통화음을 최대한으로 줄이고 휴대폰을 귀에서 최대한 멀리 떨어뜨렸다.

"하긴 어른이 내가 봐도 엄청 슬프더라니까요? 하늘에서 뚝 떨어진 여자애랑 남자애랑 만나서 잘 사는 줄 알았더니. 선녀와 나무꾼 이야기보다 더 슬펐어요."

차선호가 '엉엉'이란 인위적인 울음소리를 냈다.

"아, 근데 형. 그건 무슨 뜻이에요? 마지막에 여자애가 끌려 올라가면서 외치는 그 뜬금없는 말이요."

그 말은……. 그 말을 떠올리자 가슴이 시근거렸다.

"니 렌콘티고스? 발음 이거 맞아요?"

처음엔 불어인 줄 알았다. 그러다 독어인 줄 알았다. 하지만 어느 사전에서도 그 말을 찾을 수 없었다.

"몰라도 돼."

"아이, 형. 저한테 이러기에요?"

"끊는다."

"앗, 형! 잠깐만요! 형!"

전화를 끊자 한순간에 주변이 고요해졌다. 눈앞에 나를 보며 다정하면서도 짓궂게 웃고 있는 엄마와 쑥스러워하는 아버지만이 있었다.

Ni renkontigos.

그 말은 가장 널리 쓰이는 인공어인 에스페란토어로 '다시 만나요'란 뜻이었다. 따라서 그 말은 내게 있어 간절한 기도문이 되었다. 내가 굳이 맥락과 어울리지도 않는 그 말을 동화 마지막에 넣은 건 동화책 《하늘에게》는 오직 단 한 사람, 하늘만을 위한 동화였기 때문이었다.

그리고 그 이야기는 하늘에게 보내는 일종의 탄원서이기도 했다. 만일 나를 불쌍히 여기신다면.

누군가가 너를 향해 미소 짓고 있을 거야.

그 누군가가 그가 되기를. 한 번이라도 족했다.

"엄마, 아버지. 작고 순수하면서도 어른스럽고 당당하면서도 겁이 많은. 그런 신붓감은 어때요?"

엄마와 아버지는 아무 대답도 해 주지 않았다. 당연했다. 사진과 뼛가루는 말을 할 수 없으므로. 하지만 그들의 사진 속 표정이 내게 대답을 들려주는 것 같았다. 미세하게 미소가 지어졌다. 그 끝은 제법 쓸쓸했다.

"갈게요. 내년에 봬요."

그렇게 또 한 해를 기약하고 자리를 떠났다.

내년에는 다른 말들을 가지고 올 수 있을까. 사진 속 엄마와 아버지는 그대로이겠지만 나는 또 얼마나 변해 있을까. 아니, 어쩌면 그대로인 건 나도 마찬가지일지도. 돌아가는 버스 안에서 바라본 창밖 하늘은 유난할 정도로 새하얬다.

하늘에서 굵은 함박눈이 하염없이 내렸다. 그새 꽤 많은 양의 눈이 쌓여 있었다. 귀에 꽂은 이어폰에서 부드러운 팝송이 흘러나왔다. 이러고 있으니 마치 이승이 아닌 다른 곳에 있는 것 같았다. 현실감이 느껴지지 않았다.

분명 잠도 충분히 잤다. 오전 내내 휴식도 취했다. 그럼에도 버스 내부의 후끈한 열기 때문일까. 그것이 아니라면 귀에서 들려오는 낮고 부드러운 멜로디 때문일까. 그것도 아니라면 창밖 풍경이 사무칠 정도로 아름다워서 일까.

정신이 흐릿해지기 시작했다. 내 몸과 버스좌석이 미묘하게 어긋났다. 소리가 멀어지고 시야가 좁아져 갔다.

"이번 정류장은 꿈입니다. 다음 정류장은……."

눈꺼풀이 무거웠다. 내 의지와 상관없이 눈이 감겼다. 검은 안개 속에서 무언가가 피어올랐다. 그러다 무언가에 놀라 눈을 떴다.

주변을 둘러보았다. 살짝 일그러진 시야에 무언가가 흩날리는 것이 보였다. 자세히 보니 노란 꽃잎이었다. 서둘러 위를 올려다보았다. 끝없이 펼쳐진 공간에 노란색 거대한 해바라기들이 주억거리고 있었다. 앞을 돌아보았다. 굵은 줄기들이 하늘에서부터 땅 끝까지 이어져 있었고 바람이 없는데도 흐드러지게 해바라기 꽃잎들이 떨어지고 있었다.

나는 이 곳을 알고 있었다. 곧장 거대한 해바라기를 헤치며 누군가를 찾았다. 온통 노란색뿐인 이 곳과 참 잘 어울리는 그 사람을.

"플로로! 플로로, 있으면 대답해!"

왜 그런 생각이 들었는지 알 수 없었다. 다만 플로로라면 그가 어디에 있는지 알 것 같았다. 내게 미소를 지으며 대답해 줄 것만 같았다. 내게 일곱 색깔 나라에 대해 알려주었던 그 때처럼. 어쩌면 정말 마지막이 될 수도 있는 기회였다.

"플로로! 플로……로."

플로로는 멀지 않은 곳에 그 때와 똑같은 자세로 날 바라보고 있었다. 드넓은 해바라기 밭에 홀로 몸을 둥글게 말고 있는 작은 소녀. 해바라기빛 머리에 샛노란 눈동자를 지닌, 이제는 '소녀'라고 할 수 없는 그는,

여전히 이승의 존재가 아닌 듯 보였다.

"오랜만이야."

그가 지그시 웃어 보였다. 그 미소는 여전히 마음을 아리게 만들었다. 그 아린 미소는 지나온 세월만큼 깊이가 더 깊어져 있었다. 그럼에도 그 때만큼 불안하지 않은 건.

"플로로, 혹시……."

"너도 사라지지 않을 사랑을 찾았구나."

플로로가 천천히 일어나 내게로 다가왔다. 전에 보았던 것보다 키가 조금 컸지만 여전히 작았다. 하늘 정도였다. 그가 내게 다가와 내 뺨을 어루만졌다. 순간 하늘의 모습과 겹쳐 보였다.

"하지만 그 사랑은 네 옆에 없지, 나처럼."

플로로의 샛노란 눈동자가 서글프게 일렁였다. 내 뺨에 닿아있는 그의 손끝이 전혀 느껴지지 않았다.

"그럼에도 사랑은 네 근처에 있어."

바람이 있을 리가 없는데 해바라기들이 일제히 한 방향으로 스르르 소리를 내며 엎드렸다 제자리로 돌아왔다. 그의 표정이 한결 부드러워졌다.

"근처?"

"응. 손만 뻗으면 닿을 그곳에."

그 표정은 완벽한 '어른의 미소'였다. 아이 같으면서도 어른스러운 미소를 짓던 작은 소녀는 이제 어디에도 없었다.

"무슨 일이 있었던 거야, 플로로?"

플로로가 다시 미소를 지었다. 그 미소에서 슬픔과 후련함을 느낄 수 있었다. 그가 내게서 등을 돌렸다. 길고 풍성한 노란 머릿결이 부드럽게 흩날렸다.

"꿈이 현실이 되기를, 현실이 꿈이 되기를 바랐어."

다시 돌아본 그는 가슴이 아릴 정도로 슬픈 미소를 짓고 있었지만 마냥 슬퍼보이지 않았다.

"결국 실패했지만 그래도 완전히 실패하지는 않았어."

그 뜻 모를 말들이, 애써 밝은 척 높게 울리는 그 목소리가 내 가슴에 닿아 사라졌다. 마치 눈처럼.

문득 하늘을 올려다보았다. 크고 노란 해바라기로 가득한 그곳은 하얀 눈이 전혀 어울리지 않았다. 그럼에도 하늘에서 한 송이씩 눈송이가 떨어지고 있었다. 눈송이가 플로로의 해바라기에 닿자 투명한 방울이 되었다. 방울이 움직일 때마다 무지개빛을 띠었다.

"이제 그만 가 봐, 제운."

그가 살포시 내 어깨를 밀었다. 근처의 해바라기들이 흔들리며 사각사각 소리를 내었다.

"내가 만난 그는 약속을 반드시 지키는 사람이야."

나를 바라보는 플로로의 표정에서 문득 엄마가 떠올랐다. 그건 그의 표정이 무척 어른스러웠기 때문이었을까. 최대한 밝은 미소를 지어준 뒤 뒤돌아 걸었다. 하지만 곧 걸음을 멈추었다. 다시 뒤돌아 플로로를 향해 소리쳤다.

"플로로! 태양님을 만난 거야?"

너도 행복해지기를 바라는 건. 너의 꿈도 이루어지기를 바라는 건. 모두 내 욕심일까.

"글쎄, 어떨까?"

그가 아이처럼 짓궂게 웃었다. 그 미소를 보자 마음이 한결 후련했다. 다시 뒤돌아 앞으로 걸었다. 아마 다시는 플로로를 만날 일이 없을 것이라고 생각했다. 하지만 서운하지만은 않았다. 한번이라도 족하다고 한 사람은 바로 나였다.

눈을 떴다. 버스 안이었고 북적였다. 사람들은 하나같이 무표정한 얼굴로 서로 다른 곳을 바라보고 있었다. 귀에서는 부드러운 팝송이 무의식처럼 조용히 흘러 들어왔다.

주변을 둘러보았다. 노란 해바라기 밭은 어디에도 보이지 않았다.

사각사각 해바라기들이 흔들리며 내던 소리도 없었다.

대신 눈부시도록 새하얗게 뒤덮인 도시가 보였다. 지붕과 자동차와 나뭇가지들이 온통 하얀 눈으로 덮여 있었다. 사람들이 쓰고 가는 우산 위에도 눈이 소복이 내려앉았다. 공기 자체가 하얀색인 것 같았다. 건물도 사람들도 하늘까지 온통 하얗게 보였다.

시선을 위로 올렸다. 새하얀 공간 어딘가에서부터 어느덧 조금씩 주홍빛 노을이 스며들고 있었다. 하늘 끄트머리에서 조금씩 차오르는 그 빛이 내게 서두르라는 손짓처럼 느껴졌다.

"이번 정류장은……."

삑-

고등학교 근처에서 내렸다. 거기서 내리는 것이 그곳과 가장 가까웠다. 익숙한 녹색 교복을 입은 아이들이 우르르 몰려 타는 것을 헤치고 홀로 내렸다. 왜 그곳이라는 생각이 든 것인지는 나 자신도 알지 못했다. 그럼에도 확신했다.

7년 전까지 다녔던 그 학교는 그 때와 비슷하면서도 다소 낡아 보였고 미세한 이질감이 느껴졌다. 하늘에서 여전히 하얀 눈송이가 내렸다. 아직도 성이 덜 찬 듯 그렇게 천천히 그러면서도 끊임없이. 발걸음을 서둘렀다.

하얀 눈 위로 주홍빛 노을이 번질 때마다 가슴이 두근거렸다. 오랜만에 느낀 그 감정은 사람을 감성적으로 만들었다. 눈송이가 코끝에 닿았다. 코끝이 시렸다.

"이제 우리가 고3이라고? 세상에. 아직도 실감이 안 나."

"야, 우리 아직 고3 아니야. 올해 아직 다 안 갔어."

주변을 지나가던 고등학생들이 하는 대화가 언뜻 들렸다. 그들의 모습이 예전 나와 우도진의 모습처럼 보였다.

바로 위 선배들이 수능을 치른 직후 아직 해가 바뀌지 않았음에도 학교에서는 이제 우리가 고3 수험생이라는 분위기를 형성했다. 우도진은 걱정하면서도 묘하게 기뻐했다. 어쩌면 이제 1년만 지나면 서시연과의 관계가, 우리 셋의 관계가 좋았던 예전으로 돌아갈 것이라고 생각한 건지도 몰랐다. 입시에 성공해 원하는 대학에 들어가면 모든 것이 잘 될 것이라고 어른들이 가르쳐 주었으므로.

하지만 인생은 어른들이 말하는 대로 되지 않았고 우리들의 관계 역시 우도진의 계획대로 되지 않았다.

내가 지나온 저 아이들도 그것을 깨닫고 점차 어른이 되어 갈까. 확실한 것은 지금 저 아이들은 '고3'이란 세월이 영원히 움직이지 않는 거대한 바위처럼 느껴질 것이라는 사실이었다.

반대로 나에게는 지나가지 않을 것만 같았던 시절이 꿈처럼 흘러가 버렸다. 그렇게 다가오는 것이 두렵기만 하던 그 시절이 꿈처럼 아련하고 그리운 기억이 되어 버렸다.

그토록 좋아하던 사람들은 남보다 더 못한 사이가 되었고 내 세상을 모조리 뒤바꾸어 버린 작은 한 소녀를 7년 간 뒤쫓고 있었다. 아름다우면서도 추했고 사랑스러우면서도 원망스럽고 어른스러우면서도 아이 같은 냉정하면서도 열정적인.

가장 그리우면서도 가장 절망적인 그 시절로 천천히 되돌아가고 있었다.

내리는 눈송이처럼 천천히 그러면서도 끊임없이. 걷는 걸로는 부족했다. 달리기 시작했다. 조금이라도 더 빨리 그를 보고 싶었다.

"헉, 헉……."

돌이켜보면 내 인생은 괴로운 일만 가득한 것 같으면서도 그 안에 나름의 즐거움이 제법 있었다. 무심하게 시간이 흘러가는 듯하면서도 그 안에서 착실히 하루하루를 보내는 내가 있었다. 나도 모르던 나 자신을 만나고 당황하고 반가워하는 내가 있었다.

그렇기에 그날 너를 만났고 지금도 이렇게 살아가고 있는 것이겠지.

"헉, 헉……."

만일 그날 너를 발견하지 못했다면.

생각하고 싶지 않았다. 이렇게 모순이 많은 세상에서 나 자신조차 제대로 알지 못하는 상황에서 그럼에도 계속 살아갈 수 있는 건 바로 하늘 덕분이었다.

"어? 야, 저거 봐. 저게 뭐야?"

"무지개?"

"뭔가 이상하지 않아?"

어느새 눈이 그쳤다. 하늘을 올려다보았다. 눈이 그친 하늘에 주홍빛으로 물들어 있는 그 하늘에, 비현실적인 무지개가 떠 있었다.

빨주노파보횐검.

거꾸로 보면 누군가의 해맑은 미소로 보이는 둥근 무지개였다. 그 무지개를 보자 갑자기 가슴이 간질간질 거렸다. 7년 간 웃어본 적이 없었다. 참지 않고 그대로 내뱉었다. 가슴 저 깊은 곳에서 뜨거운 공기 덩어리가 입밖으로 터져 흘러나왔다.

하하-

가슴이 후련했다. 발걸음이 가벼웠다.

날아오르는 줄 알았다.

그만큼 간절하게 하늘을 올려보고 있었고 두 팔을 벌리고 있었다. 몸도 가벼워 보여 바람만 제대로 잘 불면 정말 날아오를 것 같았다.

우리는 완전히 그날의 그 장소로 돌아와 있었다. 다만 붉게 물들어 있던 단풍나뭇잎은 이미 떨어져 그 위를 하얀 눈이 두텁게 덮고 있었다. 근처에 놓인 파란색 캐리어 가방 위에도 하얀 눈이 소복이 쌓여 있었다.

그를 만나기 위해 달려왔다. 많은 아이들을 제치고 평소와 다르게 다른 감정을 품으며 이 길을 달려왔다.

놀이터 그네에 앉아 있는 그를 본 건 절대로 우연이 아니었다. 천천히 그에게 다가갔다.

그가 그네 위로 올라섰다. 그네에서 삐그덕 귀에 거슬리는 쇳소리가 났다. 그네가 불규칙적으로 흔들렸고 그의 몸도 흔들렸다. 그럼에도 시선은 하늘에 고정되어 있었다. 그 시선은 무척이나 안정적이었다. 손끝에 낯익은 동화책이 들려 있었다.

"저 하늘 어딘가에 나의 진정한 모습이 있을 거라고 생각했어. 그래서 매일 보고 또 올려다봤어, 하늘."

코끝이 시큰거렸다. 눈물이 나올 것 같았다. 바람이 불었다. 머리가 뒤로 흩날렸다. 추운 건지 부끄러운 건지 살짝 몸을 움츠렸다. 그럼에도 입가에 펼쳐진 부드러운 미소는 조금도 거두지 않았다.

미소 너머로 주홍빛 노을이 진 하늘 아래 빨주노파보흰검의 무지개가 뜬 것이 보였다.

나는 그를 너무도 잘 알고 있었다.

"나의 색은 늘, 너였어."

내 말에 그가 미소를 지었다. 한 순간도 잊을 수 없던 바로 그 모순 없이 찬란한 미소를. 그가 살포시 바닥으로 내려왔다. 그네만이 홀로 출렁였다.

그가 내게로 천천히 다가왔다. 나의 시선을 조금도 피하지 않고 올려보았다. 나도 조금도 피하지 않고 그를 바라보았다. 그대로였다. 마치 그날 그대로 시간이 멈추어 버린 것처럼.

걸을 때마다 길고 검푸른 머리와 파란 코트 아래로 갈색의 원피스 자락이 흔들렸다. 살랑살랑. 지금은 겨울인데도 마치 봄날처럼. 도서관 앞에서 떨어지던 그 노란 은행잎들처럼 내 마음도 살랑였다.

"제운과의 약속."

하늘이 바로 내 앞에서 나를 보며 싱긋 웃었다. 그러더니 나를 향해 두 팔을 힘껏 벌렸다. 그에게 천천히 다가가 두르고 있던 목도리를 둘러주었다.

"드디어 지켰다."

이윽고 하늘이 여전히 가는 팔로 나를 안았다.

"나의 색도 언제나 제운, 너였어."

그의 말끝이 조금 흔들렸다.

미소를 짓지 않을 수 없었다. 하늘을 계속 바라보고 마음껏 안았다. 그토록 바라던 순간이었다. 오지 않을까봐 무섭고 두렵던 순간이었다.

나는 알고 있었다. 그는 내게 사라지지 않을 사랑이었고.

그의 이름은 하늘이었다.

-fin.-

후 기

안녕하세요. '늘리혜'란 세계관과 장르가 생기기를 꿈꾸는 글쟁이 늘리혜입니다. 『하늘에게』를 읽어주신 모든 독자님들께 진심으로 감사를 드립니다. 더불어 이 자리를 빌어 다시 한 번 이 책이 세상에 나올 수 있도록 도와주신 모든 분들께 감사를 드립니다.

첫번째 장편소설 『오렌지칵테일』을 출간하고 일 년 만에 두번째 장편소설 『하늘에게』를 통해 다시 독자님들과 만나뵙게 되어 무척 기쁩니다. 아주 조금 진정한 글쟁이가 되어가고 있는 것을 느끼는 요즘입니다. 여러 곳에서 제게 많은 관심과 응원, 사랑을 전해주신 모든 분들과 『하늘에게』 출간의 기쁨을 함께 나누고자 합니다.

『하늘에게』는 일러두기에서 말씀드린 바와 같이 /일곱 색깔 나라와 꿈/이라는 거대한 판타지 세계관을 공유하는 이야기로 /일곱 색깔 나라와 꿈/ 두번째 이야기입니다. 『하늘에게』에서 아주 조금 판타지 세계관이 드러났는데 아직 드러나지 않은 세계관이 궁금하실지 모르겠습니다. 조만간 세계관이 펼쳐질 예정이오니 많은 기대 부탁드립니다. 아니, 세계관이 어떻든 이 작품만으로도 충분히 재미있게 읽으셨기를 바랍니다.

　이 이야기는 /일곱 색깔 나라와 꿈/ 세계관 구성에 막혀 괴로워하고 있을 때 마치 가뭄에 단비처럼 달콤하게 제 가슴에 내려앉은 이야기입니다. 한 동안 하늘과 제운이 심장에 박혀 도무지 빠지지 않았습니다.

　시시각각 하늘의 모습에 민감하게 반응하며 모습이 변하는 이상한 여자아이와 어떤 자극에도 무심하고 무딘(혹은 스스로 그렇다고 여긴) 남자아이의 만남! 운명처럼 이끌려 서로를 변화시키고 서로의 색으로 물들인 두 사람의 아름다운 사랑! 달콤하고 매혹적으로 제 마음을 사로잡은 하늘과 제운의 이야기를 제가 잘 그려내어 독자님들께 전달하였기를 바라봅니다. 하늘과 제운 두 사람에게 과거 상처의 흉터는 남겠지만 그럼에도 재회 이후 행복만 있을 것이라 굳게 믿습니다.

　꽤 오랜 기간동안 글을 써왔지만 아직 많이 부족합니다. 두번째 장편소설까지 출간한 지금 더욱 부족함을 느낍니다. 현 모습에 안주하지 않고 더욱 정진해서 나아가겠습니다. /일곱 색깔 나라와 꿈/

프로젝트를 모두 완주할 때까지 지치지 않고 나아가겠습니다. 그런 저와 함께 해 주시기를 조심히 간청드려 봅니다. 저와 함께 해 주세요. 제가 지치지 않고 계속 나아갈 수 있도록 힘이 되어 주세요. 독자님들의 작은 관심이 제게는 큰 힘이 됩니다.

  작년부터 이어진 코로나19 바이러스 사태로 힘든 시절을 지내고 있습니다. 이제 위드코로나가 되었지만 코로나와 위드하기까지 시간이 더 걸릴 것이라 예상됩니다. 부디 제 글과 이야기가 힘든 일상을 보내고 있는 여러분께 작은 위로가 되었기를 바랍니다.

  저는 현재 쉼없이 다음 이야기를 만들어가고 있습니다. 조만간 또 새로운 이야기로 찾아뵐 수 있을 것이라 생각합니다. 앞으로의 자세한 소식은 늘꿈 블로그 혹은 늘리혜 인스타그램에서 확인하실 수 있습니다.

  늘 행복하세요. 고맙습니다:)

2021년 연말.

다가올 새해를 기대하며

늘리혜

하늘에게

초판 1쇄 발행 2022년 2월 24일

지은이 늘리혜
캐릭터일러스트 곤쯔
디자인 늘리혜
펴낸이 늘리혜
펴낸곳 늘꿈
출판등록 2019년 8월 1일 제 2019-000025 호

정가 17,000원

ⓒ 늘리혜 2022
ISBN 979-11-91700-01-5 (03810)

* 이 책은 저작권법에 따라 보호를 받는 저작권이므로 무단 전재와 무단 복제를 금합니다.

늘꿈, 꿈꾸는 글쟁이의 나홀로 출판사
alwaysmong.tistory.com

늘꿈